名家美文佳作

不爱你

不 行

何建明 著

作家出版社

目录

第一篇　亲情与友情 / 1

父亲的体温冰碎了我的心 / 3

母亲，永远的"铁姑娘" / 13

王蒙——永远的大青年 / 22

"好婆"杨绛今年一百零三岁 / 26

谢晋的最后一个遗憾 / 32

带着文学人的尊严而走，壮丽！ / 46

劳动人民的孩子不怕劳动 / 54

关于作家叶梅 / 66

恩师如父 / 70

用文学祭奠逝去的灵魂 / 82

我们是兄弟 / 90

不可能再有这样的大导演 / 99

难忘战友情 / 108

亲人不哭，而我热泪盈眶…… / 114

第二篇　文学感悟 / 119

文学在于激情 / 121

爱得彻底，恨得干净！ / 124

我的"文学春节"/126

毛泽东的"文化梦想"/134

刻骨铭心的记忆/148

创作的源泉依靠人民/154

感知文学的光芒、热度与精彩/156

中海油人的历史性贡献/170

人民永驻我心头/175

文道独行必大侠/179

作家应理直气壮地做时代进步的推动者/182

三十年正年轻/189

让我们以文学的名义致敬文学编辑/194

热贴莫言,不如远离莫言/199

作家要把自己修炼成高尚和高贵的人/203

第三篇　生活漫步/209

见得今日"洋苏州"/211

故乡水韵/217

穷人的孩子上大学难/223

用心感受多彩生活——寄语"90后"/227

重上井冈山/230

玉树,你牵着我的心……/237

"死亡之海"的生命礼赞/242

温州人的成长记忆 / 264

手机阅读的梦想 / 271

佛驻灵山 / 274

陕北安塞"好汉坡" / 277

视别人为弱者其实是弱者的表现 / 283

普希金为什么不到中国来 / 292

第四篇　评论与序言 / 303

石油人的史诗 / 305

关于黄金和黄金人的传奇 / 309

张国领注定是诗人 / 315

令人入迷的故乡吟 / 322

读出哲人的诗情画意 / 326

用文学表达我们对海疆的情感 / 330

谈报告文学创作的难度 / 335

关于你的名字——《西部神话》序 / 340

《红色圣地上的呼啸声》序 / 354

贵在心境——《浩然龙年风》跋 / 358

《十三亿人乐了》序 / 363

最接地气的地方和你…… / 368

第一篇
亲情与友情

父亲的体温冰碎了我的心

男人之间的爱与恨，莫过于父子之间；父子之间的爱与恨，其实是同一词、同一种感情——透心痛骨的爱！我与父亲之间的感情就是这样。

在我童年、少年甚至是青年时代，有时觉得父亲是世界上最让我恨的人。

第一次恨父亲，是我童年的第一个记忆：那是二十世纪六十年代初正值自然灾害的年份。我刚刚懂事，却被饥饿折磨得整天哭闹。有一次，因为食堂的大师傅偷偷给了我一块山芋吃

（北方人常叫它红薯），当干部的父亲见后便狠狠地将我手中的山芋摔在地上，说我是"贪吃囡"。为此他在"三级干部会议"上作自我检讨。因为年幼，那时我并不懂得父亲绝情的背后是多么彻底的廉政。

第二次记恨父亲，是因为我家宅前有棵枣树，结的果子特别甜。每年枣熟的时候，总有人前来袭击枣树，摘走一颗颗又甜又脆的大红枣，我为此怒火冲冲。有一天，邻居的一位比我小一岁的男孩子在偷袭枣树的时候，被我抓到了，为了夺回枣果，我与他大打出手。不料被父亲发现，他竟然不训斥"偷枣"人，而是操起一根很粗的竹竿将我的腿肚子打得铁青，并说："你比人家大，凭什么跟人家打架？"我无法理解他的逻辑，于是瞪着一双永远记仇的眼睛，在心底恨透了父亲。

第三次记恨父亲时，我已经二十多岁了，并在部队扛枪保卫边疆多年。记得那是第一次回家探亲，本来，多年不见，家人很是兴奋和开心。哪知，到了晚上，父亲瓮声瓮气地瞪着眼睛冲我说："人家比你读书少的人都提干了，你为啥没有？"这、这……我气极了！本来我对几个专门靠拍首长马屁的老乡提升就很想不通，父亲这么一说简直像针扎在我心尖儿上。

此后，我对父亲的恨有增无减，并发誓要做个有头有脸的人。后来我终于也算混出个人样了，在部队提了干部，又成了一名记者、一名作家，再后来在京城也常常被人在身份之前冠以"著名"两字。但与父亲的"账"一直没有算清——因为以后每次我回老家探亲时，父亲的脸上总是笑眯眯的，与他年轻时相比像换了一个人似的。我有点纳闷儿，父亲变了性格？还是真的老了？但我一直没有细细去想，就在这忙碌中度过了一年又一年……

在前年年末的一天，姐姐和妹妹相继打电话来，说父亲肺部长了一个肿块，而且是恶性的。一向对父亲满怀"恨意"的我，那一刻心猛地颤抖起来：怎么可能?! 当我火速赶到上海的医院时，父亲见我后眼圈红了一下，但即刻便转为笑呵呵的，且扬起他那明显瘦弱的臂膊对我说："你看我不是还很有劲嘛! 哪有啥病!"我尴尬地朝他笑笑，转过头去时，不禁泪水纵横……

爸爸啊，你知道自己还有多少日子吗？几分钟前医生告诉我，说父亲最多还有半年时间……太残酷了! 无法接受的残酷——一个好端端的人，一个才过七十岁的人，怎么说没就马上会没呢？

陪床的那十天，是我成人后的三十多年里，第一次全天候与父亲在一起，白天除了挂掉瓶就是挂掉瓶。于是，父子之间有了从未有过的漫长的交谈……

为了分散父亲对病情的恐惧，我时不时地提起以往对他的"记仇"。父亲听后常笑得合不上嘴："你光记得我对你不好的事，就没有记过我对你好的时候？"

"还真没有。"我有意逗他。

"没良心！"父亲笑着冲我说。然后仰面躺在床头长叹起来，仿佛一下回到了他久远的记忆之中——

"……你刚出生那几年，我每年都带着民兵连在几个水利工程上干活，那个时候一干就是十几个钟头，大跃进嘛！干活干死人的事也有，我的病就是那个时候落下的（父亲到闭目的最后时刻，仍坚持认为自己的绝症是当年拼命干活受潮引起的）。你小时候几乎天天尿床，记得你当兵前还尿湿过床吗？"

我点点头，脸红了。

父亲问："你小时候因为这，挨过我不少打，这你没有记过我仇？"

我摇摇头，说："这事我一点不怪你，是我理亏。"

父亲摇摇头："开始你一尿床我就打你，后来知道这也是一种病，就不怎么打你了。不过你尿得也玄乎……"

父子俩对笑起来。如今七尺男儿的我为小时候的毛病羞愧不已。对这事我记忆太深刻了，母亲不知想过多少办法，其中不乏晚上不让我喝稀吃粥之类的招数，可我只要一进入梦乡，就总会做那些跟小伙伴们穷玩傻玩的游戏，然后又累得个死活。那光景里又急得找地方尿尿，最后一着急，就随便找个地方痛痛快快地尿了——等身子感觉热乎乎时，便已晚矣：床被又让我尿了个通湿……

父亲在病榻上侧过头，问："还记得你尿床后我给你做啥吗?"

我忙点头："知道，每回你把我拉到被窝里，用你的体温暖和我……"

父亲又一次长叹："算你还记得!"

当然记得! 我忙说："爸，还有一次我印象特深。那年你成'走资派'后，我正好放寒假，我们俩分在一个班次里摇船到上海运污水。半途上，跟上海人打架，我们的船被人家撞破后漏水，结果舱里全湿了，晚上没地方睡，最后是你上岸到地头抱了一捆稻草，让我光着身子贴着你睡的……"

"唉，那个时候也难为你了，才十五六岁，要干一个壮劳动力的活。"父亲扭过头，闭上双目，似乎在责备自己因"走资派"而害了他的儿子。

其实，现在想来也没什么，我记得那一夜自己睡得特别香，因为爸的体温真暖和……我沉浸在少年时代的那一幕，虽然有些悲情，却充满温暖的往事之中。

突然，在我少许转过头向父亲的病榻看去时，见他的眼角边正流淌着一串泪水，便不由急叫："爸，你怎么啦？"

父亲没有张嘴，只是闭目摇头，许久才说："为啥现在我的身子一点也不热乎了呢？"

"是吗？"我赶忙跃上父亲的病榻，用手摸摸他的身体，"挺热的，而且发烫呢！"

"不，我冷……"父亲突然像失足掉入深渊似的一把抓住我的胳膊，于是我只好紧张地顺势身贴身地挨着他……我马上意识到，父亲的内心在恐惧死亡……"没事没事，治两个疗程就大体好了。"我找不到更合适的话语来安慰他，只好说着这样的假话。而且之后的几个月内，无论在父亲身边还是在远方的电话里，我都对他说这样的假话。

我注意到，父亲的体温始终是发烫的、烫得厉害——那是可恶的病魔在无情而放肆地袭击和摧残着他日益干枯的躯体。

之后的几个月里，我多次从京城返回老家看望被死神一步步拉走的父亲。我依然注意到父亲的体温一直在上升，有时我甚至感觉他的肌体是一个燃烧的火球——烧得父亲不能着床，如今每每想起他生前那钻心刺骨的疼痛情景，我依旧胆战……

去年国庆前夕，父亲的病情急剧恶化，开始是每小时吸一次氧，后来根本就不能离氧气了。最后，我和母亲不得不决定再次将他送进医院。这个国庆长假，是我与父亲诀别的最后日子，也是他生命的最后几天。以前听人说那些患肺癌者最后都是痛死的，我有些不信，但经历了父亲的病情后，我才真正感受到那些可恶的肺癌，真的太可恶、太恐怖了——它能把世界上所有的疼痛聚集在一起并最终摧毁一个人的生命。

患此病的父亲太可怜。他一边艰难地大口大口地吸着氧，一边则要忍受着全身如蛇啃噬的疼痛。我和家人守在他的病榻头，无可奈何。我想帮助他翻身，可刚手触其肤，父亲便会大声叫疼……躺着的他又不能着床，着床片刻的他既不得翻身，又不能动弹，一翻身筋骨皮肉更疼。我想用手轻轻地扶起他靠在软垫上躺一会儿，可父亲说那软垫太硬——他的骨架已经被病魔噬空和噬酥了。

"来，靠在我背上吧！"看着父亲这也不是那也不行的痛苦，我拭着泪水，突然想出了一招——与父亲背对背地蜷曲在床头，让他在靠我的背上歇着……

"怎么样？这样行吗？"我低着头、将身子蜷曲成四十五度左右，轻轻地问父亲。父亲没有回话。一旁的妈轻轻告诉我：他睡着了。

真是奇迹！多少天又叫又喊的父亲，竟然会靠在儿子的背上酣睡了！我的泪水又一次淌湿了胸襟。

　　十分钟、二十分钟……一小时、两小时……先是我的双脚麻了，再是我的腰麻了，后来是全身都麻了。但我感到无比幸福，因为这是我唯一能给父亲做的一点点事了。那段时间里，我感觉到了父亲那么熟悉和温暖的体温，同时我又深感神圣——我意识到在我们爷儿俩背对背贴着的时候，是我们何氏家族两代人的生命在进行最后的传承……

　　那是热血在从一个人的身上传流到另一个人身上，从上一代人传承到下一代人血脉里……那是一种精气的传承，一种性格的传承，一种文化的传承，一种魂魄的传承，一种世界上无法比拟和割舍的父子之情的传承！

　　作为儿子，我觉得即使永远地以这种姿势陪伴父亲，也便是一种必需的责任，一种必需的义务，一种必需的良心，一种必需的品质，一种必需的人性，一种父与子之间才能够有的情！

　　与父亲背贴背的感觉真好！

　　它使我真切地感到了什么叫儿子，感到了为什么父母都希望有个儿子，同样也感到了父子之间传宗接代的全部规程……

　　啊，父亲，儿子真幸福，能如此长久地感受父亲的体温，尽管它那么微弱，但那是自己父亲的生命体温！因为这熟悉的体温，曾经让我摆脱过恐惧，曾经让我摆脱过尴尬，曾经让我在屈辱和徘徊中增加勇气，迅速成长，直至也可以撑起一片世界！

"你累了，下来歇一会儿。"父亲重新躺下时竟然脸上露出一丝极其满足的笑意对我说。

我伸伸胳膊，伸伸腿，浑身有些酸疼，但嘴里说着"没事"。

这天中午，许多年没有见面的几位战友邀我去吃饭。我本不想离开父亲，但他劝我走，说你们一起当兵多年，分别后又难得一聚，应该去。

约两个小时后我重新回到医院时，推开病房的那一瞬，我一下惊呆了：父亲的病榻头，瘦小干枯的母亲竟然学着我的样子，也蜷曲在床头，与父亲背靠着背……看着两位相依为命的老人，尤其是七十有三的老母亲那蜷曲下垂的身影，作为独生子的我当时不知有多么心疼……我一边擦着泪，一边赶紧上床替下母亲。

当我与父亲重新背靠背的时候，只听身后的父亲舒坦地叹了一声："还是你的背宽……"

泪水再一次模糊了我的双眼。父亲呵，除此之外，儿还能为你做什么呢？

国庆长假结束，单位要我回京。无奈须向父亲告别，我意识到这可能是与父亲最后的诀别了。父亲见我流泪，安慰地拉住我的手，放在他胸前，说："我的身子还是热的，上班去吧，没事。"我噙着泪珠朝他点点头。

四天后，父亲走了。那一天是农历九月初九，我得讯的那一刻，直奔机场。我不相信父亲在没有我在场的时候会闭眼，可他确实闭眼了，永远地闭眼了……

下午两点，当我赶回家时，父亲被一片悲恸的哭声包围着。我双膝跪下，不由放声号哭，因为我发现，在我双手抚摸父亲脸庞的时候，感觉他的体温已经冰凉，我的心彻底地碎了……

父亲呵，你的体温一直那么温暖，可是，离我而去时为什么竟会这般冰凉？

2009 年 12 月 21 日

（本文荣获首届"真情人生纪实散文征文"一等奖）

母亲，永远的"铁姑娘"

　　母亲今年到了北京，第一次有那么长久的时间跟儿子一起生活，这对我来说是一份幸福。而在这份幸福感里多少潜藏着我内心的几分疚意，因为老人家现在已经八十岁了……人活八十不易，尽管现在许多人远远超过八十寿命，但在我看来这是个很高的人生峰岭——我的父亲和我的爷爷都没有完成这个任务，相反我的奶奶则活到了九十岁。

　　女比男长寿，这在我的家族里获得验证。不过，我最想表达对母亲的一份敬意是，她比我奶奶更具有铁一般的人生形象。奶奶是一生都细声细语的人，小脚，长相完全像个大家庭出身的贵族太太，但她的娘家是离我家不足五百米远的一户纯粹的农户。人不能貌相，我母亲相反，她出身则纯粹是一个"街上人"（苏南话，意思"城市人"）。我的外公是位商人，做布匹生意，往返于上海和苏州、常熟之间，这也许是我舅舅后来有了一位上海籍妻子的缘故。外公生意做得好的时候，我出生地的何市镇上有半条街是他的，但他最终不出息，赚了钱就赌和抽大烟（鸦片），最后把家里什么东西都卖光了，连孩子也卖给了乡下人——那个孩子就是我母亲。母亲半岁时，穷困潦倒的外公病逝，无奈之下，外婆把我母亲卖给了成为我后来外婆家的一户乡下人家。"街上人"的母亲从此也成了一个半农半城的人。因为母亲后来的家里太穷，房子全是茅草铺垒的。这一家的外婆家有我的三位姨妈和一个舅舅，生活不是一般的穷。据母亲自己讲，她懂事后就经常回生母身边。相比之下，"街上人"的生活好一些，可我印象中，我的亲外婆住的地方也很破落，两个房间似乎是被劈开的侧房而已，我的两位表哥住着。亲外婆是个天主教徒，吃素。

舅舅是个小职员，与我上海人的舅妈生了好多孩子，所以小时候我经常把表哥们认混，至今依然不记得他们到底谁是谁。舅舅、舅妈对我很好，他们都叫我"明明"。但舅舅、舅妈的晚年过得完全不咋样，听母亲说他们年龄大了得病后身边没有人，一起双双自尽谢世，这对我刺激很深。某些上海人的种种劣迹，从小给我留下了极深的印象：他们小气而心胸狭窄，没有人情味，稍稍触犯了他们的一点儿针头大的利益便会终身与你结仇。一个不争气的外公给一个家庭带来的命运是非常悲惨的：我的姨妈叫江瑞娥，但人家都称她为"江大大"，大概是江家的"老大"吧，至今已九十多岁了。也许是父亲遗传的原因，我姨妈生来有股天不怕地不怕的精神。她年轻时正值中国抗日烽火硝烟四起的时候。姨妈是个不安分"守纪"的人，她参加了被人称为"土匪"的地下抗日力量，给新四军和地方武装做事，《沙家浜》中的那些阿庆嫂、沙奶奶式人物就是我姨妈她们当年的典型形象。但姨妈的命运不好，解放前参加地下革命被人当作"女土匪"。

解放后，由于她的天然革命性，总是与那些说假话的干部对着干，"文革"前又总喜欢讲刘少奇、王光美一家如何如何地好。王光美曾经在我们家乡那里搞过 1964 年"四清"运动蹲点，姨妈对王光美颇有好感。可"文革"之中因为这个原因，她被打成了"现行反革命分子"。造反派把她屡次吊打，断了一条腿，曾一时被逼疯，光着身子到处乱跑……那时正值我当兵年份，武装部因为有姨妈的这些"政治问题"，我的应征人伍也便成了问题。这是后话。对这位姨妈，我心中一直很内疚，因为她曾几次托信于我转交王光美同志，但我没有完成任务，现在王光美同志已经去世，为此我深感对不起姨妈——她一辈子受苦太深。

还是来说说我的母亲。

母亲就是生活在这样的家庭里，她原本应该是很不错的出身，却注定要彻底变样。年轻时代的母亲什么样，我没有多少印象，只见过一张她的二十多岁时的照片，齐耳短发，洋气中有股力量。母亲嫁给了一个人使她摆脱了那个姓"王"的穷家，她嫁的那个人就是我的父亲，不过因为可能是父亲的原因，使我母亲这个满身"街上人"气息的女人后来则成为了一生的"铁姑娘"形象。

父亲是生产大队大队长，年轻的时候估计是这个原因才把母亲诱引到手的。听父亲自己说，大跃进时他带领民兵营在很多当地有名的水利工程上显过威风。其实在我家族里，当干部的父亲最没有力气，我爷爷和叔叔才是扛几百斤不吱一声的"大力士"。但父亲是大队长，年轻时肯定要"以身作则"，时时处处要冲锋在前。我知道父亲为此一定非常痛苦，因为他只有一般男人的力气，却要干出超过一般男人的力气活。那是绝不能作假的场面，过去的水利工程，其实只有一件事，就是用力气挑泥——将河心底的那些死沉死沉的泥土挑到岸头。这种苦力，作为他儿子的我也干过，所以知道其苦力之苦。做父亲那类小干部的妻子，除了面子上光彩一点，其他的实惠根本不会沾边，只有更卖力的份儿。母亲就是在这种条件和时代下慢慢成了"铁姑娘"。

"铁姑娘"是"农业学大寨"中的中国妇女形象，她们是一支干男人一样的活的突击队，大寨大队的郭凤莲就是最典型的"铁姑娘"。关于大寨和"农业学大寨"的事，现在的年轻人或许根本不知道是怎么回事，而对我们这样年龄的人来说，不用加任何解释都明白。在中国二十世纪的六七十年代，除了"文革"之外的运动，还有像"工业学大庆"、"农业学大寨"等运动，不能不说这些与经济发展和人民生活相关的运动有其进步意义。我反对一味对当时的这些运动提出批判，自然不得不承认这样的运动也会有许多违反自然规律的主观色彩，比如"农业学大寨"运动中不能根据各地不同的情况进行因地制宜行事，比如过度的以粮为纲措施导致了中国农业生产在许多地方反而倒退。但毛泽东主观愿望开展"农业学大寨"则是为了号召农民们像艰苦奋斗的大寨人一样获得在全国的广泛传播，并通过这种精神促进落后的中国农业发展，这些良好的主观愿望不应一概被当作坏事。学大寨中广大农民激发出的改天换地精神和为国家多打粮的奉献精神，我认为非常宝贵，至今仍然十分需要。其他地方不说，我亲身感受到的即使在我的老家——江南苏州地区这样一个鱼米之乡，正是因为"农业学大寨"运动，才促使许多农田基本建设获得巨大的改进和提高。虽然那时我年龄还小，却已是"农业学大寨"运动中的一名战天斗地的小社员，并且有过刻骨铭心的记忆。那时我仅有十几岁，由于"农业学大寨"的影响，我们那儿一年种三季水稻和小麦，冬天又要搞各种各样的水利建设，三个字：太辛苦！甚至有些不堪回首。无论如何现在的年轻人和现在的农民兄弟姐妹是不会经历那种苦生活了。也许正是这样的苦难生活，练就了我们那一代人的钢铁般意志和坚定不移的信仰。也正是因为有这样的生活，所以我才更加深刻地敬重母亲作为那个时代的"铁姑娘"形象。

何谓"铁姑娘"？就是那些在"农业学大寨"的运动中表现出与男人一样干重活、干累活甚至比男人干的活更重、更累的年轻姑娘们。当年由于农村被"农业学大寨"运动，搞得农活太多，太繁重，许多地方的男劳力已经无法承担，于是就由妇女来承担，然而能够与男人一起拼打的只是少数或年轻的妇女，于是"铁姑娘"队伍就这样诞生了。

其实像我母亲这样的"铁姑娘"，生来就是。她们那一代年轻妇女，除要操持家务外，争强好胜的脾气和环境从某种程度上说是被逼出来的。我记得在小时候，父亲等男人们一到冬天就去外地搞水利建设了，留在生产队的妇女们就得顶起男人的活，比如挑河泥、挑大粪、抗旱等重活就得妇女们干。母亲那时身为大队长的妻子，她丝毫不会有半点"官太太"的特权，有的只能是比别人更卖力的可能。母亲太要强了，我记忆中母亲一生都在干男人们干的重活、累活。尤其是"农业学大寨"的时候，她和队上的几位年龄相仿的妇女们一直是生产队的顶梁柱，甚至连男人们都不愿干的事、胆怯的活，她们也都担当起来。夏天在炎热的气候下插秧、收割，她们冲在最前面。尤其是到了"抢收抢种"的双抢时节，母亲天天只能睡四五个小时。早晨三四点钟就得起床为我们一家人做好饭菜，然后便披星戴月去拔秧和割稻子了。白天的干活时间除了几十分钟的吃饭时间，晚上还得干到九十点钟。想想她一天还有多少休息时间？

这就是母亲。这就是"铁姑娘"。

七年前父亲患绝症，我回家探望。宅基地后面还有一块菜地，平时浇水一类的事由父亲完成，从河边挑一担水即使半满桶，也有八九十斤重。有一天我陪父亲在院子里晒太阳，父亲突然说："你去帮你娘挑担水。"我回头一看，瘦小的母亲，竟弓着腰，从河边挑起两桶水，颤颤巍巍地朝岸上走……我赶紧过去抢她肩上的担子，却被她一手挡住："还是我来。"这怎么行？我抢过担子接过来，却直不起腰来。

"看看，还是我来吧！"母亲讥笑我无能。那一刻我深感自愧，又对矮小我一个多个头的母亲肃然起敬：她都七十二三岁了，竟然还能挑得动近百斤的水担！

不是母亲有超人的体魄，也不是母亲身体格外健康。母亲的个头一般般，年轻时也属中等个，她的身体一直不怎么好，有偏头疼病，一到夏天就头晕；冬天怕热，一热又要晕倒。很可怕，我到北京工作不久，曾经让她到北京小住，哪知第一天进门就躺倒在床上再也起不来……她说她受不了屋里的热度，大冬天的零下十几度，她却要穿着单薄的衣衫在外面吹风，看得我们直心疼。她却说这样好受些。转过头她就咳嗽，咳个不停——她的气管有病，也许就是这样生成的。在老家也是这样，冬天和夏天都是她难过的季节，然而母亲年年都要经历这些苦难。可她竟然一年又一年地苦过来了。

顽强地、从无怨言地、不折不扣地这样负重，这是母亲一生留给我的最大精神财富和最光辉的形象。

或许所有的人生下来就有一种懒惰的毛病，能少干一点就少干一点，这几乎是每个人的天性。但似乎我母亲骨子里就没有这种懒惰的毛病。无论对公家的事还是在自己家里，甚至在外人家，她是一生都闲不住的人。不干活对她来说是一种罪孽，甚至是痛苦。她的这种"铁姑娘"作风甚至遗传到了我姐姐和妹妹身上，与她们三个人生活在一起，我这个"公子"是最幸福的，因为什么活都不用我插手。对此有时我深感惭愧，但又常常心安理得。在母亲面前，我经常想：一个人为自己或自己家里人干多少活、多干些活，不会有怨言，能自觉自愿，但如何为公家而干、为别人而干，没有啥报酬情况下也能做到这一点的人，到底是什么精神和出发点在支撑呢？

我问过母亲。母亲只说了一句："反正有人要干的事情，你搭一把手就干了。干了就不要去计较。"这是她的话，也是她一辈子的人生哲学。这是一个新中国锤炼出的"铁姑娘"的内心世界。

我亲爱的、苦命的、永远值得我学习和敬仰的母亲！

王蒙——永远的大青年

　　国庆期间，文化部和中国作协等单位联合在国家博物馆隆重举办"青春万岁——王蒙文学生涯六十年"文献展览，受中国作协主席铁凝同志和党组书记李冰同志的委托，我代表中国作家协会出席并做了贺辞，对展览的举办表示热烈祝贺！10月6日，还陪同贾庆林主席参观了展览。

　　王蒙老师是我国当代著名作家，是文学界德高望重、广受推崇与爱戴的大家。他在六十年前便创作了长篇小说《青春万岁》，当时才十九岁。王蒙老师从一位风华正茂的青年变成了一位年逾古稀的长者，岁月如此无情，然而在我看来，王蒙老师依旧是春风拂面、英姿勃勃、中气十足的文学大青年！正乃青春万岁！而《青春万岁》也是王蒙老师早期现实主义小说的代表作。作品描写的正是当年北京学生们如诗的学习和生活景象。我认为，用这部小说命名今天的展览十分贴切，因为这与王蒙老师始终保持的人生青春和文学青春相契合。

回顾王蒙老师迄今六十年的文学生涯，我们不难看出，他始终以高度的社会责任感和智慧灵感，致力于当代文学的繁荣与中国文化的传承，他坚持不懈地用自己手中的笔，参与祖国文化大厦和精神世界的建设，创作了数量众多、质量上乘的作品。如长篇小说《青春万岁》《活动变人形》《青狐》，中短篇小说《组织部来了个年轻人》《蝴蝶》《春之声》《风筝飘带》，随笔《我的人生哲学》，传记《王蒙自传》三部曲等，都曾引起巨大的社会反响，尤其影响了包括我本人在内的几代中国青年们的成长和文学爱好。今年初，王蒙老师又推出了七十余万字的长篇小说《这边风景》，最近我们又由衷高兴地见到几个大刊上同时推出他的一批新作，他极其旺盛的创作激情与活力，令我们文学同行和广大读者感叹不已。王蒙老师自己说过一句话，写作也是劳作，而劳动者是永远年轻的。劳动可以让生命延长、让青春延长，王蒙老师以自己的实践和行动又一次给我们证明了这一点。他以他永远年轻的青春激情和青春笔调，生动而深刻地描写和反映了中国半个多世纪以来的历史性进步和社会发展，充分展现了一位文学家与祖国同行、与人民同心的拳拳赤子之心和崇高抱负追求。他的创作是共和国六十多年发展巨变的历史见证，也是中华民族心灵史的艺术纪录，它让我们深深地感受到一位热爱祖国、热爱生活的文学家的青春般的心跳与炽热的激情。

王蒙老师曾经担任过文化部和中国作协的重要领导职务，主编过文学刊物，扶持过一代又一代青年作家。与此同时，他以自己不断突破自我、不断创新、不断进取的写作，影响着众多青年作家，激励着大家一同在文学艺术的道路上出奇、出新，不断开辟着艺术的新境界。在自己长期的创作过程中，王蒙老师始终坚持与时代同心的创作追求，始终把社会进步放在心中，把中华文化的传承作为重要出发点和落脚点。王蒙老师自觉接受各族同胞、各族群众的哺育和关爱，并从这种哺育和关爱中汲取创作、情感以及语言的丰沛资源。勤劳、善良、勇敢的中国各族人民，始终是他创作的动力。王蒙老师的人生和创作历程异常曲折与丰富，他博采众长、广泛借鉴，在多种文化的共同激荡与影响下，形成了自己鲜明而独特的风格。他为人坦荡、胸怀开阔，睿智幽默、坚韧乐观，他的这些个性都在自己的作品中得到了很好的体现，这也使他的作品总是具有深入人心的感染力和影响力。他让我们喜爱他的作品，也珍爱他这个永远充满青春活力的人。他的作品和他的文学追求，如一把烛光照耀并引领着当代中国文学与文化的前行征程，我们有理由再次向王蒙老师致敬！

祝愿这位永远的大青年身体健康、创作丰收！

"好婆"杨绛今年一百零三岁

癸巳年春节前，中国作家协会安排我去看望和慰问一批老作家，其中有钱钟书先生家。钱老先生已故，他的老夫人杨绛依然健在，杨绛且也是一代文将，所以每年包括铁凝主席在内的作协领导都要去拜会和慰问。能到这样的文坛巨匠之家自然是件幸运的事。但对我来说，还有层特殊意义，因为钱钟书先生和夫人杨绛都是我的老乡，"老乡见老乡，两眼泪汪汪"。可不，当我踏进钱府与一百零三岁的长辈见面握手那一刻，我们一老一少用苏州话相拥相亲时，我的眼里含着泪花，不想老人家竟然也是晶莹闪动……

　　去之前，同事告诉我：杨绛先生今年有一百零三岁了。天哪，一百零三岁是个什么样呀？我想象：那一定是颤颤抖抖、坐在床头有人替其"翻译"才能点点头的人吧？何曾想，我眼前这位一百零三岁的老乡，见到晚辈的我踏进门槛，便满脸红光、带着一脸慈祥的微笑，竟然"噌"地从沙发上站起，迈着均稳的小步直面而来。

　　"谢谢，谢谢你们又来看我。"她用一双柔软的、充满弹性的手将我的双手握紧。

　　"您……"我一时语塞，这就是杨绛先生？一百零三岁的老人？

　　"侬好啊！"我不知说啥为好，因为事先知她是苏州老乡，所以说了一句苏州话。

　　"好好！侬也是苏州人啊！"不想杨绛先生立即用一腔纯正的苏州话回应我。

　　"是啊是啊。吾俚两个都是苏州人。"我连忙回应。钱钟书和杨绛的老家离我家不远，在无锡，无锡过去一直是苏州管辖，所以我们是真正的老乡。钱先生和杨先生是一对传奇夫妻，他们两家本来就是熟人，有这对文将姻缘就更加亲近，这在我家乡都知道。钱钟书先生的《围城》，堪称"中国近代文学中最有趣、最用心经营的伟大小说"。这部"伟大小说"是钱先生在上海沦陷时所作，同时倾注了夫人杨绛的心血。正如钱先生在《围城》出版时序言中所说："这本书整整写了两年，两年中忧世伤生，屡想中止。由于杨绛女士不断地督促，替我挡了许多事，省出时间来，得以锱铢积累地写完。"

《围城》成就了一代文豪。钱杨二人相濡以沫，一生相敬如宾，体现了我姑苏大家贵人之家风，也是近代知识界爱情与婚姻的楷模。他们唯一的女儿叫阿圆，钱钟书认为这是他"平生唯一的杰作"。确实，当我读完杨绛先生2003年所著的《我们仨》一书后，感叹这一家三口的旷世亲情！敬之佩之。

杨绛先生生于1911年，比钱钟书先生晚一年出生，今年就该是一百零三岁了。我第一次见如此高寿的长者，不仅是一位文坛前辈，又是一位亲切可敬的大老乡，一时不知如何称呼她为好，于是便只能请教大老乡了。

"称呼您什么呢?"我抚摸着她柔软而暖和的手，凑近她的耳朵问。

大老乡朝我笑笑，抬起右手，干脆把塞在耳里的助听器拔下："这样反而听得清。"她的话如涓涓流水，百分之百的苏州吴话声调。

"奶奶?"我试探，因为我暗暗一算：怎么着，她也应该是我的奶奶辈了。在她面前，我第一次感觉自己太年轻了！就是活到八十岁，也会觉得太年轻。

她依然平静地笑。

"杨阿姨?"

她依然平静地笑。

"阿婆?"我想起家乡对比自己长两辈女性的称呼，便马上改口。

大老乡依然平静地微笑，笑得让我有些慌乱。到底该叫什么呢？突然，我想到了自己的奶奶——我奶奶是1999年去世的，去世时是九十岁，如果活到现在，不也正好是一百零三岁吗？于是我心头立即涌起一股热流……

"好——婆！"我凑到一百零三岁的大老乡耳边，深深地用情、轻轻而又清脆地这样叫了一声。

"哎——"大老乡突然声音爽爽地、温暖地应道。

紧接着，便是"孙儿"与"好婆"之间的一个热烈相拥！之后是一阵亲切无比的"哈哈"大笑。

"好婆！好婆——"我连声叫道。

"好婆"又连声应道。

在我们苏州，叫"好婆"是晚辈对祖母的亲昵称呼，有的叫"亲婆"。看来杨绛先生是非常认可我这个小老乡对她的这一称呼的。

之后，"好婆"对我就格外的亲热了。她拿出自己的著作《我们仨》给我签名赠送，并且在扉页上认认真真地写下一行字：小老乡建明同志存正　杨绛敬奉　2013年1月14日。我看过钱钟书先生赞赏他夫人的字写得好的文章，此番现场亲睹一百零三岁的"好婆"书写，其笔锋墨迹清秀端雅，实在令人敬佩不已！

"'好婆'啥时候回老家？"我问。

她说，已经有二十多年没有回了，她说她非常想念苏州和无锡老家。我告诉她现在我们老家比一二十年前不知又美丽多少倍了！她高兴得直言："蛮好蛮好！正想回去看看。"

"'好婆'看上去也就是七十三岁！有啥秘窍？"

一听我这话，她的脸上竟然泛出一片红晕，说："就是啥都不管。"

是啊，这难道不是百岁老人的长寿和生活的全部诀窍吗？

"好婆"今年一百零三岁，"好婆"定能活到一百三十岁！

我这样祝福和祝愿她。

　　"好婆"亲昵地握住我的手，说："谢谢侬，明年再来看我啊!"

　　"一定!"我们相约新的春天。

谢晋的最后一个遗憾

　　中国电影事业的著名艺术大师，谢晋导演去世了，早想写篇文章纪念他，却因一直无法抹去内心的思痛而几次都未能动笔。在谢导最后的几年里，我与谢导因一部电影而结缘并相处了很长一段时间，这是一部反映农村教育题材的电影，也是谢导从事电影事业几十年以来的一个心愿，电影的名字叫《琴桥悠悠》，我是编剧，谢导是该电影的总策划和总导演，遗憾的是谢导的突然辞世使这部电影成了他一个未了的心愿⋯⋯

　　十年前，中国的教育问题正处于改革转型期。我因写了一部反映贫困大学生的长篇报告文学《落泪是金》和另一部长篇报告文学《中国高考报告》在社会上引起巨大反响，社会各界广泛关注，我也因此而名声大振。当时有十几家大大小小的影视制作单位来找我，包括赵宝刚和中影公司这样的大腕级导演与制片单位。那时我对电影并没有太多经验，后来中国青年剧院影视制作中心的院长亲自带着编剧来找我，于是我便以八万元的低价将《落泪是金》的版权卖给了他们。可没过多长时间，中国青年剧院被撤销了编制，他们就与我的编辑将电视版权转卖给了中国电视制作中心。之后我得到的消息是这个中心的编剧"一直在抓紧搞"。时过两年后，突然在中央电视台一套黄金时间播出了一个反映贫困大学生的电视连续剧。我的编剧打电话气愤地告诉我："何老师，他们太可耻了，正在播的这个电视剧是我们的，他们剽窃了我们的《落泪是金》内容！我们应该起诉他们！"我当时不太相信，怎么可能呢？我们完整地把电视剧本交给了这样一个国家最高的影视制作单位，她一个编剧怎么可以这样无视我们的权益而私自把我们的剧本去"重新"加工一个电视剧呢？我怀着不愿相信的心情静静地看了这部正在央视黄金时段播出的电视连续剧，该片基本剧情或者说主要情节都是我的《落泪是金》内容。最气愤的是他却在电视片名后面加了一句"本片内容取自新闻材料"这句话！

《落泪是金》一书其中几个关键的情节是我走访了四十多所大学、采访了四百多个当事人才获得的独家素材，从没在哪个"新闻材料"上出现过。比如有一个情节，一个贫困生交学费时从内裤里掏钱的情节，这是我在采访上海的一所大学时一位大学生所给我讲述的一个故事。当时我和两位编剧真的感到很气愤，如果是小公司、小人物干这类事也就原谅了，而一个代表国家电视制作机构的编剧会干这种事，实在太令人气愤了！许多人建议我和编剧跟她打官司，无奈当时因为我工作太忙，精力不够，所以官司最后还是搁浅了。

通过这事确实让我对一些影视公司有了很不好的印象。但是与谢晋导演的相处改变了我的一些成见。影视界毕竟还是有优秀的值得尊敬的人，谢晋大师就是！他的为人和他对艺术的真诚追求让我长久地品味与怀念——

2003年的5月，整个北京城还笼罩在"非典"袭击的恐怖当中，到处冷冷清清……有一天，突然一位朋友打电话告诉我说："谢晋导演要找你，想请你写一部电影本子。"我听后大为意外和激动，谢导那么著名的大导演，他会找我写本子？对方告诉我：他知道你写的几部教育题材的书影响很大，正好谢导要拍一部教育题材的电影。原来是这样！

我们第一次相见在京广大厦，我如约赶到。大楼里静悄悄的见不到一个人影。到谢导住的房间后，谢导一见如故一般地扬着他特有的大嗓门，一边笑一边指手画脚地说道："整个楼就我一个客人！他们都害怕，我不怕！'非典'算个啥，我不怕！我现在住这儿是半价……"虽是第一次见面，但这位年近八十岁的老人那样乐观和爽朗的说笑，使我即刻对他产生一种特别的亲近感——谢导就是这样一个人，他对所有的人都这样平和、亲切和真诚。

坐下后谢导对我说："建明，你的《落泪是金》一书反映当前教育问题写得非常的深刻！这样好的题材，假如不搬上银幕，作为电影人，我感到非常可惜！"

"我打算要拍一部反映农村教育题材的电影。中国的教育问题太多了，江泽民同志在上海当书记时就跟我说过，陈至立同志当教育部长后也非常支持我。我想请你来写剧本。"谢导向我说出了他的打算。

可以这样说，我和无数中国人都是看着谢导拍的电影长大的，面对这样的一位大师的盛情邀请，我又激动又兴奋地问他："为什么一定要找我写这个电影呢？"

谢导笑呵呵地指着我说："我找你不容易啊！你是大作家，名声很大哟！我今天总算找到你了！你写的几本教育方面的书我都看了，所以找你。"我有些受宠若惊。

36

　　后来在一次朋友聚会得知，拍一部教育题材的电影谢导早有打算，他曾经打算与写过《班主任》的著名作家刘心武老师合作，后来又觉得《班主任》反映的是中国二十多年前的教育问题，与目前差异太大了，所以谢导又去找著名作家陈祖芬老师商量，而陈祖芬老师向谢导直接推荐了我。

　　那一次见面，谢导后来跟我说起了《落泪是金》改编的事，他慷慨而气愤地对我说："建明，你的书被人骗走了！前段时间在中央电视台播出的那部大学生题材的电视剧都是用了你的东西，是一个女编剧先找到我的影视公司，然后又让我们与天津一家影视制作单位合作完成的！最近看了你的书，才知道那部电视剧原来都是剽窃你的东西！你怎么不跟他们打官司？"我听后无奈地苦笑，说："影视界有些人的德行很差，跟那种人打官司会很无聊，我没那兴趣，再说主要是没时间。"当我把前前后后的过程向这位大师说明白后，谢导仍然愤愤不平地说："怎么能这样！简直没有一点基本的职业道德！"

　　还是说说我与谢导的事吧。

　　关于谢导约我写教育题材的电影，当时我心中并没有数，因为教育是个大概念，写什么呢？

　　谢导明确地说："我想拍一部中国式的《山村女教师》！中国的教育我看根源是基础教育，特别是农村的教育问题。现在农村尤其是山区的孩子念不起书，考不上大学，原因就是那里的老师不行嘛！为啥老师不行？主要是那里待遇低，没有几个人立志在农村和山区教书嘛！"谢导对中国教育病弊这么一针见血，令我大为惊叹。原来他要拍一部教育题材的电影就是为这个啊！我们一老一少即刻有了共同语言。而我知道苏联的《山村女教师》是部著名的电影，谢导一生追求高品位的大艺术，他的愿望就是要拍反映中国形象的《山村女教师》。当时我掂量了一下自己的能力，说："恐怕难于胜任。"谢导立即鼓励我："你的书写得那么好，不会有问题的。我们一起来做这件事！"有大师的话，我便鼓足了勇气。

从此，我跟着谢导断断续续地一起为这部他最后的电影开始奔波……

因为题材定位"山村女教师"，所以我们一起到了谢导的家乡熟悉情况。先到了他的老家绍兴，最后选择了温州的泰顺县作为"生活原型"基地。泰顺处在浙江与福建交界，是个偏远的山区。这个地方特别封闭，当时我们去的时候是从温州出发，要坐四五个小时的汽车才能到达，而且一路非常不好走，岖崎山路，蜿蜒绵亘。那一年谢导已经是八十岁的老人了，走路常常给人感觉是摇摇晃晃的——其实他一直是这个样。但当我们只有两个人的时候，我就十分紧张，因为一旦出了事，我可担当不起——谢导是我们国宝呀！果不其然，第一次到泰顺的路上，就把我吓了一大跳，至今仍心有余悸。那一天在半道上，我们从吉普车上下来准备方便一下。坐在紧挨司机前排的他，比我先下，突然我见身材高大的谢导身子一晃，从车门口倒下，然后顺着公路边的斜坡连续翻滚了几米远……"谢导！谢导——！"我吓得飞步跑过去，迅速将他扶起。"嗯——"谢导睁开眼睛，朝我看看，又瞅瞅斜坡，若无其事地从地上直起身，说："没事，没事，是踩空了。"

八十岁的谢导真的没事。当我为他检查一遍确定他确实没事后，长长地松了一口气，然而从此以后我常提醒自己：千万不要马虎，紧跟谢导身边！同时我也多次提醒他身边的人：务必要在他单独出门时派个人跟在他身边。"没事！我好好的要派啥人？撞手撞脚的！"谢导总是这样不听别人的劝告，老人非常执拗，几年后他一个人在房间里去世，跟身边始终没有人照料有直接关系——为这我常常感到我们许多人是对不住谢导的，他毕竟老了，八十多岁高龄的人怎么放心让他再独自走南闯北地奔波呀？

在泰顺的日子里，我负责采访和实地感受生活，谢导则忙于寻找拍摄点。晚上我们一起在宾馆里商量剧本的写作计划和电影情节的构思。这之后的近一年多时间里，我们连续三次因这部电影而到过泰顺。记得 2004 年春节刚过，谢导就把我带到了泰顺。从上海出发时，我从苏州老家给他带去了两只老母鸡和几条阳澄湖的鲜鱼，谢导和他夫人特别高兴。在他书房里我们多次长谈，谈电影，谈社会。谢导对当时某某某拍的几个所谓的大片恨之入骨，道："简直是糟蹋电影！"而谢导也常常很无奈，说现在没有几个人到电影院去看电影，他认为票房价格太高。"老百姓看不起电影了，这中国电影还有啥希望?"他认为电影票应该不高于十元钱。"我就是要拍能让老百姓都看得起的电影！"大师对此耿耿于怀，但却无力扭转现实。

"中国那么多的现实主义好题材，他们在干什么？天天拍些乌七八糟的东西骗钱！糊弄老百姓！"谢导对一些所谓的名导的行为十分反感。

大师曾多次对我说，他要用最后的力量来为中国电影"正本清源"。故而，认认真真拍一部中国式的《山村女教师》成了他艺术人生中的最后一个追求和特别期待的美好愿望。然而他最终没能实现，其间的种种原因，令大师和我都对中国当代电影界的价值取向产生了重大的疑惑和不解，这也是造成谢导最后一个遗憾的症结。

而作为中国电影大师的最后一个遗憾的见证者，我在与他一起的日子里学习和感受到了许多他的可贵品质，而这些宝贵的东西时常在我眼前萦绕……

我记得有一次到泰顺正是夏天，特别地热。当时，我们已经对泰顺这个偏远的山区产生了浓厚兴趣，主要是谢导和我找到了"山村女教师"的故事原型和实景拍摄地。泰顺这个地方有三样东西令我和谢导激动：一是这里有许多"老房子"，这些老房子多数是明清时期那些达官贵人家留下的建筑，非常气派。难以想象在明清时期交通十分落后的年代，竟然有人将无数巨石和巨木运进深山！我和谢导对那些庭院深深的老房子喜欢得不想离去，其中我们还见到了一个村子里两位状元留下的故居，有意思的是两位状元一文一武，那武状元家居前面，文状元家居后位，一前一后，错落有致。更有别趣的是在两居之间有一条石子通道十分别致，它们由不同的两条石子路并列而成，据说为的是两位状元在同行或者对面而过一条道时相互不碰撞与躲闪。在封建社会，状元都是有身份的人，讲究排场，在这个小山村里，一文一武的状元相处得十分和谐，堪称一绝。我和谢导对此感慨万千。泰顺的第二绝是遍布于大小山谷之间的那些美丽别致的廊桥，它们或建在悬崖之间，或建在河谷两岸，煞是壮观漂亮。我和谢导在当地百姓的引领下，几乎探秘了当地所有廊桥。泰顺的第三绝是横亘在一条条山川河谷之间的石町桥，那湍流之中忽隐忽现的一根根插入河底的石桩排列在一起，或十几米长，或几十米长，记得有条石町桥长达二百六十多米，壮观美丽，气势磅礴。这石町桥的石柱，远远看去就像横在河谷上的一架钢琴的琴键……"啊，谢导，你看这石町桥像不像琴桥呀！"突然有一天我被眼前的景观所感染而浪漫地涌出一个感觉。"是，是很像琴桥！"谢导也被我的联想所感染，笑眯眯地坐在石町上长长地深思起来……

在我认识谢导时，这位已经在电影界辉煌了半个多世纪的大师早已名扬天下，然而竟然那么的平易近人，且特别严格地要求自己。相比之下，我们现在听说和看到的那些一夜成了些小名的演员们的"腕相"，实在显得俗气和可笑。

照理说，像谢导这样的大师根本用不着亲自去拍摄地做那些踩点等基础工作，但谢导不仅不带一个助手，而且亲自跑每一个可能拍摄的景点。一次，当地人说有一座石町桥非常漂亮，但在大山深处，路很难走，建议年岁已高的谢导不用去了。我也劝谢导放弃，因为当时正值盛夏，气温高达三十四五度，我怕出意外。"我要去！要真是一个好景点，我不去怎么行？"谢导非常执着，抬脚就往山里走。那山道弯曲狭窄，一高一低，十分难走，稍不留心就可能倒在路边的沟谷里。于是当地的百姓听说谢晋大导演来了，纷纷从自己的家里抬出木椅、藤椅和扁担等，要抬着谢导往里走。谢导一看，像小孩似的一边笑一边逃，说："我坐那轿子不成了南霸天了？不坐不坐！"老乡们和当地干部不干，说一定要抬他。最后拗不过，谢导便坐上了农民们抬的土轿子。于是我们浩浩荡荡地朝山里进发……在前往石町桥的路上和返回的途中，我特意看着坐在土轿子上的谢导，他是那样的不自然，脸都不时地红了，还常自言自语地咕嘟咕嘟："我……我这不是成南霸天了？当年我拍南霸天，这回我自己当南霸天了……"老人那可爱劲儿越发让当地的乡亲们对他尊敬。

那一回，我们看到了一条最好看的石町桥。那些日子里，谢导和我几乎天天要出去看几座散落在山谷河岸间的石町桥，并被深深地感染和吸引。而"琴桥"上的故事也就这样在我和谢导的脑海里慢慢形成。最后我演绎了一个上海女知青因病不能到云南而通过亲戚关系到了浙南山区当知青，知青期间当了一位山村教师，后与当地一位农民出身的男教师之间产生了爱情和她献身办学的故事，作为我的电影本子的基本构思。谢导同意了我的这个剧本基调，并且指导我不断深入演绎在这个特殊年代里发生的一曲山村爱情故事。这个最后有些凄婉的爱情，除了讲述那位上海女知青本人的特殊经历与特殊爱情外，后来又加进了她和那位山村农民男教师所生的女儿长大后到这个山区小学当志愿者时，意外寻找到了自己的生父并立志留下当一名山村女教师的故事。许多剧情我特意设计在琴桥上，于是将此电影最后起名为《琴桥悠悠》，并特别得到了谢导的最后敲定。我和谢导都认为自己的电影故事很美，也很抒情，拍出来肯定非常艺术，并有深刻的思想性和普遍意义。当地政府官员和百姓听说了谢导要在他们那儿拍摄电影并取名为《琴桥悠悠》，十分高兴，并从此开始将叫了几千年的石町桥改名为"琴桥"，因为这是大导演谢晋给起的名。因为是好事，所以我也不想跟他们争这个"琴桥"的专利权了。泰顺县几年借谢导的名气，利用开发以"老房子"、廊桥和琴桥三绝为主要资源的旅游产业，我和谢导是非常高兴的。但由于这个地方经济十分落后，不能支持我和谢导将这一电影完成，从而也没有将琴桥最终地宣传出去，这是我和谢导的另一个遗憾。

谢导的遗憾还在后面。《琴桥悠悠》的剧本用去了我一年多时间，而谢导为这部电影花费的时间和精力则更多，占去了他最后岁月的许多时间。在这期间，谢导指导我不停改本子和看景的同时，还经常和我一起讨论用哪个演员来演这部电影。开始谢导告诉我准备用当红的"小燕子"赵薇和陈道明。后来这俩人忙于其他电影电视，谢导就放弃了他们。有一段时间，台湾的女演员刘若英在大陆很红，谢导说他想用这位女演员。最后不知谢导到底想用谁，可有一回我听他亲口愤愤不平地嘀咕道:"这年头,有些演员一出名就想着挣大钱,根本不知道艺术是什么!他们不会有前途的!"

从谢导的言语和表情中,我知道大师对当下的那些演员的所作所为很有自己的看法。他认为一个真正优秀的演员,只能为艺术而献身,绝不能见钱眼开。

我知道后来的几年里,谢导一直在为我们的那部电影奔波操劳。开始由他自己的影视公司投拍,结果皆因经费问题停搁下来。我不懂电影的拍摄需要花多少投资,只认为像谢晋这样的名导演还怕拉不到钱?然而我错估了这个时代的那些势利眼的能量。

是谢导老了?还是像《琴桥悠悠》这类反映山区教育题材的电影不合时势而没人理会?皆有。

我知道最初谢导想通过自己的影响力筹集这部电影的资金,为此他也拉着我去见了包括温州市委的领导在内的诸多政府官员和北京城里的企业家们,但最后都没有成功。其间我还收到了谢导给我寄来的他求助一位中央领导的信的复印件,我想这一回谢导有希望了,可等了很长一段时间仍然不见结果。记得 2006 年的一天,谢导在北京见到我,很无奈地拍拍我的肩膀,说:"看来我们的'琴桥'要夭折了!""不会吧,您老的面子那么大,人家还不给?"我不相信。谢导长叹一声后,道："不是不给我面子，而是他们不给真正的艺术和中国的教育面子呵！"

"建明放心，我会继续努力的。"那是我和谢导最后一别时他留给我的一句话。望着走向机场候机厅的谢导的背影，我的心头顿时涌起一阵酸楚：一位献身于中国电影事业的巨人，他已经八十三岁了，走路摇摇晃晃，却仍在竭尽心力为了一部不可能赚钱的"山村女教师"电影奔波忙碌，并且不惜拿着自己的老脸在到处苦求别人的"帮忙"……

2007 年，我看到报纸上一则新闻：上海电影厂已经将《琴桥悠悠》列入当年度要拍的电影，我很高兴，心想总算有人愿为谢导"帮忙"了。可是这一年我最终没有听到《琴桥悠悠》正式开拍的消息。

又到了一个新年。突然有一天我在网上看到了谢导在一家宾馆内去世的噩耗……闻知大师的不幸离逝，我异常悲痛。而让我感到最难受的是：辉煌了一生的谢导，在他最后的日子里却无力去完成一部自己心爱的电影，并过早地带着这个遗憾进了天国……

这仅仅是大师的悲哀？还是中国电影和我们这个社会的悲哀？

带着文学人的尊严而走，壮丽！

——哭送程贤章

　　谁都要离开这个世界，这是早晚的事。有的人走了，我们喧哗一阵，又忘了伤感；有的人走了，我们热闹一阵，又冷清依旧；有的人走了，你却不想去轻易地提及他，因为那份深深的伤痛一直扎在心口上……程贤章先生的去世，对我而言就是这种感觉。他走的时候，我正在国外出访，他走之前不久我到过他居住地梅州。那时他病得相当严重，瘦得皮包骨，但我们去看他的时候，他是何等的高兴，他说我是他文学道路上最后一程的"挚诚合作者"，因为这，我感到程贤章先生的走，让我久久不能从悲痛中缓过劲来。

他让我想起了很多……他让我感到一个文学家是应该如何走完最后一程时保持尊严！

五年前我在作家出版社任社长时，有一天一位上了年纪的老人在两位年轻人陪同下进了我的办公室，他介绍他是广东的程贤章。这个名字是我熟悉的，但却是第一次见其本人。出于对老作家的尊敬，我请他说事，因为我知道老作家们找到作家出版社社长基本上都是愿望出书——从一听他的名字、一见他本人进我办公室起，我内心已经做好了"同意出书"的准备，老作家耕耘一辈子，却因为种种原因不能出本自己满意的、不要花钱的书是何等的迫切，为什么我们能做到而不做呢？

但程贤章老先生没有说他自己要出书，却说他要组织全国的作家写一本《中国治水史诗》："水是人类文明的开端，水是中国历史的全部痕迹，水对今天的中国依然特别重要，所以我要组织全国的作家来写一本大书！"程贤章老先生说，那双不大的眼睛炯炯有神地直逼我："你同意不同意出？"

哈，还是为了出书。我内心笑了。

"同意。只要有人写，有人出钱，就出！"我随口而言。

"好，你社长同意了！我们就干！"程老高兴得像个小孩子，竟然手舞足蹈起来。

"我想听听你的想法，这书到底写什么？谁来写？怎么个写法？"我问。

"是这样：我们要请名作家写，从大禹治水开始，一直写到现在长江三峡建设……中国五千年文明史，就是一部治水史。我要请名家大家写！用报告文学形式写。对了，你是报告文学大家，你也参加。怎么样？"老先生滔滔不绝地给我讲了一个多小时的"规划"，老实说，我被他的精神和动议所吸引。尤其是他给我讲了他梅州好友、著名企业家杨钦欢先生如何愿意出钱帮助完成此书的计划时，我被深深感动了。

"我写过长江三峡移民，如果你认为可以收进去，我把部分篇章发你看看。"我这样回答他。

"好。我和杨总看完，审定符合要求，就立即付稿费。"程老底气十足地补充一句："千字千元！"

爽，广东人真有钱。我心里暗暗佩服。

"我今天来，除了问问你同意不同意出这书之外，还有一个主要任务……"程老眯着眼，笑着盯住我。

"说。"

"请你出山，当《中国治水史诗》的主编。"他突然异常庄严道。

"不敢不敢！我怎能做主编，也不知道你们怎么做。不要不要……”我一听赶忙推辞。

"不要推辞嘛!"方才那双炯炯有神的眼睛一下阴沉了下来,又马上闪出光芒:"来之前我早把你在报告文学上的许多大作阅读了一遍!这个主编,非你莫属!"

"那也不行。是你们的策划,你又德高望重,你当最合适。"

见我坚持推辞,程贤章老先生想了想,便说:"那这样:我们两个一起当主编,你负责编务出版事宜,我负责组稿拉人。怎么样,说定了!你可再不能推了!"

看着老先生如此真诚,我无奈地说:"那……就照你的意思吧!"

"哈哈哈……何建明同志同意当主编啦!"不想,这位我心目中敬重的老者竟如孩子般的童真,双手举着,欢呼起来。"发消息,明天告诉家里人,何建明同志同意当我们的主编了!"

这是我第一次见程贤章老先生。

几个月后,北京已是雪花飘舞的寒冬。一天,我突然接到程贤章先生的电话,说他到北京了,住在全国妇联大厦,邀我去一下。

我去了。到了以后才知道程贤章一行五个人——其中四位是他的年轻助手。"我已经走了四个多月，到处约稿，刚从东北张天民那里回来！告诉你一个好消息，不仅张天民愿意为我们写稿，而且邓刚、刘兆林，还有江西的陈世旭、北京的李存葆、天津的蒋子龙、湖南的谭谈、山东的张炜、北京还有叶延滨、缪俊杰、王必胜……他们都愿意加入我们的队伍。"程贤章老先生一口气念了一大串著名作家的大名，又说，"有的已经把稿寄来了。你看……"

他的助手们立即从湿盈盈的包中的塑料袋子里取出一沓厚厚的稿子给我看。

这是我不曾想到的，也可以说是万万没有想到的，因为我知道一项发动全国诸多作家来参与的创造工程不是那么容易，且都是些名家。但程贤章老先生竟然做到了。我能不感到格外的意外吗？后来才听说，这都是程贤章老先生亲自到一个个地方去登门拜访一个个作家才约到的稿啊！

一个年近八十、双腿患疾的老人历经数月、行程万里，在做一件与他本人毫无名利关系的事，这是何等的精神！

有这样精神的人，什么事不能办成？一年多之后，《中国治水史诗》顺利出版，在人民大会堂召开的首发式，引起了媒体和各界的热烈关注，连清华大学的著名水利院士都纷纷来出版社索求此书。为了三百多万的大型图书的组稿和出版，程贤章老先生跑累了那双有疾的腿，而他的壮举也获得了回报——当他支着拐杖颤颤抖抖地从座位上站起来的那一瞬，人民大会堂顿时响起了雷鸣般的掌声……

我看到程老先生的眼睛在那一刻闪动着晶莹。

"我不要一分钱，我只想能够在生命的最后的时间里做点文学贡献。"这是程贤章多次跟我聊的话，他那文人的童真超乎了我的想象。

"我要在家乡梅州建一座客家文学院。"这是他的一个理想，为了这个理想，他经营多年。为了这个"客家文学院"，我先后三次到梅州去与他商议，最后这座全国独一无二的"中国客家文学院"于2012年11月在梅州正式成立。那一天程贤章老先生特别高兴，虽然他刚刚动过大手术，但精神格外好。那一次梅州之行前夕，我主持出版的十卷本《程贤章文集》也正式出版，这是给八十岁的广东文学元勋带去的一份厚礼，为此程贤章老先生送我一方他心爱的砚，并说他其他的心爱之物都捐给了公益事业。

"我安眠时，什么都不要，只要枕着你给我出的这套文集就行……"他说这话时，又露出一副童真之笑。

多么高尚的心灵！他的心里只有一样东西：文学。

也许他早知道自己患了绝症，也许他根本就不知道自己患了绝症。他生命最后的一年多时间里，已经瘦得脸都变了形，但他依然跟我一南一北地在操办编辑出版另一本巨书——《中国海洋轶事》。

"海洋太重要了！中国南海、东海……不断有外国人在干扰，我们要搞本海洋的书，让国人和年轻一代了解了解中国的海洋历史和现状。"在完成《中国治水史诗》后，程贤章老先生又对我说。

新的工程又开始了，程老先生已经不能再像第一本书那样到全国各地走动了。他坐镇梅州，一边治病吃药，一边指挥着我们百余号人前后左右地工作着、写作着……这又是一部三百余万字的大型图书，参加的作家更可以列出长长的一个名单。

你走了——程贤章老先生。你在生命最后的三四年时间里，几乎是坐在轮椅上、以另一种方式在创作和编织着自己的文学锦绣，这锦绣还把其他许多作家一起烘托其中，共同闪烁光芒。

老先生，你走了。听说你走的时候特别安详。我想，你应该走得安详，因为我认为很少有人像你一样能够在生命的最后时光，可以组织几场声势浩大的文学战役、去实现一个并不属于你一个人的文学梦想，这是何等的奇迹！

我曾说过：我到梅州，是因为两人的缘故：一是因为这里出了一个共和国元帅叶剑英，二是因为这里有个广东文坛巨匠，那就是你——程贤章先生。

　　梅州我还会再去，无数次地再去。我要去看长眠在那里的你——一个用最后的生命让文学更加具有尊严的作家。

2013 年 2 月 19 日晚于北京

劳动人民的孩子不怕劳动

　　生日"开博"是我的选择。选择之后有不少朋友和读者来信向我讨教一些创作问题，其中之一就是"你如何把握工作与业余创作之间的矛盾"。想想与我一样的千千万万名业余写作者，于是脑海里跳出这么个题目，仔细品味自我感觉还有些意思，于是权作"生日感怀"向我的朋友和读者袒露一下我的文学之路与文学心路吧——

　　我的业余创作之路走了三十年，三十年里我正好出版了四十余部书、八部电影和电视。其中有大家比较熟悉的《落泪是金》《中国高考报告》《根本利益》《部长与国家》《国家行动》《警卫领袖》《永远的红树林》等。

　　三十年，四十多部书，如果把它们叠起来，快到我的胸口那么高。我自己都有些吃惊：这么多书是怎么写出来的？而我是一个业余作家！从1978年开始创作第一篇报告文学作品到今天，一年可以出版两三部书，我从来就不是一个每天可以自由支配时间的业余写作者。在我的记忆中，我最长的写作时间是在几个春节长假、"五一"长假和国庆节。于此，我太羡慕那些整月、整年可以由自己支配时间的专业作家们，我甚至非常妒忌他们，期待有一天自己也能够拥有这样的好事，然而追求和争取了几十年却从来没有实现过这样的愿望——看来只能等退休之后——这让我有些悲哀。

　　我父亲在三年前去世了。劳动了一辈子的他在临终时还关照我"不要再写了，看你每次回家都不能安宁，天天坐在电脑前没个完"。我告诉父亲：回到北京更没有时间，所以只能回家写几页纸。父亲不再说话了，他用留恋的目光看着儿子去几十里外的华西村写吴仁宝（那年"五一"长假，我接受了一项新任务，为新农村建设带头人吴仁宝写一部作品）。后来文章写出来了，吴仁宝和华西村再一次成为全国瞩目的典型。

　　"建明，你至少为我们华西村增加了五个亿的无形资产。"

吴仁宝后来非常高兴地对我说。

然而，就在这一年，我的父亲永远地离开了我……

收获是幸福的，但收获前的劳动是艰辛甚至是痛苦的。有些收获本身也是非常痛苦的。

这三十年里，我数不清自己到底采访过多少人？一千？一万？我想肯定是有的！一部《落泪是金》跑了四十多所大学、采访了四百多个当事人；一部《东方光芒——东莞三十年改革开放史》，仅采访本就有六本、前后去了五次东莞！采写《国家行动——三峡大移民纪实》，光走一次三峡工程沿线就得用十天时间，我去过三次，见过的移民不下百余人，而且还到过上海、广东、山东、江苏移民安置点……《根本利益》的主人公只有一个人，但采访与他相关的百姓达七十多人，座谈会就开了十二次……今年中宣部评出的"五个一工程"奖中我一人占了两部，算是创纪录。其中的一部《我的天堂》是写我老家苏州三十年发展与变化，用去了我三年多的所有探亲与出差南方的顺道而行的全部空隙时间。

我不知道四十部书、一百多篇（部）作品的采访总人数和总时间是多少，我只知道自己在这三十年里，特别是在近十年中，没有完整地休息过两天时间。电脑、采访本、手机，成了我唯一的"情人"、伙伴和工具。

　　我的朋友甚至带着爱惜的口气骂我：你是不要命了这样写？写死算了！我知道他们是心疼我，可我不知道如何回答他们……除了有越来越多的题材要去完成、欠别人的写作账太多等原因外，我感到因为自己是个业余写作者，所以上班之后及偷偷"假公济私"地出差进行采访外，我还能有什么方式可以完成必须"行走"的报告文学创作呢？

　　我当然也怨自己，因为我常常感觉上班和写作之后有些气短、出虚汗……但我无法停止我的写作，写报告文学，写那些需要我去表达和叙述的当代生活与当代人，写那些本该别人去写的但人家没动手去写的东西。

　　活该。谁让我爱上报告文学！谁让我终想当名出色的谁都知道的作家！谁让我出了名又推不掉那么多人来找自己的诱惑！

　　可后来我发现，上面这些理由都不是真正的原因！

　　原来我停不下写作和"报告"的原因，除了这个时代和身边所发生的诸如地震、"非典"、冰雪灾害、航天飞机上天等必须去写的之外，其实我骨子里就闲不下来……为什么？我在想。

　　噢——我终于想出来了：原来我生来就是一个劳动人民的孩子，从小就养成了劳动的习性。

　　很小的时候，我们没有书读，半天劳动，半天念《毛主席语录》——这半天念"语录"中大部分也是需要去劳动的，因为"五七指示"中最主要的内容就是教导我们去劳动……那时当小干部的父亲受难，他在农村劳动，母亲也在农村劳动，我不能不去农村劳动。现在的孩子不能想象一个六岁的孩子要去参加职业性的体力劳动——每天干八个小时苦力，挣两个工分，折合人民币一毛二。这就是我的童年。

　　七岁时参加生产队仓库搬家，一块方砖砸在我的额上，当场流血染红了我的小衬衣。

　　八岁时，每天放学回家后，必须再干三个小时左右的劳动，同成人一起锄地或者摘棉花、割水稻。我最恨在玉米地里扒玉米了，那温度高达五十多度！你不相信？你当然不会相信，因为只有参加过真正劳动的人才会知道我说的话不是假的。当年农业战线在我们南方被号召种植"三熟粮"，即冬天一季麦子，夏秋两个季节播种双季稻或种植玉米。收获玉米正好在六七月的盛夏时节，南方的室外温度一般在四十多度，而不透风的玉米地里五十度的温度是常温。有一次，我亲眼看到一个老太太在扒玉米时昏倒后没被抢救过来而死掉了，那个时候人民公社社员的一条命等于一百斤玉米的价值。我这样的小命值五十斤玉米？我曾经这样想过无数次，期望有一日"解放"后永不再钻玉米地。

九岁时，生产队已经允许我们在暑假和星期天跟着大人乘船到几十里的外乡去割草，那时"农业学大寨"，双季稻需要有机肥，普天下的社员们都把自己地盘上的每一根绿草全部收割掉，河岸和田埂都如秃子的头一样光光的发乌亮。于是我经常跟着大人们不得不到很偏远的城乡交界地去割草。我的家乡在江南，夏天最容易下雨。外出割草，常常被雨淋得浑身湿透，可谁也不会轻易躲雨去，因为我们都是有任务的：大人每天得完成三百斤草，像我们这样的小孩要完成二百斤。二百斤草是个什么概念？应该是堆起来像课桌那么高的青草吧！有一次因为我被大雨淋感冒发高烧没能完成当天的任务，我伤心地哭了许久许久……

十岁、十一岁……一直到十四五岁的时候，我已经是生产队上的插秧能手了。一天能插秧得三十个工分，等于能挣 1.8 元了！大人们夸我聪明手巧，为了保持这份荣誉，我每年差不多把小腰都累弯了——如今医生总说我的腰间盘有些突出，是不是当年插秧落下的疾症？

十四岁时我考上了高中，后来在全苏州的一次语文摸底考试中得了第一名，这让我扬眉吐气了好一阵，老师从此对我特别关爱：每次作文总是批我高分，这助长了我想当作家的一个梦想，后来还真把这梦想变成了现实。我因此特别感谢"白卷先生"张铁生——是他让我在那个不读书的年代里成了另一种英雄。

如同我这三十年当业余作家一样，在我的童年和少年时代，我的读书生涯是专业，可参加农村体力劳动看起来似乎是业余的，但一年却总是要挣到两千多个工分。这可不是一个简单的数目，要知道，一个壮劳力的大人每年努力干也才不过挣到四千个工分，而我，不过是一个少年，一个还要读书的孩子哟！我一直对此感到自豪。但同时，我也知道，为了这份自豪，我不知吃过多少苦。

我记得十几岁的时候，经常腹部疼痛，赤脚医生总给我打针，打的药总是 B2 药剂，说是补的，专门为肝胀医用的。成人后我没有发现自己的肝有什么不好，可少年时代确实我的腹部总隐隐的疼痛……高中和高中毕业的三四年里，我的劳动达到了顶峰——已经可以毫不含糊地也能挣上四千多个工分了。为这，我与壮年男子们一起在冰冷刺骨的河底挑泥，跟壮年男子们一样一肩挑起近二百斤的谷担或麦担。那时我正在发育，母亲看到我捂着腹部支撑着挑重挑而默默流泪的情景总在我眼前浮现……这是我最难过的岁月，我不想让比我劳动强度大几倍的母亲为我伤心。那个时候我很无奈，更感到绝望，工农兵大学生保送不会有我的份，因为我父亲是下台干部，还有一个"现行反革命分子"的姑妈，我只有参加和面对这样的繁重劳动的折磨，并在这种折磨中挣扎着，期待着……

现在的伙伴们不相信我当过纤夫。我告诉他们：我至少有过数十天的纤夫生涯。

我们那时经常要摇着水泥船到上海装氨水（一种农用肥料化工水）。到上海的水路一百公里，摇船要两天时间。这是我少年时代所经历的最浪漫，也是最艰辛的日子。说浪漫是因为水路上有时非常美妙，比如我们路经太湖、阳澄湖时，白帆一扬，乘风破浪，这时船后的鱼儿跟着我们的船欢跳着，晚霞照映在脸上，那种感觉让我知道了什么叫陶醉。那个时候我萌生了当作家的欲念。

但多数时候的纤夫生活是极其辛苦的。一天弓着腰，拉着几吨重的船只，要行走几十里路……我的肩膀开始是流血，后来只能用棉布填着，最后只能把纤绳绑在腰上，但那样肚子会非常的疼，然而船要逆流而上，你必须使出全身的力气才行——这就是纤夫的生活。绝没有《纤夫的爱》里所表现出的那种甜美。有一次因为同上海船帮发生打架事件，我差点被扔进滔滔奔涌的黄浦江里，如果那一次事件照这个模式发展下去，今天就不会有一名叫何建明的报告文学作家了……

童年和少年的我就是这个样子，因为我是劳动人民的孩子。劳动成为我生命中的重要组成部分。学习和读书倒是有些业余了。

后来到部队当兵了。因为部队首长见我喜欢写作，所以让我当新闻报道员，后提拔当新闻干事。谁知劳动人民出身的我，特别勤奋，干了三四年，就成为全军写稿、上稿最多的一名新闻干事，因此把我从湘西的一个部队调到了北京总部机关，成了一名职业新闻工作者……从此不安于现状的我开始写作，从写小说、诗歌，到后来发现比较适合写报告文学，这一定性，就再也没有停止过。写了三十年，甚至写出了一些名气，直到今天。

今天……今天有人问我为什么能写那么多作品，问我凭什么获得那么多奖了还是不停地写，问我为什么不知疲倦地写……我不知道自己该如何回答他们，因为我的写作速度和成果总是比专业写作者还要多，而且作品的影响力也不比他们差……这是我过去没有多想的事。

三十年了，最近总有人问，于是我不得不想一想：这到底为什么？

于是，我突然萌想出一个问题：原来我们劳动人民的孩子就是不怕劳动，命里就该劳动呵！

嘿嘿，想完这个结论后我自己有些嘲笑自己起来：现在谁还记得劳动人民是什么样的人？现在谁还会对劳动人民这个群体和他们的价值产生兴趣？

劳动人民已经被"打工者"所替代。"打工者"是这个时代对弱势群体的一个带有某种歧视的称呼。因为"打工者"明显地包含着他不可能是这个社会的主体，他充其量只是个配角——为那些主体和主导这个社会的人士或阶层服务的辅助工而已。

难道不是吗？

长此以往，连我们的劳动人民自己都不知道珍惜自己了。劳动人民的孩子其实现在没有几个爱自己的劳动人民的父辈了，他们不愿意留在家乡参加最基本的劳动，认为那是没有出息的劳动，于是大片的农田在荒废，祖辈留下的宅基开始倒塌……

知识分子更不把劳动人民当作一个社会的主体，而是将其作为"剩余劳动力"来看待，似乎劳动人民已经成为这个社会的一种负担，一种令人忧虑的负担，一种欲想铲除又不怎么容易铲除的负担。

我对此感到痛苦，感到苦楚。因为这个社会现状也使我联想到了自己的三十年的写作劳动……其实我不是什么英雄，也可能永远不会成为英雄。但我很在乎一个人是真正依靠自己的努力劳动而获得的任何成果，哪怕是自我满足一下的成果。

令我欣慰的是：我还有那么多读者。

不过从另一种角度思考问题的话，我有些悲伤：现在许多作家同行，许多年轻人，许多同我孩子年龄一般大的孩子们不再爱劳动了，他们喜欢投机取巧，喜欢一步登天，喜欢一夜成名。在官场和工作单位也同样，想当官的人，不注重自己依靠劳动而为下属及单位创造价值来获得组织和上级的信任与重用，而是走门道、热衷关系——可悲的是通常这种非正常的"劳动"会比真正的劳动所获得的要多得多和有效得多，这让我这样的具有劳动天性和埋头劳动的人感到苦恼与无奈，甚至异常愤怒。

一个社会，一个依靠创造才能获得进步的社会，如果不提倡和尊重真正的劳动，忽视真正劳动者的劳动结果是非常危险的。然而，我们今天的社会里到处弥漫着这种风气，于是我想大喊一声：劳动人民的孩子，你们应该重新认识和正视劳动本身的意义！劳动是幸福的，劳动也是人的本分，我们人类就是通过劳动才有了从猿猴进化到今天的文明历史。我们任何时候都不要忘记自己应当成为这个社会进步的真正劳动者，尤其是像我这样的本来就是劳动人民孩子的人。

　　我还想告诫人们：一个真正的劳动者会有许多辛苦，许多辛酸，许多你意想不到的痛苦与折磨——我自己就是这样，因为劳动的过多和忘我，劳动让我丧失了许多爱和被爱，丧失了来自亲人的关爱及本该对亲人的付出与奉献，丧失了亲人因我而本应有的权利与爱。这种丧失有时还会延伸到伤害自己的亲人——我们不顾世俗而埋头劳动，结果会发现，亲人已经远离你而去，只留下你一个人，孤独而疲倦地徒步着，直到死亡来临……

　　然而，我仍然坚信：劳动人民的孩子因为诚实和正直及他的聪明的劳动，会最终赢得包括亲人在内的所有人的尊重。

　　因为是劳动人民的孩子（其实我已经早不是孩子了），所以我依然会努力地在文学战线上诚实地劳动着，为这个时代，为这个国家，为这个民族的人民而尽一份自己的热情与才情，去写出更多、更好的作品。

2009 年 12 月 17 日晚

关于作家叶梅

女作家不少，但与女作家能够交成知心朋友的并不多，原因很多，其中之一就是怕出些"意外问题"，这种警惕性别人会提醒你，家人会提醒你，更多的还是自己内心的提醒。其实女作家中有相当多的优秀人才，她们不仅才华好，且人品也好。叶梅就属于这样的一个人，而且是我可以把她当作自己姐妹一样来善待的一个。其实她对我的关心关爱远过于我对她的那些微不足道——好像我还没有为她做什么。

我们的交往与交情是出自工作和友情。我们的交往几乎极少，除了开会和工作见面之外，只有一次机会是相对的近些，那就是到罗马尼亚访问，也正是这一次才有了我们后来的全部友情与文情的交往。

物以类聚，人何尝不是？与叶梅走上友人之路，正是因为我们是同属"一路人"也。

我一直这样认为：看一个作家的作品，其实要先看他的人品，事实上大作家并不一定人品是高尚者，而既是大作家又在人品上杰出和优秀者不太多——我无意贬低我们的文坛大家们，想说的是一个人业务上、专业上可以很杰出和优秀，而人品上的高尚与优质要难得多。包括我自己在内，恐怕难成人品与文品皆了不起的人物。但我是这样看叶梅的：她是文章写得美，人品更美！一个女性作家能够做到这一点，便是我心目中的高尚者和杰出者。

关于叶梅的作品，我是从当了一届鲁迅文学奖的评委后才真正了解的。因为过去十几年当杂志社主编时，看叶梅的作品通常是"三审"阶段，粗略而过。那回当鲁迅文学奖的终评委时，是与其他几部作品要作认真的比较并说出自己的观点，因而变得"任务严峻"起来，认真劲油然而生。叶梅的作品让我感到一种穿透力，这是女性对社会和人世的透穿，是文学家对万象事物的穿透，是艺术对文字铺叙的穿透，是思想对表象的穿透，她的作品的故事的构架与把握令我对这位"大姐大"级文友顿时产生了一种敬佩之情——她把故事编得那么精彩和透彻！如果不是因为名额限制，叶梅得奖是不成问题的，而得不得奖其实与作家的作品并不一定十分相关，因为票是在评委手里，鉴赏文学每个人都有自己的见解，我是叶梅作品的"粉丝"，所以当然拥护她。

对于叶梅的作品，我们自然有很多话要说，而在我看来，一个作家的笔端东西的优劣，很大程度上看其情感的真挚与否。在感情中，有两种感情是绝对最重要的，那就是爱情与亲情。许多人在谈论爱情和亲情时，总喜欢把男女之间的情感放在唯一的位置上，说起亲情自然也把小家的情感放在至高位置。其实在我看来，大的爱情和亲情应该是超越于这种性别和血缘之上的家族与故乡之情。因为家族是生命中承载着文化和血缘的，它比自然体男女之间的结合与情感撞出的火花更具久远和内涵，同时更具力量和永固性；故乡是我们所有生命的起点与情感的最终归宿地，对多数人来说还可能是肉体生命和灵魂的凝固地。只有那些真正超俗了的大气大情之人才会对这样的爱情与亲情充满刻骨铭心、全神贯注、全力以赴地去投入和倾注。而那些情感浅薄、情感时常游离或飘浮不定者是不太可能获得如此境界与体验的。我敬佩叶梅的创作和她在作品中所表达的东西，正是我所认为的人的生命中最重要的爱情与亲情。纵观她的作品，无不透析和荡漾着她对自己民族和故乡的这般爱情与亲情，因此她的作品也容易让我们一起被感染，一起跟她与爱与恨，一起进入心灵的净化与情感的激越，一起享受文化和思辨的熏陶。没有比这更让人感到收获的。

　　这就是我认为的作家叶梅。她在我心目中有很重要的地位。

恩师如父

一个正直和有良心的人是不该忘却有恩于自己的人的，这是我做人的原则。

一个令人敬佩和能够永远记住他的人应该是与我有一种终身的特殊情意，这是我认为的。

关于我的长辈、我的恩师和老领导章仲锷老师，在他去世时我没有写下片言只语，原因只有一个：他走得让我感到非常痛苦，他是在我父亲病逝后的又一位父亲式的亲人的走失，所以我不愿也不敢再提笔了……我的父亲是 2005 年去世的，那一幕令我极度悲恸，他告别人间时的那种全身的病痛情景我不愿再回忆。而章老师——我一直这样称呼章仲锷先生，是在我认为他非常健康时突然间离开我们大家的。我没有经历过自己的亲人的突然去世，因而自己的父亲去世时，我只觉得我一下突然明白和理解了男人的意义——男人在家是顶天立地的角色，父亲在世时他是我家的顶梁柱，他被众人抬出我家送到火葬场化成灰烬之后，我一下感到从此在家族里我成了父亲以前的角色，而我内心是非常惧怕当这样的角色的，然而我们是男人，因而就无法回避，这是中国的传统文化之一。

我们必须接受家族的这种生命传承。它是痛苦的，又是光荣而伟大的，更是艰巨而不朽的。

章老师意外病逝后，我一直不敢去面对我的师母和老师高桦，就像我不敢见独守空屋的母亲一样。我知道高桦老师一直与章老师形影不离了几十年……

章老师突然去世的时候我在外地，后来我在八宝山灵堂去为他送行时见到高桦老师时，她突然抱住我哭泣着说"建明，咋找不到你"时，我无比内疚和悲切，这份歉意一直留在我心头——因为章老师和高老师一直把我当作儿子般关怀与关心，而在他们最需要我出现时却并没有看到我……

章老师走一年了，现在我可以静下心来记忆一些关于他和我之间的一些事情了，算作我补上对恩师、师母的一份歉意——

认识章老师是在 1994 年，那个时候我在任《新生界》文学杂志主编，由于同在文学圈里，所以认识了"京城四大名编"之一的章老师。我第一印象中的章老师，是个彻底和纯粹的"文人"——鼻子上的高度近视镜、瘦高挑的个头、说话文绉绉的，有时突然会冒出一句令人捧腹大笑的话来，而一见文稿就会把头都要钻进去的那么一个人。这样的人我以为只能是过去私塾里才有的，然而章老师是在《中国作家》这样的当代大文学杂志社里。那时他是副主编，主编还是冯牧老先生。

1995 年下半年，我在办的《新生界》刊物上发表了一篇《科学大师的名利场》，引起了科技界一场轩然大波，于是我的日子非常的难过，地矿部长一个星期要找我三次谈话，称呼也由开始的"小何"到后来的"老何"了——那时我只有三十多岁，而部长至少是五十多岁的大领导呵！我感到了内心的政治恐惧，而就是这个时候地矿部的一帮文人们天天激动得睡不着觉了——其实他们是早想动掉我这个主编了，于是有人到处写黑信告我的状，直写到中央最高领导。不用说，上面的批示一个又一个，这种情况下我的日子肯定不好过，所以地矿部的那几个住在京城外域的文人有点迫不及待地抢我这个主编位置了，他们用"文革"那一套整人的手段来对付我，甚至把我的办公桌抽屉都敲掉后偷走了我的一些采访的原始材料……那时的情景令人不堪回首，个别小文人那种可恶、可憎的面庞尽展于我眼前。

我到了必须离开那块原本就不属于我的地盘了！

这时，冯牧老先生和荒煤老前辈成了我的一座靠山，而真正起作用和让我离开是非之地的则是章仲锷老师——他在作协人事部门力挺要调我到《中国作家》，于是我有了自己的文学归宿和人生命运的归宿。

1996年初，我办完了调动到中国作家协会工作的手续，从此成了章老师手下的一个兵，直到他退休。

因为在部队里工作了十五年，对管理人这方面有些经验，带兵嘛！所以到了《中国作家》这个文学杂志社后，我的第一个岗位就是帮助做常务副主编的章老师主持行政管理，从财务到行政和后勤，我都挑了起来，与时任第一编辑室主任的杨志广、第二编辑室主任的肖立军等一起跟着章老师办《中国作家》。

沙滩北街二号的《中国作家》办公处，用现在的眼光看，简直就是一个违章建筑——其实那就是违章建筑，原在沙滩北街二号的中国作家协会所有办公的房子都是违章建筑，而我们就在这个地方工作了许多年。这仅仅是十来年前的事情，而今一切都成历史。

章老师作为常务负责人，杂志社的方向他把着，我们都为他争当左右手。那些日子里，我觉得很惬意：不会有人来指责你这个没干好那个干错了，不会有人算计你，也不会有人压逼你，因为我们的领导章仲锷主编是个老实得自己被别人卖掉了都不知道的这么一个大好人！我们是他的下级和小辈，但我们常拿他开玩笑，而他也从不计较，甚至随别人如何的取笑他、捉弄他——而今还能有这样的领导？

文人，彻彻底底、纯纯粹粹的一个文人。章老师就是这样一个名编辑。

但我知道他对文字的较真则是严格到了极致，谁要在这方面跟他过不去，那他绝对跟你也过不去。现在还有这样的编辑吗？

他是太可爱的长者。从没有要求别人如何地对待他，从没有一点儿当官的架子，其实他也永远不会当官。他是天生的一个编辑家、文字家、文学家。他为别人作嫁衣作得有滋有味，一生不悔，无比荣耀。这一点铁凝主席几次有过她受章老师恩典的这类评价。

章老师对文学的感觉之准确和水准是现在编辑中少有的，

他对文学和文字的认真劲也是少有的。"老头"一旦执着和较起劲来，也有一股牛劲，不易拉他回岸。

他平时是连高声说谁一句都不做的人，可要是轮到对作品评判和裁决时，那就是另一个人了——毫不留情、铁面无私。

我记忆中有两件事使他成为我的父亲一般的长者：

一件是关于赵瑜兄写的《马家军调查》事件。这事搞得太热闹了，当时整个中国媒体几乎天天在炒作，《中国作家》经受了生死考验。我当时作为总编室主任，全程负责《马家军调查》的发行和市场动态，而由于马俊仁先生的一咋一呼，搅得整个媒体界和社会都来关注《马家军调查》一文了。当时《中国作家》杂志从上到下非常紧张，一是紧张社会上的反应，怕下面（读者）和上面（有关主管部门）对赵瑜兄的大作有过度的反应；二是市场反应。先说市场。其实《马家军调查》开始并不被市场所看好，记得杂志刚出来时我让发行人员到北京的个体书摊上去试卖，结果许多摊位上不理会，头两天基本上没有多少市场反应。后来的情况就不同了，远在辽宁的马俊仁先生通过媒体发表对《马家军调查》的"控诉"后，马上就有人纷纷来电要求批发《马家军调查》。"先加印几万！"我要求负责发行的同事立即行动。"加印多少？"他们反问我。"嗯——先印三万吧！"就这样，三万、五万……一路飘扬，直到三十一万册。后来我知道，当时社会上盗版的《马家军调查》至少有十几个版本，总发行量超过百万之巨。这是我经历或者说亲自操刀一本文学杂志在市场上的一次实战。这场战斗有些混乱，甚至乱到差点出乱子。有人后来问为什么我们《中国作家》杂志社不一下印它几十万、上百万？这只能说明这些朋友并不了解我们当时的压力，因为我们非常害怕，害怕一旦炒得太热，"上面"一句"不让发《马家军调查》"的话下来，我们将彻底终结这一期的市场发行。这样的考虑是对的，如果一下印上几十万本杂志积压在仓库里，这完全可能让一个杂志社破产——我们没有那么多钱支付印刷费。作为主管市场这一块，我面对的紧张其实并不是杂志社核心的问题。最核心的问题是主持日常工作的章老师，他成为当时"马家军"旋风的主角——每天铺天盖地的报道和对立式的攻击——马俊仁和赵瑜之间的有关作品和作品之外的两个人之间的人格问题的吵架。但这并不重要，重要的是另两个问题：一是肯定还是否定"马家军"被媒体引入一场许多读者参与的"爱国主义"和"卖国主义"的意识对立。二是马俊仁与赵瑜之间的"朋友"与"叛徒"之间的道德争论。后者让百姓热闹，前者则让我们非常紧张，因为赵瑜的文章基本上彻底否定了在全国人民心目中的"民族英雄"，这种否定的政治风险太大，而且非常容易被人认为是我们和赵瑜一起把"马家军"的丑事抖出来让全世界笑话,这不是彻头彻尾的"卖国主义"吗?其实后来知道辽宁方面就是以官方的名义向中央告我们状,用的就是这样的口吻。不用说,在中国这个特定的社会里,人们太容易把《马家军调查》的争议弄成政治化的严重问题。章老师承担的就是这样的责任和压力——这种压力只有你当了一个主流刊物的主编后才会有的。

关于"上面"的消息越来越多,越来越严重,一直听说最高层有人出来说话了,而且说的话对《中国作家》杂志社极大不利。原本就比较"胆小"的章老师变得话特多了,多得见人都要说上几句不着边际的话。后来竟然一个人走路也在不停地嘀咕着——"建明,老章要出问题了!"有一天,高桦老师来电话了,她痛苦而紧张地告诉我:"每天晚上整夜睡不着觉,你们千万要看住他啊!"我们确实开始在关注章老师了,发现他真的出问题了——我们不得不把他拉到北医三院……

这个医院治什么病北京人都知道。章老师的神经出现了问题,来自于外界的种种压力越过了他的心理承受力。其实章老师并没有"疯",可医生认为他"疯"了,所以必须治疗。但有思想或者思想仍然活跃和健全的章老师怎能忍受这种"治疗"?

我记得他住在医院的四层，那里面尽是神经病患者，以前只在电影和电视上看到过神经病医院的景况，当第一次探望章老师的时候我才感到"疯人医院"的真正可怕……

"建明，快接我出去！快接我出去吧！"这是章老师进北医三院一个星期左右时，有一天我奉高老师之命去探望他时，章老师见到我后所哭诉的话。那一天我真的感到恐怖，一个好端端的人，才几天时间成了真正的"疯子"——其实章老师并没有疯，如果真疯了他不会这样哭喊着拉住我的袖子坚决要求我"救"他出去。

我从没见一个上了年岁的老人的哭泣和乞求情景。必须"救"他了！原来准备劝章老师多住医院些日子的我，立即改变了主意。章老师就这样被我们"救"了出来，而我记忆中的章老师从那一次被"救"出来后，他的精神状态和心理状态及身体状态完全发生了质的变化，从此有些衰老了……这让我想起来有些特别的惋惜和痛感，也从那一天开始我对他有了一种对父亲式的感情。

《马家军调查》风波闹得非常大，大到差一点把《中国作家》和我们的饭碗都丢了的边缘，好在二十世纪末的中国已经进入了思想解放的历史新阶段，我们的宣传和文学的主管部门不再简单地举大棒子了。但作为一次文学与社会、文学与市场、文学与真实之间的较量，我们有许多值得思考的事要吸取和整理。

关于与章老师的父子般的情谊则仍然在加温和延伸……

同一年，我的一部长篇报告文学《落泪是金》也在《中国作家》上全本卷推出，这又是一次大热闹——闹到全北京甚至全中国都在关注一场不大不小的文案。这场文案由于中央电视台《东方时空》栏目的介入，弄得一下全国闻名。作为作者和"被告"的我，自然成了所有读者和关注此事的焦点人物。毫无疑问，当时我的压力可想而知。这其实是一场关于正义和丑恶之间的斗争，我写《落泪是金》是为了让那些读不起书的大学生获得社会的关注和帮助，而且第一次提出了"弱势群体"这个概念。但因为一个受人教唆的学生同我打官司，所以这部影响巨大的作品和一个社会问题使得我不能安宁和安静，甚至面临人生命运的种种压力。《落泪是金》是我的成名作，同时也是我同章老师感情升华的一个特殊阶段。章老师当时是杂志社负责人，且他本人的身体和心理还没有完全从《马家军调查》风波中解放出来，而他却父亲般地一直关怀和关心着风浪中的我，并不断给予我支持——道义上的和真正实际上的帮助与支持，使我深感温暖和力量。一场一年之久的官司最后是以我为胜者结束的，可我并没有感到胜利，因为我感到疲劳和无奈——是非被颠倒后的滋味是非常恶心的，正义被邪恶丑化后更是可悲，而我们的现实生活中经常会碰到这种命运。好在有我的领导和父亲般的好人——章老师使我渡过了一场劫难。

1999年，我和杨志广一起成了《中国作家》副主编，我们雄心勃勃，决意将双月刊改成月刊。这个动作对一个文坛有广泛影响，且又是冯牧先生一直当主编的大刊物来说，这是一次大动作。而我们做在了别人的前面，有些开文学大刊之先河的创举。这个时候，作为刚退下来的老资格的编辑家和老领导，章老师的态度极端重要。"我支持你们，只要有利于《中国作家》就干。"这是我听到的章老师明确而坚定的意见，他的话让我们放下了一颗忐忑不安的心。后来我们成功了，并且获得其他大文学刊物的追风。

2004年，我奉命出任《中国作家》负责人，想改变一下沉闷的中国文学期刊发展模式，决意将《中国作家》月刊改为半月刊，一本小说版、一本纪实版。这个动作或许太大了，大到对我这个新主编是个非常严峻的考验。而当时我碰到了一件事：需要对原来的编委作一调整，这事是杨志广先向我提出的，希望更换一下几个去世的编委，同时也向作协党组打了报告。因为涉及人事问题，作协没有马上批下来，因此我们在改版后的三期杂志上没有把过去的编委放在杂志上。这事本来属于很正常的事，但有人却借此事向我屡屡发难，直到我不得不出面说话，可即便是这样，仍然跟某人结下了"仇"——这事一直令我有些无奈。但我感激章老师在这事上表现出的那种大度和父亲般的宽慰，他不仅没有任何的计较，更没有把后来者的处事加予任何的责备，这让我真正感到什么是慈爱的长者！

在近几年里，章老师虽然退休了，不再参与杂志社的工作，但他对我的工作支持和帮助，尤其是我到作家出版社前后的整个过程，他的意见和帮助对后来我决定去还是不去出版社起了很大影响——这中间有章仲锷老师的许多令我感动的好建议，因而我深深地感到我在作协和文坛上有所进步与成熟与我的恩师有着诸多的关联。从某种意义上讲，没有章老师和他的言传身教，不太可能有我在中国作家协会之后诸多的个人发展和创作上的进步。这，也是我体会和认为的章仲锷老师如父般的恩情与教益。

有的人一生轰轰烈烈，有的人自己没有轰轰烈烈，但他让别人和子弟们轰轰烈烈，章老师就是这样的人，因而他永远活在我和我们许多受过他恩惠与帮助的作家的心中。

用文学祭奠逝去的灵魂

又是一个清明节。我的奶奶，十五年了，孙儿我决定今天一定要去您的坟头祭奠。因为这一份祭奠太迟太迟了……我感到万分的愧疚。

十五年了，我亲爱的奶奶，孙儿不曾来到您的坟头祭奠——请您原谅，我不是专业作家，所有的创作都得占有我的节假日和休息时间，以前放弃了太多太多。今天，我要以文学的名义向您磕头……您看：今天我特意带着十五朵白花献放在您坟头。这些白花，既代表您离世的十五个春秋，也是我这十五年文学耕耘的岁月之心血——这血是白色的，它凝滴着我酸苦之泪，像江南清明时节的纷纷细雨，又像路上行人飘荡的断魂……

如今的人不大以为文学是用血泪凝成的，因为多数的文学与生活失去了最真诚的贴近和真情的追求，文学在一些人手中变成轻浮人生和谩骂现实的玩物。人们不再喜欢它并不是没有原因。

然而文学又曾让我有过一段刻骨铭心的流泪经历、伤心往事。因为文学，它让我失去了您——亲爱的奶奶。

"今天、此时此刻，我的奶奶正在走向她告别人世的最后一段行程……作为她的长孙，本来我要亲自为她送行，然而我不能。我不能是因为我今天必须站在这里，站在法庭向整个世界和你们这些法官陈述，陈述我做人的尊严、陈述我的文学尊严……"这一段话是十五年前我因创作长篇报告文学《落泪是金》而引出的一场轰动社会的官司时我在法庭上的开场白。

我奶奶本与文学无关，她也不懂文学，不认识几个字。但她却因我、因我的文学作品而死，死得有些悲怆——那一天早晨，中央电视台的《东方时空》节目里，播放着她孙儿的我因写《落泪是金》而被人中伤的事，九十岁的老人家，无法接受这样的诽谤，而且她根本不相信有那样的事发生在她孙儿身上，所以卧床重病中的她一边看着电视，一边突然捂着胸口，连吐三口鲜血，再也没有人叫醒她……奶奶就这样离开人间，带着悲愤与不平，带着对孙儿的我的牵挂。

当得知老家出了如此不幸，正在京城被一场无聊的官司所纠缠和困扰的我，无比悲伤。我深深地自疚给本可以多活几年的奶奶带去了这份不应属于她所承载的文学伤痛……

《落泪是金》是我因时任团中央第一书记李克强等领导之邀，从1997年开始投入创作的长篇报告文学，为此事我走了四十多所大学、采访对象多达四百余人，历时近一年时间才完成创作的一部反映贫困大学生在校生存困难的长篇作品。这部作品花费我的精力和体力自不用说，还自掏出差采访费四万多元。后来它也成了我的成名作，作品一经发表，立即轰动全国，一百多家报刊连载转载。记得《北京青年报》第一家连载的那一整天，我所在的单位五部电话被打爆。来自全国各地的读者向我诉说他们阅读《落泪是金》后的巨大震撼和反响，纷纷请求希望与那些上不起大学的贫困生取得联系，愿意伸出援助之手帮助他们解决经济困难。

一时间，因《落泪是金》而引发的全国性关注贫困大学生热潮形成，我和我的作品成了大热门，短短几个月里，社会各界自愿向贫困大学生捐助的信件和汇款，像雪片似的飞向各个大学、飞向团中央和各级团组织的贫困生求助机构……其中有普通公民、好心人，也有党和国家领导人。连外国驻京机构的朋友们也一起参与到了救助活动之中。当时全国高校中的贫困大学生现象非常严重，北大、清华等著名高校的贫困生都很严重，尤其是一些农业大学和民族大学的贫困生生活更加令人心酸。读不完书而辍学、退学甚至自杀的现象极其严重，所以《落泪是金》引发了高校和社会的强烈反响。记得到天津南开大学的那个报告会上，我整整签名了八百多本《落泪是金》，手都快要累断，但学生们仍然长时间地不肯离去。

不曾想到一部作品，引发一场空前的爱心救助热潮！也不曾想到文学会给人们心灵世界如此巨大的冲击。人们最初认识我就是因为这部《落泪是金》。社会了解贫困大学生也是从这部书开始的。文学的力量让我对文学有了新的认识，同时也让我感到文学的高尚和尊严。据共青团组织和相关大学的不完全统计，仅因读者看了《落泪是金》后自发捐助贫困生的社会善款就达几千万元。之后国家领导同志又对作品作出批示，推动了政府和教育部门相继出台各项救助贫困大学生的措施与各种"绿色通道"，让更多关注贫困生活动走入了正规渠道。我对此深为欣慰。然而就在这时，一场官司突然袭来，其中一个采访对象被人利用，说我作品中引用他们的贫困证明材料是"侵犯"了他们的隐私和"剽窃"行为。一部轰动社会的作品，出了一件这么个事儿，其轰动性不亚于作品本身。

那些日子里，北京街头的报摊上天天有我的新闻，一时间我也成了"名人"，走在大街上随时被人认出。拥护我的、质疑我的均很多，于是也有了中央电视台出了专题节目说事的，也有了我奶奶之死和我到法庭上的慷慨陈述……官司打得辛苦，第一审很可笑的结果是：我竟成了输家。天下岂有此等道理！当时我就像许多看到有人倒在街头而好心上前扶起却反被赖着赔偿的可怜人。那个时候内心极其伤感。后来官司打了一年，时任中国作家协会的多名领导和北京市人大主任张健民及著名大法官、全国政协副主席罗豪才等出面为我呼不平，最后是最高人民法院作出重判，才使我得以恢复名誉，还了文学应有的尊严。

这是《落泪是金》官司的全过程。前一些日子有人还在网上说此事，讲我因《落泪是金》如何如何，他们根本不知道后来官司的最后结果。

老实说，《落泪是金》是我第一次真切地感受文学的力量，同时也感受了来自社会的一些非主流的丑恶行径对普通公民的人心摧残。也许正是《落泪是金》后来给社会带来的极大正能量，使我抱定报告文学创作和回报社会的文学之心更加坚定，并且一直走到今天。

今天站在奶奶的坟前，我献上的十五朵白花有几个含义：一是想告诉她：虽然您为文学而意外地告别了人世，但孙儿并没有倒下，相反这十五年里，我创作了拥有大量读者的十五部作品——《中国高考报告》（改拍成电视连续剧，并获全国报告文学奖，年度畅销书）、《根本利益》（改拍成电影、图书获"五个一工程"奖、年度十大畅销书之一）、《共和国告急》（获鲁迅文学奖）、《国家行动》（改拍成电视连续剧，在央视黄金时间播出，获"五个一工程"奖）、《部长与国家》（改拍成《奠基者》电视连续剧，在央视 2010 年开年大戏播出、获"五个一工程"奖、鲁迅文学奖、年度畅销书）、《生命第一》（获中华优秀图书读物奖，年度畅销书）、《一个人的世纪记忆》、《我们可以称他是伟人》、《破天荒》、《中国农民革命风暴》、《永远的红树林》（获全国优秀短篇报告文学奖）、《我的天堂》（获"五个一工程"奖）、《忠诚与背叛》（获"五个一工程"奖、年度畅销书）、《三牛风波》（年度畅销书）、《国家》……我特别要告诉奶奶的是，《落泪是金》后来也获得了第二届鲁迅文学奖，并改编成电视连续剧近年在全国各地播出。其实获奖和改编电影电视，对我来说早已不放在心上了。到作协领导岗位后，我们已经主动放弃了像鲁迅文学奖等国家级文学奖的入评资格。

然而今天我最想告慰奶奶的还是：十五年来，因《落泪是金》及国家后来相继推出的各种政策措施，已让近一千万贫困大学生获得了社会及政府的亲切关爱和帮助，他们的命运获得了彻底的改变，不再会因经济贫困而上不起学。我书中所写到的那些苦孩子，他们早已完成学业，他们的孩子今天也差不多都上学了。您老人家的三口血，曾经让孙儿的我心痛了十几年……现在我感到有些舒缓，是因为孙儿没有愧对您的期望，一直在自己热爱的文学道路上前行着。许多人并不知道，您老在年轻时是我故乡的一位大美人，您还是一出曾经大家都熟悉的《沙家浜》戏中的主角阿庆嫂——数以百计的当年为掩护新四军而充当茶馆老板娘的原型之一！太平天国时我们何家宅基被"红毛"（起义军）烧了三天三夜；日本人侵略中国时，奶奶您眼睁睁地看着自己的堂弟被鬼子用枪托活活打死……于是您和您的姐妹们开始投身于消灭侵略者的地下斗争——给新四军和游击队送茶、送粮、送药品。我的故乡就是"沙家浜"。奶奶您和我的大姨妈，还有许多亲戚都是当年抗日地下工作者和新四军的支持者、保护者。你们的身上流淌着革命者的热血。你们把这种热血的基因传给了我，让我在文学的创作中始终记住一种神圣的责任意识，那就是：不会与无耻和无聊者同流合污，只会与国家和民众一起呼吸，并把崇高的文学使命进行到底。

安息吧，我的奶奶！

写于癸巳年清明节

我们是兄弟
——为同事杨志广送行

　　到北京三十余年，还第一次见得这么早就下起那么大的雪——那天我走到户外，仰头望着纷飞的鹅毛大雪，突然心头一阵发紧：老天怎么啦？

　　老天——它真的出事了啦！它要无情地把与我同龄和同社同室工作了十四年的好兄弟杨志广带走了……大雪的第二天，我正在发烧，又赶上北京正迷漫在甲型流感的疯狂之中。本来不该出门，但因为是志广、因为是我的好兄弟，我必须到医院去一趟！

可刚出门，我就想折回——原因只有一个：我不想再看到那痛不欲生的一幕幕悲情……

我的父亲与志广患的是同一种绝症：肺癌，他患病时间比志广早两年，我父亲从查出绝癌到去世十一个月。所以在我父亲去世两年后得知志广查出肺癌时，我内心紧张得要命：这还了得！

谁都清楚，患上这样的绝症，便意味着行将死亡。

活着的人并不清楚死亡的那一瞬是多么可怕。但几乎有些经历的人都知道，患肺癌的人在结束生命时候是最痛苦的，尤其是像我这样亲眼见过父亲离世情景的人更加知道这一点。

志广啊，你怎么也会患这样的绝症呢？你不该！你可以生各种病，可以一直不用上班，可以想做什么就做什么，但你无论如何也不能患这样的绝症！

当时的我就是这种心境，然后每每见到志广时脸上则不得不总是挂着很不自然的笑容这样对他说："没事，治疗一段时间就会好的，你想休息就休息，你想上班看看稿子就来班上……"

事实上我心里在想：说的什么废话！

与志广认识是在1995年，那时我在《新生界》文学杂志当主编，当时已经知道我快要到《中国作家》了，于是借机邀请了一批《中国作家》的工作人员和汪国真、毕淑敏、徐坤等作家到我老家"沙家浜"采风，就在这一次与志广相识，第二年开始我们便成了情如兄弟的同事……

八九年弹指一挥间。2004 年我开始主持《中国作家》工作。2005 年，我、志广、肖立军又在筹划将《中国作家》由月刊改成半月刊，创办《中国作家》纪实版。2006 年我们干得风风火火，受到同行的热切关注。而就在我们再次意气风发迎接新的挑战时，从内蒙古采风回来的志广在煤炭医院体检时被告知患上肺癌……

天！这是我当时在内心重重发出的一声叹息。因为我知道患上这样的病等于宣布你的死期，而且你必将面临死亡前的极度痛苦……

志广啊，你不该得这种病，善良而内向的志广，勤奋而志远的志广！

我的父亲离世的时候是七十二岁，这是男人的一个坎，他没有过去。而五十刚过的人却要接受死亡的挑衅实在无法接受。志广和我同是 1956 年出生的人，而且生辰的月份也非常近，又同在一个单位，十几年时间一直在同一个办公室工作，共同在为一本《中国作家》的发展与生存奋斗，我们基本上又同处一样的职位。很难想象十几年里我们竟然从没有因为什么事争吵过一次、红过一脸，这或许在文学圈里是少有的。所以我们内心都把对方当成亲兄弟相待。有一个例子可以证明：在志广患病的后期，有一天他突然给我打电话，半天说不出话，当我连呼他几遍后，他才不停地哭泣起来，而且始终没有说出话来……我知道他太痛苦了，于是赶紧赶到医院。见面后，志广的表情好了许多……当我想多坐一会儿与他聊聊天时，他却一再让我"走吧走吧"。这样的提示只有亲兄弟之间才有，因为他不愿意将自己的痛苦转嫁给他的好友，我知道他的这份心意。

这样善良的兄弟怎么可以就这样地走了？我很痛苦。从父亲患病、离世，到同室同事志广再患绝症的这四年多时间里，我的内心一直如此。

关于志广，作为同事，我有说不完的话，因为我是后来才到的《中国作家》，他在《中国作家》的资历比我深得多，他对文学和编辑的理解与功力也比我强，他在作家圈里的影响也是人人皆知的。在我们的前辈中，京城早有"四大名编"之说，而我一直这样说，在继章仲锷、张守仁等四大老名编之后，京城的文学期刊界的编辑队伍中，志广是屈指可数的新一代名编。尤其是他对小说的理解和感觉，是被许多著名作家、批评家和大编辑们所认可的。我的这些依据一是来自《中国作

家》内部，因为志广一直分管小说编辑室，而小说编辑室是
《中国作家》的支柱，在相当长的一段时间里，编辑部一直是
志广领导的，即使在上世纪八九十年代的双月刊时期，《中国
作家》经历了冯牧、高洪波、章仲锷等几任领导，但干实际工
作的始终是志广为首的一批业务骨干，而且可以这样说：作为
编辑部负责人和主管业务的副主编，志广在这其中所付出的是
最多的。

"志广"，是杨志广的名字，但又是我们大家对他的称呼，
在杂志社，我们所有的人都这样称呼他。这是一份亲切，一份
特别的没有距离的亲切，在我们同辈之间，这是兄弟间的称
呼；在与老一辈之间，这是一份亲切；在与年轻一代，这是一
份尊敬。一个人能够被人这样称呼并非易事，但志广做到了，
他以自己一生的谦和、平实、善良、包容的美德获得了这份广
受的尊敬和称道。志广这样优秀的编辑家、批评家现在在文学
圈里已经不是很多了，这一点更让我感觉他的匆匆离别，实在
是文学界的一大损失。

我到作家协会比志广要晚，后来因为工作需要，成为杂志
社的主编。作为副主编的他，没有因为这一点而内心产生过不
悦，相反在日后的几年里，他始终如一地支持帮助我，并且与
我一起设计、策划《中国作家》的几度改刊和新的发展思路，

其间我们一直并肩战斗，使得《中国作家》从双月刊变成了全国唯一的文学半月大刊。特别是将一家文学期刊明确地分为"小说版"和"纪实版"来办，这是文学期刊如何适应当下市场需求的一种有益尝试。近几年，如《当代》等一些大刊纷纷增设"原创"或"长篇版"，从某种意义上讲是借鉴了《中国作家》的改刊经验。2008年6月，当我离开《中国作家》时，我们在总结近十年的办刊探索之路时就与志广谈过一个共识：文学期刊要在当下的社会条件下获得进步与发展，就必须经常地进行内容和形式上的调整，否则就难有出路。实践证明我们的探索是成功和有益的。在我离开《中国作家》的一年多时间里，在新主编艾克拜尔的领导下，《中国作家》越办越好，人气不断聚增，令人欣慰。而这其中，患病后的志广的贡献毫无疑问仍然是重要的，并且更加让人敬佩。

在开始得知志广患绝症的那些日子里，我特别担心他会很快彻底地垮了，但令我惊愕和意想不到的是他竟然在面临绝症时表现得那么从容、那么坚强和那么无畏！这份从容、坚强和无畏表现在志广这样性格的人身上，在我看来是极其伟大和超然的。因为换了我和其他人能不能做到这一点，实在是另当别论。两年多时间里，志广一边治疗，一边上班，基本上仍然承担着副主编的角色，而一个人能够在生命的最后岁月里忍受着肉体和精神上的巨大痛苦的同时，仍然如此兢兢业业地工作着，也充分证明了志广对文学、对事业、对人生的那份执着、热爱和淡定。每每想起这些，让我更加对自己的好兄弟、好同事——志广有一份崇高的敬意，并且禁不住泪水盈眶……

志广是不该这么早就走的。如果身体不出问题的话，毫无疑问他应该是中国作家协会所属单位的一位表现十分突出的主管领导者，也毫无疑问他是全国众多作家心目中的一位优秀的编辑家、好朋友。

我知道，《中国作家》创刊近二十五年间培养了一大批优秀作家，今天那些活跃在文坛上的中青年作家，几乎都受恩于《中国作家》的滋润，而他们又几乎都接受过志广作为编辑朋友式的指点，于是我们会发现：虽然志广在《中国作家》的二十几年间一直在为别人默默无闻地作嫁衣，但经他之手"出笼"的一部部作品却早已响彻中国文坛，为广大读者所熟识，并且永远地写入文学史册。从这意义讲，志广短暂的一生留给我们和这个世界的其实是一笔相当巨大的财富。对此，我想文学界应该有足够的时间去总结和褒扬。

人活着的时候，人们并不珍惜许多东西。似乎只有到了真正患病和离世的时候才明白什么叫珍贵，然而到了那个时候又有什么用呢？

　　我们都知道这个道理，但又有谁在没事的时候把这样的事放在心上？有人说人生就是一场痛苦，这话不无道理。问题是身处这种痛苦之中的人常常还在这样的痛苦中自添百倍的痛苦来折磨自己、折磨别人。志广在患绝症后与我有过多次谈话，当我十分关切他的病情发展情况时，他却平静而真切地反倒一次次地提醒我："建明，你的脸色不太对劲，有时间去查查。""你瘦多了，得多注意了！"这些话是我离开《中国作家》碰见志广后他常对我说的话。那一刻，我的心头会顿时涌起一股股暖流……这不就是兄弟间的亲情吗？

　　志广和我皆属猴，猴性应当是活跃和聪明的灵性之物，相比之下，志广要比我内向一些，但他的活跃和灵性不像其他属猴的人那样容易表现于外在，而是常常表现在他的幽默和突发奇想上。所以我们一对"猴子"在同一个单位共事，共同执着地为《中国作家》工作了十几年，这是我参加工作后的几十年中一段最舒心和最难忘的时光，所有这些可以归功于志广的功劳。他的忍辱负重、他的包容宽厚、他的勇于担当、他的无私奉献、他的任劳任怨和甘当配角等美德，使我和诸多同事获益匪浅。我相信，留下志广大半生心血的《中国作家》一定会在艾克拜尔主编、肖立军副主编的领导下继承志广的职业美德和高尚情操，越办越好。我想这也是志广为什么在患病后的几年里仍然一直没有放弃工作的一种期待，因为《中国作家》是他的生命，它可以成为志广和我们这些曾经为之努力奋斗的志士的理想的追求圣地——既然已经存在了二十五年，那么它的生命还应该有五十年、一百年……而且到了那个时候，志广的、我们的《中国作家》仍然那么年轻，那么充满朝气，那么吸引更多的读者和作家们！

志广，我的好兄弟，你听到我们这样对你说了吗？现今，在天堂里的你，可以好好休息了，《中国作家》的工作人员和广大作者们、读者们，将永远惦记着你……

安息吧，志广兄弟！

不可能再有这样的大导演

——纪念谢晋诞辰九十周年

不是所有的艺术家都能像谢晋导演那样受到人民群众的广泛爱戴和普遍喜欢的。2013 年 11 月 21 日，是我们敬爱的大导演谢晋的九十诞辰日。余秋雨先生曾经说过这样一句话："如果把二十世纪分成前后两半，要举出后半个世纪中影响最大的一些中国文化人，那么，即使把名单缩小到最低限度，也一定少不了谢晋。"我想也是，但我想在秋雨先生的后面再加一句话：即使谢晋导演在二十一世纪初仅仅只有几年时间在世，然而他照样影响着这个世纪的大部分时间，因为他的艺术生命始终并没有因为他的生命终结而终结过，相反"谢导"的影子和"谢导"的作品一直在被人们提及和继续地被当代人捧作经典来观摩与议论它。

2008年10月18日，是谢晋的去世日，当时这一噩耗震惊了中国亿万公众，因为谢导——全国上上下下的人都这么称呼他，走得突然，甚至走得有些让人不可接受。我和所有熟悉他的人都有一种一时无法释放的悲痛……在谢导九十岁诞辰前夕，我收到了由他外甥宋小滨编著的《家里家外话谢晋》一书，读着里面的每一行动情的文字，不由勾起了我对谢导的怀念之情。同时也泛起了当年谢导与我在一起时所谈及的许多"闪光的历史瞬间"，而这些谢导在世时不曾公开发表的诸多与他电影事业密切相关的史实故事，也从宋小滨那里获得了更进一步的证实——我以为发生在谢导身上曾经有过的这些重要历史事件，也应该是新中国文艺史的组成部分，因而想在谢导九十岁诞辰时讲出来，算是对人民尊敬的中国一代电影大师的一份珍贵纪念吧——

谢导在旧中国时代就已经成名了。新中国成立后的1950年，他考取了北京"华北人民革命大家政治研究院"。在当年的6月11日的发言中，他就说过一段记在他日记中的话："我们已经参加了革命队伍，更是不应该老为个人打算而把自己放在第一位。但光靠近群众还是没有用的，要爱群众、关怀群众（像关怀爱人一样，这当然一时不易做到，但这是方向），并随时地向群众请教、学习。"从那个时候开始，谢导一生走的电影艺术事业都是按这条路线走过来的，直至他生命的最后历程。谢晋之所以得到一代又一代领导人的特别重视和关爱，受到一代又一代中国人民的喜爱，这与他确定的这一艺术人生方向密切相关。他还曾这样说过："艺术家要有赤子之心，要有历史的忧患感，要像太史公写《史记》那样，要像屈原、司马迁、杜甫……一直到当代的巴金那样，对民族充满责任感、忧患感、使命感。"

正是因为谢导的这份赤子情怀，使得他一生的艺术事业备受几代领导人的高度关注和厚爱。宋小滨给我看了一张照片，那是 2007 年时，时任上海市委书记的习近平同志到上海电影集团公司进行工作调研时，与谢导手拉着手，边走边聊的情形。当时习近平满眼深情地对谢导说："谢导，我是看着你的电影长大的。"

看着谢导的电影长大的，几乎是我们许多中国人的真实写照。但我从谢导的口中还知道，谢导的电影还受到了几代中国领导人的特别关心与特别关照。

1960 年，谢导执导的影片《红色娘子军》上映后，立即引起全国轰动。同年，红色娘子军第二任连长受到毛泽东主席的亲切接见。毛主席还专门授予这位娘子军连长一支苏式自动步枪和一百发子弹，并举起大拇指说："你很不简单。"1962年，就在毛泽东的《在延安文艺座谈会上的讲话》发表二十周年前夕，根据周恩来总理的提议，设立了中国电影"百花奖"。该奖是由全国观众投票选出的奖项，在中国是第一次，也是世界第一次由观众投票评选出的最佳故事片、最佳导演、最佳男演员、最佳女演员等奖项。《红色娘子军》被评为最佳故事片，谢导被评为最佳导演。后来又经周恩来总理提议，《红色娘子军》改编成芭蕾舞剧。1964 年 10 月 8 日，毛泽东主席看了该剧演出，评价道：方向是对的，革命是成功的，艺术上是好的。

谢导对我说过，他为了导演好《红色娘子军》，曾经无数次阅读了毛泽东的《湖南农民运动考察报告》《中国红色政权为什么能够存在》和《论联合政府》等。"毛泽东的著作里，对农民运动作出了极其深刻而生动的描述，对我了解和把握革命中的人民群众和当时的敌我之间的问题起到了积极的帮助作用。"谢导曾这样对我说过。

在历次政治运动中，谢导是个幸运儿，因为他一直受到党和国家领导人尤其是周恩来总理的特别关照而幸免于难。1957

年"反右"斗争高潮时，谢导正被周恩来总理点名去拍《女篮五号》，这让他躲过了一劫。后来在"反右"时，还有人奇怪地去电影厂查所有的会议记录时十分纳闷："谢晋这人平时喜欢胡说八道，怎么会议记录中没有他任何言论?"谢导后来笑言：是周总理让他"忙"得没时间去"胡说"。

在回忆一次周恩来总理召集的"电影创作会议"上发脾气的事，谢导说：那次会议是在中宣部的一个小礼堂开的。当时谢导坐在第一排，会上有人连说了几个这不能写那不能写，周恩来听了很生气，差点拍桌子，当场指着那个发言的人说句少有的"江湖"话："你算老几?"谢导说，当时全场的人都傻了，沉默了很长时间，大家没有想到周恩来会对那些干涉创作的人如此讨厌。总理有一次批评创作中的大话套话时说："你们文艺作品中写的大段对话，像报纸的社论。要作报告我作得比你们好多了，要你们文艺工作者干吗? 文艺创作嘛，人民群众是文艺作品最权威的评判者。"

谢晋对邓小平尊敬，感情也特别深。他一直保存着1997年参加邓小平追悼会的那身黑色西装、"邓小平治丧委员会"邀请他的通知书和参加追悼会时戴过的白花。有一件事让谢导在生前久久不能忘怀：那是1994年春节，邓小平和家人一起在上海过春节。当时的全国残联主席邓朴方提出要到谢导家看智障孩子阿四。谢导知道后十分激动。邓朴方到谢导家后，亲自为阿四系上红领巾。看着傻儿子佩着红领巾不停地在喊着"红领巾""红领巾"的情形，谢导的眼睛里噙满了眼泪……"我感谢朴方，更感谢小平同志还惦记着我家有个傻儿子。"谢导动情地在我面前提起此事。

1984 年，谢导拍了部当时影响巨大的《高山下的花环》。许多中央领导同志看过这影片。谢导对我说，有一次时任中共中央总书记的胡耀邦到北京军区视察部队，问秦基伟司令员："怎么搞的，烈士抚恤金才五百元？"（《高山下的花环》里有一句这样的对话说了抚恤金的事）秦基伟司令员只好对总书记说："这个标准是抗美援朝时期定的。"胡耀邦同志立即指示道："得马上改一改了！"事后，中央有关部门很快将抚恤金提高了许多。此事在全军广为流传，大家都要感谢谢导的电影。甚至有当时的老山前线军人将自己的军功章寄给谢导以示感谢他对伤残军人和革命烈士的关心。

江泽民与谢导可算是"老交情"了。"那时江泽民同志已经到北京工作，身居中共中央总书记要职。有一个晚上他打电话到我家，当时我不在家，他就在电话里对我老伴说：'我是江泽民，你是谢晋导演的爱人吗？'我老伴一听连声说是是。江泽民接着说：'我找谢晋导演，他在家吗？孩子的病怎么样了?'我老伴赶紧回答说我在外面拍片子，孩子挺好。后来我打电话回家才知道此事。事后有一次江泽民同志见了我笑着说：'谢导，我找了你三次，都找不到，你比我忙呵！'"谢导抿着嘴说他与江泽民同志之间的友情。

在拍《鸦片战争》时，谢导碰到了难题——资金筹措出现困难。他想到了时任国务院副总理兼中国人民银行行长的朱镕基，于是电影后来很顺利地拍了出来。在请党和国家领导人观摩的会上，电影放完后，影场里沉默了好一阵。谢导有些紧张地压着大嗓门，小心地问了一声："怎么样？"没有人回音。突然，有个声音打破了沉默："很好！"是朱镕基的声音。第二天，中共中央办公厅调去拷贝再放一场，会场外面至少停了五百辆车子。时任国务委员的吴仪对谢导说："我们在办公时间看你的电影，这事以前从来没有过。"

后来谢导又筹拍《拉贝日记》，同样遇到了资金问题。他再度求上朱镕基。谢导的本事大，当时他应邀出席国庆招待会，坐在与江泽民同志一起的一号桌。见朱镕基在二号桌，谢导见缝插针地悄悄跑到二号桌前，笑眯眯地将一封"帮忙"的信件交给了朱镕基同志。"后来中国银行的行长看了朱总理的批示很吃惊，说总理批准的权限是在五亿美元以上，副总理和国务委员的批准权限在五亿美元以下。可你谢导，朱总理批你的是一千万元人民币的贷款，前所未有！我只是笑，不能告诉行长我使的啥'秘密'招数。"谢导说这事时，连干了三杯茅台。他给我讲这些"故事"时总是格外得意。我知道后来由于涉及拍摄《拉贝日记》要用外籍演员问题，一时未能请到一位合适的这样的演员，所以有人建议把这一千万元贷款先放在银行里"吃利息"，但谢导坚决不同意。此片最后还是因为版权及聘用外籍演员费太贵，谢导不得不放弃了。一千万元贷款也如数被谢导归还给了银行。

　　谢导一生坦途广阔，但也有不得意的时候。与我的合作算是件不怎么顺利的事，这也应该算是谢导最后的一件遗憾的事了。2003 年北京"非典"仍处高发期时，他不顾风险，独自跑到京城来找我，说建明你写了那么多"教育题材"的作品，我准备要拍部"乡村女教师"的电影。大导演找我拍电影，令我十分激动。于是我们一老一少忙活了足有近一年时间，把剧本也写出来了，拍摄的点也踩好了，但资金却迟迟落实不了。主要是谢导的原因——他原本以为由他拍这样的关于国民教育大事的题材肯定有人会出钱，但结果就是找不到出钱的主，为此已经八十二岁的他，多次跑到北京，找这个领导那个部门，但就是没有最后落实，他甚至向时任国务委员的老熟人陈至立写信求援，可由于种种原因没有着落，一直到他在突然去世之时依然没有落定资金——这是谢导最后的一个遗愿。我知道他生前挂念着要为中国教育做件事，可惜壮志未酬人先逝，为此我听了谢导不幸去世的消息后，不由万分悲痛……

谢导一生，导演了无数精彩的电影，在中国人民心中留下了永远不可磨灭的艺术形象。他与他的艺术形象一样，也将永远留在我们心头，即使再过九十年、一百年，人们依然怀念他。

难忘战友情

　　901 部队的战友希望我写点在这个部队的往事回忆作为这支英雄部队史的一个序言，实不敢当。但我有义务做这样一件事：为我曾经战斗和生活过的部队写一点回忆。

　　我到这支部队是因为当时我们遇到了大裁军，原来我已经调到基建工程兵总部工作了近两年，突然有一天上面传来信息，说整个军队要裁一百万兵员，工程兵、铁道兵等在其中。我们是基建工程兵，肯定更在其中。当时我在兵种宣传部，下面的部队还并不清楚的时候，我们总部已经知道了即将发生的命运，所以在一些领导的授意下，我们宣传部的几个笔杆子天天给中央写信，结果使邓小平同志要裁掉这支队伍的决心更加坚定了。后来的情况大家都清楚：我们基建工程兵全部被裁掉。但在这个时候有几个特殊部队改变了命运：如基建工程的黄金部队、水电部队等就没有撤，后来他们都转为武警去了，一直到现在仍然留在军队的序列之中。我的老部队——基建工程兵水文地质部队（东北、西北和西南三个师、十二个团）就有两个团分别留在北京军区和兰州军区，为他们的给水团。我在兵种接到大裁军命令之时，被遣归到老部队——湖南的基建工程兵水文地质部队 912 团。因为热爱军队，当兵没当过瘾，所以坚持想留在部队，于是通过我朋友、老战友们的帮忙——他们是我在水文部队搞新闻报道时结识的唐辉、谭绍华、白绍华，还有当时郝团长等人，便调到了驻呼和浩特赛马场那里的原水文地质部队 901 团，那时已经改称为"北京军区给水团"了。我记得最开始是王政委，后来是夏政委——夏政委原来是水文九十一支队的宣传科长，对我很好。郝团长更是对我关爱有加，加之政治处主任和宣传科领导都是原九十一支队的领导，他们都熟悉和了解我，因此对我非常关照，这是我调到901 团的最主要原因。

　　我到这支部队的时间非常短，前后也就一年时间。但这一段历史是我人生中非常重要的一个记忆，并非我有什么光辉业绩，恰恰从某种意义上讲是我人生低潮的时候。由于大裁军，我们失去了往日所有追求，一时间有些转不过弯来。在水文地质部队时，我们三个支队相互比着工作，比着新闻报道，一起为自己的部队争光。我记得水文部队的新闻报道在全兵种中是非常优秀的，这中间有九十一支队的两位"绍华"，九十二支队有张健民先生，九十三支队就是我和褚勇军、王炳堂等，三支队伍的新闻非常厉害，我们相互之间也比着。我是1980年参加全兵种时评为全兵种先进报道工作者，据说年上稿数在全兵种第一名。正是这个原因，我才有了可能从九十三支队调到九十一支队、调到901团即后来的给水团。

如今已经三十年过去了，然而每每想起那段岁月，依然记忆犹新：

我记得离开北京往呼和浩特走的时候，在北京火车站上的那一幕，我难忍泪水……因为那个时候我根本不知道呼和浩特和内蒙古是个怎样的地方。我是南方人，没有到过北京之北的任何地方，又突然从首都到了边远的一个地方，内心充满了失落感和孤独感。但想不到的是在那趟火车上结识了一位可亲可爱的呼和浩特老妈，她一路上给了我温暖，并且后来还邀请我到她家去做客。到部队后，谭绍华、白绍华等老战友和夏科长（后来的夏政委），以及郝团长等给了我无比温暖的关心与照顾，令我孤独的心得到了安慰。我记得当时宣传科还有一位薛干事，比我小，他和白绍华同志一起在我到团里的第一个星期就在炕上给我讲了部队在沙漠里找水的故事，我听了特别激动，当即就写了篇《大漠觅泉人》，此文后来寄给了中国作家协会办的《新观察》，不久被刊出。后此文又参加了内蒙古自治区成立三十五周年的征文活动，竟然得了一等奖。纪念品是一床毛毯。这事我印象深刻。

901团是支英雄的部队，尤其是在郝团长的带领下，为当地缺水的人民做了大量好事。后李国安同志当团长后，继续发扬传统，给水团成了全军先进单位，李国安也成了英雄。

而在我的印象中，我的领导和战友们多数是非常善良与和蔼可亲的，尤其对我这样一个当时还属于小文人的外部队加入进来的新同志给予了多方的帮助关照。正是这份战友情谊，常让我想起901团度过的那段往事。我不能说之后三十年来的个人成长与进步时不时受到这岁月的影响，但我认为至少有许多关系，因为假如没有这次调动，我就不会后来又回到部队——后来我调到了武警部队，一直到1988年才转业。

现在我经常出去讲课，每次都会讲到我的部队生活，也会想起在呼和浩特的那一年特殊的水文团生活。除了记忆我到呼市后受到诸多战友和领导的关照外，我还记得呼和浩特冬天的风特别刺骨，雪下得特别大，夏天赛马场上的活动特别的热闹，呼市大街上那柳树枝特别的整齐——骑自行车把垂下的柳枝切得齐刷刷的，十分之美；我还记得当时内蒙古军区的领导蔡司令很好，对郝团长等格外看重，对我们团特别不见外。这些都给我留下了深刻印象。

借机会我想汇报一下我离开 901 团后的情况：先是到武警学院，后来 1988 年转业到地质矿产部，当报社记者编辑；后来当一本杂志的主编。1996 年初调到中国作家协会，任《中国作家》杂志的总编室主任、副主编，一直到接替陈荒煤任这本"国刊"的第三任主编。2008 年出任作家出版社社长，2009 年出任中国作家协会党组成员、书记处书记；次年当选为中国作家协会驻会副主席（副部长级），兼任中国作家出版集团管委会主任、党委书记和中国报告文学学会会长、中华文学基金会理事长。

从新闻转行为文学，一直走到今天。创作出版了五十多本书，电影电视八部，有三部在中央电视台黄金时间播出，如2010 年的开年大戏《奠基者》、2009 年的《国家行动》等。作品还有五部被选入中学和大学的课本，被翻译成英、日、韩、土等语言。

我想在此向我的老首长、老战友们说一声：我没有忘记你们！我感谢你们！我想念你们！这份情是永远的、永远的……

亲人不哭，而我热泪盈眶……

春节，我在北京，没有回老家苏州，想集中还我欠下的诸多"文债"，可是有一天突然接到母亲的电话："你姐和妹妹家的厂房塌了许多，不得了……"母亲后来有些抽泣地放下了电话。我顿然一阵揪心，似乎眼前一下呈现出亲人在突如其来的冰雪袭击中面对轰然倒塌的房屋和巨大的损失慌乱而无奈的身影与眼泪……

但我暂时还不能回去安慰和帮助我的亲人，国家有更多、更严重的灾区——中国作家协会正在组织全国的作家们深入一线采访，而我和我的单位正要完成组织交付的一项特殊任务：尽快与一线采访的作家取得联系或者组织作家到需要去的地方进行突击采访。当我带着任务、带着牵挂顺道回到受灾地区之一的江苏老家时，这里的阳光与和风正在吹起，但走出上海虹桥机场的一路上，我依然看到了道路两边的堆雪……

亲人们告诉我：这是五十年没有见过的大雪！

在我生命中所有的记忆正好也是五十年，我想了又想：确实没有见过能压塌房子的大雪。可是今年的春节前，大雪下了大半个江南，连我在"天堂"苏州的故乡也遇到了少有的大雪。亲人们告诉我，大雪下得突然，下得让人措手不及，下得能转眼间把高速公路封冻了，下得把机场跑道变成了"滑冰场"，下得河湖变成了冰上世界……办厂的姐姐和妹妹家的厂房，就是在这顷刻间下的大雪中倒下了——"那地震似的塌下吓死人了。"母亲用最朴实的话形容惊心动魄的那一刻。"好在当时厂里没有人……"余悸未消的母亲嘟囔了一句。

我以为，辛辛苦苦创办起的私营企业被大雪无情摧毁一下损失了几百万元的姐姐和妹妹见我后的第一反应是痛哭流涕、悲切恸天。可是，她们竟然没有哭，而是非常动情地向我滔滔不绝地讲述灾后的那些事——

厂房倒塌的第一时间里，市里的领导带着机关干部和消防队员是如何连夜帮助抢救厂房内残余的机器设备；

第二天保险公司的职员如何主动热情地赶来帮助她们申报损失理赔；

第三天政府慰问团如何为留在厂里的外地民工送来过节的棉被与娱乐节目……

姐姐和妹妹还在不停地讲着我故乡的干部和政府为她们做的一件件事，一直倾听着这些似乎"不太可能"的故事的我，眼睛开始潮湿……

后来，我走出亲人的家，走到更大范围的亲人中去——他们都是我故乡的亲人，于是他们给我讲的故事更多、更生动——

在上海通往南通的沿江高速公路上，突然的封路，让一辆半道上坏了车的苏北司机在封冻的高速路上不知所措，后来他只好守在车里准备与车一起"同归于尽"。沿江公路旁住的村民老俞吃喜酒回家时无意间看到了这辆冰冻在路上孤独的车子和司机，便立即赶回家里，抱来被子，提来热水壶，当然还有热腾腾的年糕。老俞走了五六里路，照顾了两天这位苏北老乡，没有收一分钱，没有收一个"谢"字。他只说："咱这社会，谁遇了难，都会有人去帮的。"

老俞说得不错。在大雪纷飞、冰冻天地的时候，著名的阳澄湖上无数渔民养殖着数万斤的虾种、蟹苗和幼鱼面临灭顶之灾的危急关头，政府组织湖上抢救突击队连续奋战十几个小时，帮助渔民保护住了他们在水中的发家致富之源，干部们却没有吃百姓一口饭、一支烟。苏州市委的一位领导这样对我说："共产党要让百姓说声好，就是在这关键时刻多想着为他们做点好事。"

长途汽车站上，我看到挂着一个牌子的地方簇拥着不少人。走近一看，原来这里正在提供免费热水和稀饭。在市场经济环境下，天下很少看到专门赚别人钱的会摆出一块"免费"招牌来无偿提供吃的东西给那些过路的人，不要以为一个体户经营的长途汽车站内能够连续十几天免费提供热水和稀饭是件不值得一提的事，可我看到那些远道来的安徽姑娘、风尘仆仆的苏北小伙，捧着茶杯、端着粥碗，喝得有滋有味的情景时，我心头渐渐热了，眼眶也渐渐热了……

我的家乡在这场大雪中也成了灾区，虽然它比起贵州、湖南等省区损失要少得多，而今恢复得也很快，但我仍然被灾后所看到的一点一滴所感动，我热泪盈眶。

文学在于激情

　　不知别人是否这样，在我看来，一切文学皆于激情而滋生出的。没有激情的存在，文学就不可能出现。

　　文学乃是人学，人学的产生来源于一个情字，没有情的文章可以是论文，可以是报告，但不会是文学作品。

　　文学作品离不开情字，因为有情，所以才有文学。文学因此是情的派生物，激情锻炼了文学的血脉与血流。

　　情出多种因素，有悲情、有苦情、有钟情、有喜情、有恋情、有爱情……而这一切都属于激情范畴，悲之超度便是恸痛之激情，苦之无法忍受便是反抗与愤怒之激情，钟情是执着的激情，喜情是兴奋与愉悦的激情，恋情是相倾相慕之激情，爱情是炽烈的生命之激情。

因此无论是悲剧小说，还是讽刺话剧，无论是爱情小说，还是反叛电影，皆因某种激情所致而使作者随其思绪完成的可以传阅与传播的文字。

激情有大有小。大的激情为人类、为世界、为民族、为国家，大的激情同样也包含一个作家内心的感情抒怀与泄愤，就是宇宙间的太阳可以普照大地，而滴水也能将太阳包容一样。小的激情为一草一木、一山一水、一事一语，而一草一木也代表对万千世界、芸芸众生、错综复杂的事物理解与认识，一山一水皆可能是作者对整个世界和人类的讴歌或鞭挞，一事一语同样可以说明真理与驳斥荒谬……

微风起波是荡漾而温柔的激情，叠浪翻卷是汹涌而飞泻的激情，眼角的一滴泪是感动与思恋的激情，嚎叫啼哭是欲罢而不休的激情——所有内心与表象的情感流露皆为激情的升降、缩与张之间。

文学不能没有激情，没有激情的文学是文字玩物，玩物的文学不是真正的文学，只能是虚假与虚伪的叙述。

真情实感下才会有真正的激情，激情不能泛用，但没有激情绝不是文学，也产生不了伟大的文学。

激情非凭空之物，生活是激情的源泉，离开了生活的土壤，激情便是一片枯叶，枯叶垒不起激情的碉堡，不是碉堡式的激情就支撑不起擎天大柱般的文学巨著。

当然情不能泛用，激情也需要理性，理性下的激情才是最深刻和神圣的，崇高而伟大的。纵观当下文坛，我们似乎可以肯定一点：真情少了，假情假意的多了，激情少了，泛情与虚伪之情多了。文学需要在这一问题上认真反省——反省你的感情就是反省你的作品，同样反省你的作品也为反省你的真实感情。

文学需要再度呼唤激情，需要呼唤真实而强烈的激情。

2009 年 12 月 11 日

爱得彻底，恨得干净！
——关于作家的感想

　　今天对我来说是一个重要的日子：中国作家协会第七届五次全国委员会选举我为中国作家协会副主席。这是一个职务，但我的理解更多的还是作家的另一个诠释：你达到了一个高度，但你同时必须承担这个高度的责任和使命。换句话说：你身至这个高度，却不能牢牢地站住，那么你终究有一天会从这个高度滑下去，直至消失得无影无踪。于是乎还可以这样理解：这个高度可能是一件好事，或许完全相反。

　　作家干什么？作家无非是要写出自己满意的和大众认可的

作品来。我们写出这样的作品来了吗？我们写了，我们自己满意甚至是陶醉了。大众有时也跟着满意和陶醉了。然而今天的大众对我们的作家还不能满意，很少的陶醉于我们的作品之中。

面对这样的现实，作家们怎么办？我们自己又怎么办？需要回答，更需要行动。

其实我的任职感言只有一句话：是真正作家的，就该多写作品，写出好作品，其他的都不是我们的擅长，我们可以期待公众原谅我们在其他方面的幼稚、弱势甚至是狂妄自大或天真无知，但我们却不能原谅自己拿不出好作品贡献给自己的读者和社会。

文学是我们的生命。我们的生命只有在祖国和时代的哺育下才能健康地成长，人民需要我们这样的生命：永远充满活力，饱含深情与忧愤，展现独特思谋和见解，爱得彻底，恨得干净！

2010 年 3 月 31 日

我的"文学春节"

中国人对过春节情有独钟，其浓浓的亲情和团圆之情、友人之情皆在这节日里尽显。不过，春节对我们这样平时整天忙于工作上的事而无法静下来写作的人来说，实在是难得理理思绪、好好行文动笔的好时机。一句话，别人欢饮豪放，我等敲键就文。这就是我已经养成了十几年习惯的"文学春节"。

最早的一件事算是从我的成名作——《落泪是金》开始的。那是1998年春节，我正在《中国作家》主持赵瑜的《马家军调查》一书的出版与发行工作。这一年赵瑜的这部作品把整个中国好好折腾了一番：在6月份出版之后的几个月中，围绕"马家军"的事着实热闹了之后的大半年，当时由于马俊仁出来要同作者打官司，故而事情越扯越复杂，甚至中央几位领导出面调解此事。而当时的"马家军"如同今天的航天团队一样，是国家的荣誉和形象，赵瑜的一篇《马家军调查》把整个事情翻了个底，这种颠覆性的报告文学，已经不再是文学的问题了，而是一个国家的社会问题。事情就这样闹大的。身处旋涡中心的我和《中国作家》杂志自然格外忙乎，问题的另一个关键是：我们《中国作家》因此跟着又大红大紫起来了，读者期待值飞扬，希望有更多好作品在我们杂志上出来。我当时是总编室主任，实际上负责杂志的经营和发行市场工作。这份责任让我更明白"抓住时机"这话的实质意义。作为经营管理者和作家的双重身份，我可能比一般人更着急能不能在《马家军调查》之后还有没有好作品推出。记得这个时候我们又拿到了杨沫的儿子老鬼拿来的一部长篇，该作品发行也算不错，但与《马家军调查》没法比。这个时候我倒对一本纯文学杂志如何走向市场有了些自己的主张：原来的拼盘式组稿需要改进——整本推出一部或两部大作品，读者更愿意接受和喜欢。这是反常规的文学杂志操作，到底如何，得由市场和读者来检验。

好作品不是想要就会来的。可杂志是周期性的，断了粮肯定会影响杂志的印象和刚刚建立的市场效应。怎么办？有一个办法：自己动手吧！就在这个时候，我接受了一项任务：当时的团中央李克强书记正在主持一项调查大学贫困生问题的工作，具体实施这项任务就交给了团中央学校部的邓勇部长。他们希望我以报告文学的形式将中国大学贫困生问题作一调查，并通过作品来呼唤社会对贫困生问题的关注。这是一项非常重要而紧迫的任务，所以调查采访工程非常大，我是有自己岗位工作的人，不是专业作家，故写作和采访就必须是业余时间。这弄得我很苦，采访量是全国的大学和众多贫困生及老师和家长等多方面的人员，后来我用了近几个月的时间，走访了四十多所大学、采访人员达三百八十多位，可想而知工作量之多。我记得有几次到大学采访是中午时间——因为我不能影响学生们上课时间，所以只能等他们下课或放学时去采访，那时没有汽车，只能骑自行车。太困，有几次我骑着车竟然打瞌睡……现在写报告文学的人越来越少，重要原因就是需要花大量时间去实地和现场采访，这让许多人退缩了。

采访是一方面，写作一部长篇的时间就更难安排了。这也是业余作家很难成为一名报告文学作家的重要原因之一。那时已经临近春节了，我必须把作品写出来。于是这一年的十天春节假期——单位提前放假三天，这样我就有了十天整时间的

"春节"假期。我第一次感觉春节真好：不用早出晚归，想什么时间起床什么时间吃饭皆由自己定；不用做饭买菜，家人早已准备了各种丰盛的美味佳肴，想吃什么都有；不用为啥事烦恼，一心专注地敲键盘……平时因为上班，十天写不出几行字。这春节十天，我差不多将整部作品的大纲和几个要害的章节都完成了！电脑上一打"工具"栏，显示的文字数令我兴奋不已：八万九千余字！这意味着我每天完成创作的文字近九千字！

就是这春节假期，让我有信心为完成自己后来定名为《落泪是金》的长篇报告文学了！作品在《中国作家》上发表后，没有想到社会反响之巨大。有人说，何建明的《落泪是金》让全国人民掉了一次眼泪。美国《洛杉矶时报》评价《落泪是金》是"九十年代以来中国最有影响的校园文学"。其实这个评价并不意外，因为这部作品后来在社会上引发了一场对中国教育的热议，尤其是对贫困大学生和我提出的"弱势群体"这一概念，有了普遍的认识。中国官方部门之后推出了诸如"绿色通道"、"救助政策"、"西部行动计划"等，随即许多对贫困大学生救助的国家政策出台皆多少与我的《落泪是金》有关系。这部作品是我的成名作，使我的文学创作获得了社会和文学界的认可。团中央的同志后来告诉我，他们收到读者读《落泪是金》后自动捐助贫困生的善款就达三千多万！

这个春节让我感受到了特别多收获和喜悦。因为是1998年春节的这份特殊收获，使我的文学创作进入了之后的十几年漫长的创作高峰时光……

记得印象较深的有几个春节：

有写《中国高考报告》的2000年。这一年印象很深，因为是世纪交替的时光，我记得那一个春节我关在八平方米的小书房里敲着并不太熟悉的电脑，正进入《中国高考报告》的写作。这是又一部赶时间的作品。当晚的"春晚"节目里直播中央领导在世纪坛那里举行隆重的世纪交替时间的仪式时，我的电脑上刚完成"中国必将翻开教育的新一页"这样的文字。如我预言，《中国高考报告》发表后，收到的反响与《落泪是金》一样，是我个人创作上空前的，那时我有些明星的感受——走在北京大街上经常被人认出来。各大报纸都在不停地转载《中国高考报告》……甚至后来拍成电视连续剧。最关键的是，这部作品对中国教育提出的比较尖锐的问题引起了人民的强烈共鸣。

2000年的春节假期让我对春节多了一份浓浓的期待和感情。

2002年1月，我被一个题材所吸引：当时中央对农民问题和党内腐败问题十分关注与焦虑，正好我发现了一个好题材。这年 1 月 20 日，我刚从中央党校中青班学习结业。箱子还没有打开，我就请假到了山西采访，十天时间，我完成了对作品主人公的采访，这个人叫梁雨润，后来成为全国典型、"感动中国人物"。为了赶时间，我不得不又一次利用春节来完成我的作品。这一年的春节过得很愉快，也很敞心，因为假期前后半个月，我就把名为《根本利益》的作品完成了。十五万字的作品一经发表，又一次轰动全国。中央政治局常委中三位领导对这部作品作出批示，要求有关部门向我作品中的主人公学习，梁雨润的事迹迅速传遍了全国。当时河南的任长霞也专程跑到北京让我写她，但那时我并不熟悉她，所以没有答应，没想到半年后她因公殉职了，成了又一位当代英模人物。《根本利益》使我获得了更多的文学荣誉。这部作品成为中宣部确定的"迎接党的十六大的优秀图书"。

2003 年，北京的春节被南方突然冒出来的事搅乱了，先是广州的，后来席卷了全国的"非典"事件。这一年的春节本想写一部关于毛泽东的作品，后来因此耽搁了。但这一年我的"北京保卫战"在全国热闹了一番，写的就是北京城的"非典"抗斗全过程。结束"抗非"战斗后，我受命写一部反映三峡大移民题材的作品。那时我和同事杨志广开始一起主事《中国作家》日常工作，整天忙于应付编务和改刊策划，难有时间外出采访，更不用说写作了。但三峡移民事件是国家大事，必须完成。采访过程不必说有多艰辛，有一事可说：仅一次在巫山大昌镇采访，八天时间我没有洗一次脸、洗一个澡……该作品是为江西一家出版社写的，他们希望能够赶上当年度中宣部"五个一工程"奖的评选活动，所以希望我在这年的三四月份前完成。于是2004年的春节，我又是一个赶日子的"写作假日"。不过仍然愉快，我不仅把书名为《国家行动》的作品完成了，而且后来真的获了国家大奖，且央视将这部作品改拍成电视连续剧在黄金时间播出了。

之后由于"名声"越来越大，求稿者频繁，似乎有些应接不暇，因此每个春节我几乎都是在电脑前度过的。也许有人会问：大过节的，你还坐在电脑前烦不烦？哈哈，也许吧，对那些平时有心情安定地坐在电脑前从事自己专业的人来说，春节假如再在电脑前端坐着敲键，确实有些烦了，甚至是烦透的事！可我很惬意，一点儿也不觉得，反觉得舒服、开心，因为在春节里我能够收获平时不能收获的宝贵财富——自己所喜欢的一部部文学作品的诞生！

这几年，随着自己的工作变化更多，职务也越加叠起，可利用的写作时间更少了，甚至连春节都不能安静——需要去看

望老作家、慰问下属同事，还有诸多必需的应酬。然后我还是
会尽可能地将春节的有限几天假期用在敲电脑上。这份愉快的
假期劳动对我来说实在太难得太宝贵了，这并非虚伪，也并非
假意，而是实实在在的，因为这样的结果是使我比在朋友间碰
酒杯、聊大天、吃吃喝喝有了更大收获和喜悦。比如大前年我
完成了自己的《部长与国家》作品改编成电视连续剧《奠基
者》的准备工作；前年春节构思完成了《我的天堂》，这部作
品后来也获得了中宣部的"五个一工程"奖；比如去年春节写
成了《忠诚与背叛》的前十万字的创作……创作是辛苦的劳
动，然而劳动所获得的收获是喜悦的。

2012 年 2 月 2 日

毛泽东的"文化梦想"

当激情的巨斧向历史的大山猛烈劈去时，一定会迸射道道异常绚丽的火光。中华民族的伟人毛泽东的文化观，就是这样一把巨斧，它所闪耀的光芒便是这个民族近现代的时代光芒和一个立志改变中华民族落后现实的不懈追求者的光荣梦想。

独坐池塘如虎踞，绿荫树下养精神。

春来我不先开口，哪个虫儿敢作声？

　　这是一百多年前从湖南韶山冲的一所新式学堂里，传出的一位少年的"诗言志"。这个少年就是毛泽东，他作这首名叫《咏蛙》诗章时才十三岁。那一年不久，摇摇欲坠的晚清政府被辛亥革命军一炮轰出了紫禁城。

　　从一名爱国青年，到新中国第一代领袖，毛泽东一生"激扬文字""指点江山"，成就了他由一个民主主义者转变为马克思主义者的人生追求和实现为民族复兴与人民翻身解放而奋斗毕生的伟大梦想，并且使得毛泽东思想中的文化艺术光芒格外独特而异彩。

　　毛泽东从青年时代就是一位理想主义者，从接受康有为、梁启超等改良主义思想的影响开始，他的内心就激荡着期待急风暴雨式的时代浪潮的战斗洗礼。他的这份激情沉积后便成为他前半生最重要的人生积累——革命文化思想和革命文化性格的形成。

　　1915年9月，《新青年》出版后，当时还在湖南第一师范学校就读的毛泽东在老师杨昌济的推荐下阅读到此刊，他立即被这本宣传新思想、提倡新文化的杂志深深吸引，恰如醍醐灌顶，内心受到猛烈震荡。胡适、陈独秀等人代替了康、梁，成为当时毛泽东心中的"楷模"，也由此开启了他思考、探索复兴和振兴中国梦的革命之路。1918年，毛泽东与蔡和森、萧子升等人在湖南发起成立了新民学会，这是一个反帝反封建的革命团体，毛泽东也开始由革命文化梦想向革命文化实践迈进。

"五四运动"爆发，毛泽东立即响应北京学生的革命行动，带头组织成立了《湘江评论》周刊，擎起文化这个战斗武器，投身于社会变革的滚滚洪流之中——

"时机到了！世界的大潮卷得更急了！"

"什么力量最强？民众联合的力量最强！"

《湘江评论》以宣传最新思潮为主旨，毛泽东也是凭借这本四开四版的小报刊的平台，鲜明地张扬起自己的革命文化主张，陆续发表了《民众的大联合》等一系列文章，很快成了一名宣传反帝反封建和传播马克思主义的文化斗士和坚定的共产主义战士。

沙场上点将，笔锋间见兵。之后的二十多年里，毛泽东作为中国共产党和中国革命武装的缔造者之一和主要军事领袖，他的大部分精力花费在与敌人生死决战的残酷战争中，但由于他骨子里的"革命文化情结"，心中始终不忘和惦记着另一条战线——文化战线上的种种风云变幻。虽然在南征北战的枪林弹雨里他必须去"指点江山"，可在马背上、窑洞里他依然按捺不住"激扬文字"和关注"文化同行们"的种种心迹与表现。这个时候，影响毛泽东最深的当算鲁迅先生。在毛泽东所做的著名文献《新民主主义论》中，这样评价鲁迅：他是"中国文化革命的主将，他不但是伟大的文学家，而且是伟大的思想家和伟大的革命家。鲁迅的骨头是最硬的，他没有丝毫的奴颜和媚骨，这是殖民地半殖民地人民最可贵的性格。鲁迅是在文化战线上，代表全民族的大多数，向着敌人冲锋陷阵的最正确、最勇敢、最坚决、最忠诚、最热忱的空前的民族英雄。鲁迅的方向，就是中华民族新文化的方向。"五个"最"，让鲁迅成为无产阶级革命文化战线的一面旗帜，飘扬在中华民族文化的最高峰。近百年来，鲁迅之所以能够成为新文化运动以来中国文化界的一座无法超越的标杆，与毛泽东对他的肯定与评价有直接关系。"横眉冷对千夫指，俯首甘为孺子牛"，也从此成为中国新文化人常常与之参照和学习的一个文化品质标志。

红军长征结束后到达延安，毛泽东已成为党内的绝对领袖，他虽居于偏僻的黄土高原，却能"阅尽人间春色"。于是在窑洞里，毛泽东一面运筹帷幄，指挥千军万马作战于抗日前线和同国民党军队的一次次面对面的搏杀，一面不时地在思考文化思想战线的种种"冷暖"。1942年开春的一天，毛泽东在延安窑洞里单独约见了诗人艾青，并且有了这样一段领袖与诗人之间的对话：

"现在延安文艺界有很多问题，很多文章大家看了有意见……你看怎么办？"

"开个会，你出来讲讲话吧！"

"我说话有人听吗？"

"至少我是爱听的。"

毛泽东欣然地点点头。之后他又约见了周扬、周立波、何其芳等一批文艺界人士，来共同探讨文艺问题。与各类革命的知识分子接触过程中，毛泽东深切地感觉到他们身上或多或少地存在着脱离群众、脱离实际等一些问题。于是这一年 5 月，毛泽东约请当时在延安的文艺界代表人物，汇集到杨家岭大院，以座谈会的形式，一次次与大家促膝倾谈，并发表了著名的《在延安文艺座谈会上的讲话》，首次明确提出了他的革命文艺观，即："文艺作品在根据地的接受者，是工农兵以及革命的干部。""我们的文艺工作者的思想感情和工农兵大众的思想感情打成一片。"

这是毛泽东第一次集中和系统地阐述自己的文艺思想，并将"文艺为人民大众服务"确定为革命的文化发展方向。《讲话》对此后的中国新文学发展产生重大而深远的影响，直至今日仍然发挥着不可替代的积极作用，成为中国共产党指导文化建设的思想坐标。

在毛泽东"文艺为人民大众服务"的思想引领下，当时的革命根据地作家们纷纷响应领袖的这一号召，积极投身到火热的群众革命运动中去，创作的文艺题材和内容上发生了巨变，涌现出一大批表现人民群众的优秀作品。如贺敬之、丁毅的歌剧《白毛女》，李季的《王贵与李香香》，魏风的《刘胡兰》，赵树理的《李有才板话》《小二黑结婚》，丁玲的《太阳照在桑干河上》，周立波的《暴风骤雨》，阮章竞的《漳河水》，孙犁的《荷花淀》，还有华山的《英雄的十月》，柳青的《种谷记》等。这些以塑造工农兵形象、反映封建地主压迫、弘扬革命斗争精神的文学艺术作品，极大地鼓舞了广大群众和军队将士在开展革命斗争与土地改革行动中的积极性，巨大地推动了民族解放运动。茅盾、巴金、丁玲、老舍等的小说以及曹禺、夏衍、吴祖光等的戏剧，还有艾青及七月诗派等诗歌诸多领域，在整个延安文艺整风之后，文学在反映社会现实的深度、广度等方面都达到了一个新的水平。这时期，民间文艺也蓬勃掀起，百姓自编自创的《东方红》《高楼万丈平地起》《绣金匾》等歌曲，以及秧歌剧、快板诗、枪杆诗等风靡一时，使得整个革命根据地和解放区的文艺呈现一派生机勃勃景象，成为鼓舞民众和革命将士们最有力的精神武器。面对自己一手倡导的革命文艺所呈现的一派蒸蒸日上、生机勃勃的形势，毛泽东在窑洞里自信而激情地高声道："中国的命运一经操在人民自己的手里，中国就将如太阳升起在东方那样，以自己辉煌的光焰普照大地，迅速地荡涤旧社会留下来的污泥浊水。"

呵，那是何等的气壮山河，正乃"数风流人物，还看今朝"！

1949年新中国成立，毛泽东开始了在社会主义建设时期如何发展社会主义文化的思考。建国伊始，各路知识分子、文化大军"大会合"，无论是思想意识还是价值观念都多少带些旧时代的文化痕迹。此时，毛泽东开始对知识分子进行思想改造。除了学习马克思主义知识，参加社会运动和实践，还对典型的事件和人物进行批评与批判。

先是朱光潜、费孝通、冯友兰、曹禺等人公开谈改造思想的决心，进行自我批评。之后1951年毛泽东亲自对电影《武训传》展开封建文化和西方资产阶级文化的批判。之后对俞平伯和胡适思想展开批判，1957年又开始批胡风文艺思想等。这些批判显然过了头，而且造成了不应有的严重后果。然而在毛泽东的意识里，批判旧的封建腐朽思想和反党反社会主义思潮，始终占据了他的文化理想之中。从他与郭沫若的两次"和诗"中都可以看出他的这种文化理想色彩。毛泽东认为，"一从大地起风雷，便有精生白骨堆。"如何办呢？必须"金猴奋起千钧棒，玉宇澄清万里埃"。当批武训、搞"反右"过头之后，知识界出现抵触和消极情绪时，有人抱怨甚至怀疑他的这种过度超前的文艺世界观时，他更加强烈地批驳，认为必须"只争朝夕"，而且要"扫除一切害人虫，全无敌"。在这样的指导思想下，社会主义初期的文化建设自然难有健康的发展。当然也应当肯定，由于毛泽东这些文化思想的引领下，在一定程度上对当时社会上存在的保守主义、自由主义和激进的小资产阶级文化思潮进行了清算，确立了马克思主义在整个文化思想领域的指导地位，对社会主义文化基础的确立起到了不可忽视的作用。

值得抒写一笔的是早在 1951 年，毛泽东就为中国戏曲研究院做过"百花齐放，推陈出新"的题词；1953 年，面对历史研究工作问题，他又提出"百家争鸣"。之后的 1956 年 5 月，毛泽东在最高国务会议第七次会议上，以朴素而平实的语言告诉全党同志：

"现在春天来了嘛，一百种花都让它开放，不要只让几种花开放，还有几种花不让它开放，这就叫百花齐放。"

"百家争鸣是诸子百家，春秋战国时代，二千年前那个时候，有许多学说，大家自由争论，现在我们也需要这个……"

"百花齐放、百家争鸣"，作为社会主义党发展文学艺术事业的指导方针被提出和确立，令全国的文化艺术工作者心潮澎湃，激情涌动。

"双百"方针下的文学艺术创作一时色彩纷呈，出现了一批有代表性的作家。"五四"新文化运动中涌现出的老作家们沈从文、穆旦、周作人等重新操笔。

更有一大批以革命现实主义为表现形式的优秀小说涌现。如柳青的《创业史》，赵树理的《三里湾》，杜鹏程的《保卫延安》，梁斌的《红旗谱》，吴强的《红日》，杨沫的《青春之歌》，周立波的《山乡巨变》，曲波的《林海雪原》，罗广斌、杨益言的《红岩》，欧阳山的《苦斗》，冯德英的《苦菜花》，周而复的《上海的早晨》，浩然的《艳阳天》，马烽的《我的第一个上级》，李准的《李双双小传》，茹志鹃的《百合花》等。无论是《林海雪原》里的杨子荣，还是《红旗谱》里的朱老忠以及《红岩》中那些在特殊环境下进行的特殊斗争的英雄，都从不同角度展现了我国劳动人民所经历的历史道路，从而刻画了社会主义文化中劳动人民艺术的典型形象。

除此之外，还有魏巍的《谁是最可爱的人》，玛拉沁夫的《在茫茫的草原上》，诗人郭小川的《致青年公民》，贺敬之的《雷锋之歌》，李季的《玉门诗抄》，闻捷的《天山牧歌》等。散文家杨朔的《东风第一枝》、秦牧的《花城》、刘白羽的《红玛瑙集》，包括冰心、吴伯箫、叶圣陶等老一辈作家，在散文创作上也有重要收获。戏剧创作也较繁荣，出现了一大批优秀剧目，如老舍的《茶馆》《龙须沟》，郭沫若的《蔡文姬》，田汉的《关汉卿》，孟超的《李慧娘》，陈其通的《万水千山》，沈西蒙等人的《霓虹灯下的哨兵》等。

二十世纪五十年代至六十年代初的十几年间，整个国家从上至下都笼罩在一种激越、兴奋，充满激情和理想主义的文化艺术氛围之中。这是那个时代特有的精神气质。它与毛泽东的文化理想主义追求有着直接的关系。以今天的审美观看，虽然当时的这些文艺作品有浓重的"高大全"色彩，但总体上说，不失为当时那个时代最绚丽的文化景象，许多中国人今天依然把上述作品视为经典便是其理。

任何时代的文化，总是带着那个时代的政治、经济与社会的痕迹，这并不是中国的"专利"。十八世纪欧洲的文艺复兴时代所产生的一批经典作品，同样携带着那个时代的欧洲价值观；原苏联时代的一些我们熟悉的文艺作品也是苏联民族和苏联时代的产物，它们的存在，并不影响其艺术价值。在毛泽东"双百"方针影响下所产生的一大批文学艺术作品，字里行间所呈现的是那个时代中华民族特有的精神风貌，历史应当给予它们必须的肯定和敬意，更何况其中有许多作品至今我们读来依然从中可以吸收精美的艺术养分。

那确实是一个值得我们怀念和记忆的激情岁月。就文学而言，我们还应当记住一些人的名字和他们的作品：王蒙的《组织部新来的年轻人》、李国文的《改选》、宗璞的《红豆》、邓友梅的《在悬崖上》、陆文夫的《小巷深处》……

但之后的1957年开始"反右"斗争，错误地批判了一些原本正确的文艺观点和文艺作品，也损害了一大批有才有为的文艺工作者。之后的文艺之路变得异常不平坦。接着的1958年"大跃进"，1959年"反右倾"，1960年"反修"，及至"文革"十年浩劫，文化成为革命的武器，也惨遭革命的破坏，这一切都将刚确立起来的社会主义文化打破，文艺濒临崩溃，毛泽东晚年在文化建设方面出现了偏差，成为他一生不可绕过的文化深沟。

然而无论如何，对于毛泽东在文化思想建设上的贡献应当给予充分肯定，尤其是他的文艺要为人民大众服务的主张和所提出的"双百"方针，一直在影响和奠定了新中国社会主义文化的建设，并成为牢不可破的根基。党的十一届三中全会以来，以邓小平、江泽民、胡锦涛为代表的中国共产党历代领导人，都始终高举和继承了毛泽东的这一文化思想，坚定不移地将"双百"和文艺为人民大众服务作为我们党和社会主义文化建设的基本方针政策，领导和教育广大文化战线上的工作人员。"坚持为人民服务、为社会主义服务的方向和百花齐放、百家争鸣的方针，弘扬主旋律，提倡多样化"的创作方向，要求文艺创作者坚持走中国特色社会主义文化发展道路，坚持"三贴近"，以创作更多更好的反映时代、反映人民群众形象和精神面貌的优秀作品为己任，使得新时期社会主义文学艺术呈现万千景象，极大地鼓舞了人民群众建设现代化的热情和干劲。更值得一提的是，党的十八大后，以习近平为总书记的党中央，提出"中国梦"的文化建设思想，可以说是与毛泽东的文化思想一脉相承，其目标和本质上都体现了振兴中华、复兴民族、实现人民幸福安康的精神实质。

纵观今天中国社会的文化大发展、大繁荣的可喜景象，更由衷地感怀毛泽东文化思想对中国特色社会主义文化建设的发展与繁荣所产生的影响和意义，他一生给后人留下了许多具有划时代价值的文艺观点和思想：他坚定社会主义文化的发展方向；坚持"古为今用，洋为中用"、"取其精华，去其糟粕"、"批判继承，推陈出新"；他首次提出文化要为人民大众服务，才有了今天的坚持以人民为中心的创作导向；他确立了"双百"方针，重视各种形式的文化表现方式，在文化中做到不片面化，不极端化，兼容并包，兼收并蓄；他始终把文化放在国家发展战略的重要地位，避免了社会建设中的不平衡性；他告诉我们要保持文化自觉和文化自信，大力发展中国特色社会主义文化，杜绝腐朽的资产阶级文化，警惕和遏制"权欲文化"、"奢靡文化"等不良风气，看看今天的社会现状，结合我们现在所面临的任务与形势，借鉴之处何其多也！

毛泽东在中国大地的影响依旧，他的文化思想是一笔宝贵的财富。在他一生经历中，中国文化实现了近现代的转变，我们更应该把他的文化思想的精髓继承和发扬开来。今天的中国与世界的交融越来越紧密，市场经济更是给社会主义文化注入了新的活力，但也带来了新的挑战。中国的文化建设任重道远……

今年是毛泽东诞辰一百二十周年。几天前，我再次到湖南韶山瞻仰了毛泽东的故居。离上一次来，已相距十余年了。回望毛泽东苍茫一生，前瞻当今文化发展之势，感慨良多，不禁又想起他的那首《忆秦娥·娄山关》。1935 年，面对红军铁血长征征战娄山关，当时的毛泽东胸怀斗志，从容不迫，他慷慨激昂道：

西风烈，长空雁叫霜晨月。霜晨月，马蹄声碎，喇叭声咽。雄关漫道真如铁，而今迈步从头越。从头越，苍山如海，残阳如血。

今天的韶山广场上，依旧人如潮涌。我与所有前来瞻仰的民众一样，在这位毕生献给中华民族复兴的伟人铜像前敬献上一只花篮……

刻骨铭心的记忆

——写在《落泪是金》出版十五周年之际

　　写了三十多年文学作品，每一本书后面总有许多鲜为人知的未公开的故事，但很难有一次能同写《落泪是金》时留下的记忆那么令我刻骨铭心……

　　十五年了，那时我还是一个血气方刚、激情澎湃的"青年作家"。当时任团中央第一书记的李克强同志正在主持一项类似"希望工程"的助学工作，解决我国高校出现的贫困大学生学业难以为继的问题，这项战略的实施功在千秋。他们派了一位书记处书记约我写一部这方面的作品。于是，我开始了一次漫长的采访和写作旅程。我先到了北大和清华，不曾想到这两所中国最高学府中，竟然会有数千学生因为家庭经济贫困而面临学业难以为继的事！当两校学生处的老师把那么多贫困大学生写的一袋袋沉甸甸的"家庭贫困情况"材料给我看时，我震惊了，心颤了，那一份份血泪书般的陈述，让我泪眼模糊——想不到啊！我只有这几个字来形容当时的内心感受。

后来到了中国农业大学和民族大学，贫困大学生的真实生活又一次刺激了我，让我情难自已，泪流满面。我见到了一个个因为身无分文而饿着肚子念书的孩子，他们中有的一天只能啃一个馒头在坚持学习，有的怕饥困影响上课而围绕着操场跑十几圈再进教室，更有极端的想通过自杀来抗争现实的不公……

开始我是心疼，是同情，后来觉得应该为这些孩子做些事，我扎扎实实地埋头采访、认真细致地调查了解，花了近一年时间、走访了三百多位当事人和四十多所高校，三十多万字的《落泪是金》一气呵成。

作品出版后，第一印象是从未感受过的轰动：记得《北京青年报》转载了一个整版内容的当天，我所在的《中国作家》杂志社热爆了棚，整整一天单位的几部电话全被各地读者打爆，谈的都是书的内容，其中有大学老师，有学生家长，甚至还有退休在家的老革命家。他们几乎都是流着泪对我说，说他们想不到今天的大学里竟然会有那么多可怜的孩子念不起书。"国家发展了，大家的生活提高了，家长们好不容易才把孩子送到大学读书，他们是中国未来的栋梁啊！我们是社会主义国家，不能让这些孩子因为家庭经济困难而辍学，丧失对前途的向往……"说这话的是清华大学的一位女教师，她自己有两个儿子也在念大学。这位女教师专程到我单位，买了两本书，说要让她的孩子好好看看，让他们珍惜自己的学习机会。

那些日子里，《落泪是金》被全国几十家报刊转载、连载，形成了一股阅读热潮。不光国内各家媒体的记者相约采访，就连美国、英国、日本、澳大利亚等外国媒体也不断来采访我。

团中央学校部对《落泪是金》的影响力起到了积极的推动作用，他们随即在各学校展开了"看《落泪是金》助贫困大学生"活动。记得那时我天天要去大学讲课作报告，前后讲了一百多场。记忆最深的是在天津南开大学作报告的那个晚上，光签名发出的《落泪是金》就达八百五十多本，那种场面让我至今难忘。

有人说："何建明的一部《落泪是金》让全国人民跟着掉了一场不大不小的泪雨……"事实与此差不多。那时，每天读者的信件如雪片般飘落到我手上，那都是一封封带着滚烫热度的信，带着对贫困大学生怜悯之情的信和关爱心愿的信。最让我感动的是，许多善良的读者纷纷提出要为贫困大学生们捐助和提供救济，希望我给他们牵线搭桥……

向贫困大学开辟绿色通道、设立专项基金在各大学迅速启动，清华大学做得最快，他们很快筹措了一亿多元基金，团中央和全国学联及相关大学收到的善款在一年多时间里就高达几千万。值得一提的是，这些善款都是读者们看了《落泪是金》后自发捐献的。我听说后，万分欣慰。一部作品，能有如此热烈的社会反馈，还有什么比这更能说明问题的呢？常言文学的社会效益，这难道不是最好的证明吗？

《落泪是金》带出的故事太多，我书里写到的那些贫困大学生的生活都有了翻天覆地的变化，有的人最多能收到社会捐款几十万元——当然这些学生都做得非常好，他们给自己留下必需的生活费，大部分都交到了学校，以使更多的贫困生同样得到及时的帮助。

但在这个时候，我也遇上了一件哭笑不得的事：某大学一位接待过我的老师非说我"抄"了他的"作品"（事实是我摘用了他们学校党委给我提供的一份介绍学生贫困情况的材料），于是，这位老师跟某个学生说我"抄袭"，先是在中央电视台《东方时空》节目里攻击了我一通，后来又到法院告了我一状。

那些日子，北京报摊上的报纸几乎天天有我的新闻。这一闹不仅大大伤害了我，更严重的是影响了正在全国形成的为贫困大学生捐款献爱心的热潮。为此，团中央、全国学联和中国作家协会出面，专门召开会议，为我伸张正义。

我特别要感谢时任团中央学校部部长的邓勇、中国作家协会党组书记翟泰丰、北京市人大主任张健民等领导同志及我所在的中国作家杂志社同仁，还有大法官罗豪才先生，他们在精神和法律上给了我诸多帮助，最后那场官司用了一年多时间才胜诉。二审最终给摘掉了"抄袭"的帽子。《落泪是金》后来获得了国家级文学奖——鲁迅文学奖。

我一直说，《落泪是金》是一部叫人落泪的作品，它首先是让我自己落泪的一部特殊作品。打官司期间，疼爱我的奶奶见我遭人攻击，气得一病不起，很快就去世了。为了在法庭上为自己洗清不白之冤，我没能参加她老人家的葬礼。这场官司让我明白了许多事：你做好事并不一定能让所有的人都理解，你的善良愿望也并不一定会让所有的人感动……

十五年了，我感到安慰的是，至少有近千万贫困学生因为这部作品、因后来国家推出的各种救助政策而得到了直接的帮助；许多读者至今依然清晰地记得当年阅读我作品时的感受，像我写到的天津白芳礼老人最终被推到"感动中国人物"的榜台上……最让我高兴的是《落泪是金》里写到的那些贫困大学生，今天他们都已经走上了工作岗位，已经成家立业，有些甚至当了领导干部、优秀公务员和人民解放军军官及科学家。

是金子永远发光。好的文学也是如此。《落泪是金》的社会影响力和文学感染力说明了一切，它是我创作历程中的里程碑，一直鼓舞和支撑着我在文学创作的道路上坚忍不拔地行进。十五年来，我写了三十多部中长篇作品，其中两部获鲁迅文学奖、五部获中宣部"五个一工程"奖、七部改编成电视电影作品。

作家是要靠作品说话的。现在这个世界，我们的人民特别期待能够看到更多更好的作品，我是如此自勉的：少说话，少说废话，多写作品，多写对得起自己、对得起这个时代和我们的人民的作品。

2013 年 8 月 5 日

创作的源泉依靠人民

　　在文学创作这条漫长的道路上，我保持着三十年如一日的奔跑状态，目的就是为了心向人民，与人民同步。

　　我深知，服务人民是文学创作的基本担当，为人民写作是我们作家的根本使命。正因为如此，为人民立言，一直是我写报告文学的态度。如果问文学应拿什么奉献给人民，我觉得写出反映人民心声的作品是最有力的回答。

　　人民总能给作家提供创作的激情和创作的源泉。1997 年 9月，当我看到中国高校有那么多的贫困生时，便在接下来的一年多时间里，连续走访了几十所高校，倾听一批又一批大学生的疾苦。我感觉，中国的未来就在他们身上，贫困大学生应该得到全社会的关注。《落泪是金》发表后，使贫困大学生获得了至少三千万元的社会资助，政府也为此陆续推出了诸如"绿色通道"、"救助政策"、"西部行动计划"等政策。

此刻，我发现了文学的力量所在：与人民相通，为人民所想，就能够影响一个阶层乃至整个社会。因而，服务人民是文学创作的基本担当，为人民写作是作家的根本使命。《根本利益》就是在中央关注农民问题以及腐败问题背景下写作的，我呼唤社会对农民给予关注。我写的《为了弱者的尊严》，就是站在执政为民和构建和谐社会的角度，以一位人民公务员的赤诚之心，为身处弱势地位的百姓倾力解难。

如今，我的很多作品都被人称为是一种"国家叙述"——对于国家和民族的进步和发展充满了忧患意识和深厚情感。我深知，投入感情未必产生好作品，但是如果内心没有对国家、对民族、对人民的热爱，一定不会有好作品的诞生。只有倾听百姓心声，把党和国家利益与人民利益联系起来，站在百姓立场上写作，作品才会焕发出生命力。

纵观文学发展史，精品力作的力度在哪里？就在于作家的创作立场和服务对象。反映人民的意志、愿望，诉说人民的需求，这是作家写作的正确立场。

感知文学的光芒、热度与精彩
——五年来中国文学风貌扫描

"如果将两届盛会之间的日子，当作文学的一次春种秋收，则还可以说，一个文学的季节以其独有的辉煌，在一晃之间，深深地铭刻在新世纪的文学史记中。"

五年前，在中国作家协会第七次代表大会开幕那一天，作家刘醒龙写下了这样的句子。那时候，刘醒龙刚刚完成他的上一部作品《圣天门口》。而五年之后，他又有了新的收获：一部深情献给中国乡村默默无闻的民办教师的长篇小说《天行者》，获得了中国文学的最高荣誉——第八届茅盾文学奖。

　　在刘醒龙和《天行者》背后，是无数无数的俯首大地、以笔为犁的中国文学工作者，是无数令人激荡、令人回味的作品。五年，一千八百多个日子，太阳每天都在升起，大地上发生了那么多让人心潮澎湃的事情，文学就这样生长着，以它的光芒、热度和精彩，组成了波澜壮阔的独特风貌。

仰望星空，文学矗立起精神高原

　　"文学看似没有有形的力量，但文学的功用，是让灵魂有所依托。文学应该有能力温暖世界。"五年前，中国作协主席铁凝上任伊始，曾有过这样一番真挚的言说。的确，文学应该有能力温暖世界。文学，应该矗立起人们精神世界的高原。

　　许多作家展示了自己的精神追求。莫言的《蛙》以一个乡村医生的命运折射我们民族的艰难历程，表达了对生命伦理的深切思考。毕飞宇的《推拿》通过都市偏僻角落里一群盲人的世界，诚恳而珍重地照亮人心中的隐疾与善好。刘震云的《一句顶一万句》对中国人的精神境遇做了精湛分析。乔叶的《最慢的是活着》，通过乡村平凡祖母朴素安详的一生，叙写着中国人的生活伦理准则和情感密码。王十月的《国家订单》，在对底层打工者的关注中，表现出生活的真实性和深刻性。还有以独特方式阐释当代中国奥运梦想的《八月狂想曲》，记录改革开放恢宏历程的《国运——南方记事》……无数无数的作品，为人们点亮了心中的明灯。

这里，我愿意以在第八届茅盾文学奖评选中名列榜首的《你在高原》为例，略述一部作品的"诞生历程"。

张炜，这位已经以《古船》《九月寓言》等作品而奠定自己在文学史重要地位的作家，"窝"在家乡，用激情抚摸土地，用二十多年的精力成就了这部四百五十万字的皇皇巨制。知情者曾这样描述他的生活状态：有一年，在半岛地区考察时，他借住在一个旧楼里，冬天没有暖气，只有一个小电热器烘一烘双腿；夏天没有空调，一台老式电扇不停地旋转；吃饭更简单，将饭分成七天份额冻在冰箱里。写作过程中，张炜遇到车祸，躺在病床上吸着氧气，继续写；几乎写瞎了一只眼，还在继续写……

稿子出来，要找出版社，是作家出版社拿出了它的担当。"作品有十册，五万起印数就是五十万册。不是小数目。何况那时，谁能料到日后能拿茅盾文学奖？能预期市场效应？可是，对这样的作家与作品，我们不支持他支持谁？"当机立断

"拿下"这部作品的中国作协副主席、作家出版社社长后来曾这样回顾。当然,"任何作品都不可能是完美的,大作家也需要帮助。"出版社组织近十位高级编辑审阅并提出修改意见,足以伤筋动骨的巨量改写不下五六次。"在长达二十多年的时间里,以如此巨大的篇幅沉湎于历史、自然、人性、传说、哲学、宗教的诸般追索之中",显示了"它深沉的思想和强大的道德勇气",这是老编辑杨德华写下的终审评语——几个月后,这位身患癌症、连续动了十八次手术的编辑家,怀揣着《你在高原》离开了人世。

用这么长的篇幅来回顾一部作品的写作、出版过程,是为了让读者对于文学生产过程中每一个环节的"呕心沥血"有更加直观的了解。如何建明所说:"书固然很多,满世界漂泊,但一部真正的作品,是千锤百炼而成,每个字背后都凝聚着对社会的独到观察,自己的独立意识和情感。这些东西闪耀着,才是真正的作品。"

的确,真正的作品,从来不缺少读者。所以,才会有七十一位年轻的读者,用快递的方式传递给对方轮流抄写长篇小说《额尔古纳河右岸》,最后把这珍贵的礼物送给了它的作者迟子建。

真正的作家,也从来都在读者心中。所以,2010年的最后一天，当史铁生不幸辞世之后，无数曾在《我与地坛》等作品中分享他深刻的人生体验、智慧与思考的读者——行业各异，代际不同，为他举行了三十多场追思会，在作品诵读、重访地坛中缅怀这位为人类精神世界做出贡献的作家。

作家们用汗水和生命垒起的精神高原，再次被证明文学存在的价值和意义。"笔下凝聚使命感，心头澎湃赤子情。用文学这种最真切的方式，诠释着人生的价值和生活的意义。于是，我们的悲悯被激活，我们的良知被唤醒，我们的信念被升华，我们的心灵被崇高和理想点燃、照亮。"第十届精神文明建设"五个一工程"奖颁奖晚会上致获奖文艺类图书的颁奖词，如今读来，仍令人心神激荡。

俯身大地，时代大潮中作家从未缺席

五年来，中国发生了太多的大事、难事和盛事。作为社会生活的反射镜，时代精神的感应器，文学与时代显示出了强烈的互动；满腔对祖国和人民的深沉情思，心怀强烈的社会责任感和使命感，在那些令人难忘的时刻，作家从未缺席。

汶川地震，山河崩裂。几乎是在第一时间，文学界发出了

"中国作家在行动"的呼声。李鸣生带着相机和录音机，在满目疮痍的灾难现场观察、倾听，一部《震中在人心》真实讲述了大地震如何粉碎、历练、重铸人心的故事，有悲悯，更有反思。何建明三赴灾区，在地震后的第七天、第四十九天、第一百天的忌日，他都在那里，多次遇险，终于以一部《生命第一》，写下一曲向死而生的生命礼赞。诗歌热潮席卷而来，《诗刊》一周内推出两期《诗传单》，《星星》诗刊临时撤稿改成特别专辑，报纸副刊文学杂志、网络、手机……都涌现了成千上万的诗歌，记录那令人歌哭的悲怆与坚强，那四面八方的无私救援和由此焕发出的民族精神。

在纪念中国共产党成立九十周年的日子里，八十余位作家分赴韶山、井冈山、瑞金、遵义、延安、西柏坡，探寻激情澎湃的红色岁月。"对历史的回顾与发现，任何方法都比不上实地考察。"作家龙一如此感慨。每一片土地都有让人落泪的故事，每一个故事都有让人震撼的细节，每一个细节背后都有无数普通而伟大的人民……无数次，作家们驻足凝思，含泪记录，重新经历了一次精神的洗礼，并发表了大批新作，有近四十部作品得到中国作协的重点扶持。青年作家王松四个月走遍了赣南地区的每一个县，在名为《红》的长篇小说中以"菊瓣式结构"写了十二个相互关联的故事——每一个故事都有历史原型，作家以此向历史、向人民致敬。

俯身大地，才能生长出真正的文学。无论是成名已久的大作家，还是锋芒初露的年轻人，都已经将"大地上的行走"看作文学的题中应有之义。贾平凹坚持每年走访西部几十个村庄，不打招呼，不让接待，写出了长篇纪实散文《定西笔记》。梁鸿的《中国在梁庄》，慕容雪村的《中国，少了一味药》，都是对当下现实的深刻记录与思考。"其核心内容是让更多作家走向民间，走向这个时代丰富多彩的内部。"《人民文学》主编李敬泽如此看待"非虚构"文体的兴起，其实，这样的判断对整个文学来说，也很贴切。

"在人民的伟大中获得艺术的伟大"，这句话跨越时空，是如此的意味深长。2009 年，在老作家柯岩从事创作六十周年的座谈会上，这位八十岁的写作者的自我解析是那样令人动容："我是谁？我是劳动人民培养出来的一个普通写作者。我是谁？我是我们祖国无边无际海洋里的一粒小小的水滴，我只有和我十三亿兄弟姐妹一起汹涌澎湃，才会深远浩瀚。""只要想到劳动人民不但为我们提供衣食住行、给我们温暖和光明，还在用他们崇高的精神叩击我们的心灵之门，我就会立即严肃起来，绝不敢胡编乱造、轻薄为文。"

"我是谁？"更多的作家在思考着这个问题。李迪，一位年过六旬的老作家，在看守所里"蹲点"两年，为的是在这特殊的地方感受人性的光辉。杜文娟，一个年轻的柔弱女子，离开草长莺飞的故乡，却跑到"世界屋脊上的屋脊"阿里，只是为了想融入那里，写出一个"孔繁森之后"的阿里。

而在这一切一切之后，我们不能忽略，中国作家协会为作家默默提供服务与支持的辛劳努力与不懈探索。作协的定点深入生活制度，两年来帮助四十三位作家来到农村、山区、牧区、民族自治区域、工矿企业等地，深度介入当地生活；在中国作协的组织与联系下，东北老工业基地、西气东输工程、南水北调工程中，都能看到作家跋涉的身影；中国作协的重点作品扶持工程成果丰硕，从 2007 年至今，已扶持重点作品四百四十二部，也有效地鼓励了作家对现实的关注。

内在生长，新格局丰富了"文学"的含义

不同的时代，文学会有它的坚守，也有它的变化。

网络文学的勃发，可谓近年间文学园地的一个最为显著的变化。仿佛是突然间，网络文学、"80 后"、类型化、

连载与点击……这些名词都仿佛颠覆了人们对于传统文学的理解。

事实上，不是颠覆，而是丰富。

2009年6月25日，中国作协公布当年作协新会员名单，金庸等七名港澳作家，当年明月、千里烟等网络写手，都在名单之内。——也正是这同一天，网络文学十年盘点活动揭榜，二十余家传统文学期刊编辑与网络读者共同对十年网络文学进行了梳理，中国作协深度介入了此项活动。

不管是有意的安排还是无意的巧合，这一天，都可看作中国文学的新变化而在文学史上记上一笔。事实上，这也确实曾一度成为当时的热点新闻。——几年之后，当越来越多的港澳作家、网络作者成为作协会员，当鲁迅文学奖把网络文学纳入评奖范围并有作品入围之后，"文学"的含义在日益丰满，中国作家协会的努力与包容性也被人们更加认可。

"传统文学、市场文学、网络文学三分天下，老中青六代同堂"，这是有学者对当今文学格局的基本判断。如何认识与把握这样的文坛格局，如何团结并为老中青六代作家服务，如何促进各种文学形态的理解与融合，这成为近年间摆在中国作家协会面前的一个迫切而又棘手的任务。

我们来看看这一系列备忘录吧：

2008年3月，鲁院第八届中青年作家高级研讨班开班，这是历届高研班平均年龄最低的一届，五十二名学员平均年龄三十三岁，还包括十四名"80后"。

2009年7月，鲁院举办网络文学作家培训班。同月，《人民文学》推出"80后"作家专号。

2010年1月，鲁院第二届网络文学作家培训班开班。

2010年7月，鲁院网络文学编辑培训班开班。

"每次鲁院的开班仪式，凡是在京的中国作协党组成员都会去参加。也许看起来，我们去参加开幕式、闭幕式，或者讲课，似乎是很表面的工作，但是，也许就是这样的一次面对面，会让那些青年作家感到温暖的力量和希望。我们年轻时就是这样的，一个大作家跟我们说句话，一生都不会忘。作家是靠感情来生活，靠感情来写作，我们的工作同样需要感情。"这是中国作协副主席何建明的肺腑之言。

民族文学之花，也开得越发灿烂。最为明显的例证是：我国五十五个少数民族都有了中国作协会员，各国家级文学奖项均有少数民族作家的身影。获得鲁迅文学奖的藏族作家次仁罗布在他的小说《放生羊》中注入了藏族文化的浓厚积淀；蒙古族"80后"作家格日勒其木格·黑鹤先后两次获得全国优秀儿童文学奖；在湖南，被评论界称为"文学湘军五少将"的青年作家有三名是少数民族……

作为多民族文学创作的阵地，《民族文学》杂志见证了中国多民族文学的发展过程。2009年，《民族文学》蒙古文、藏文、维吾尔文版创刊，填补了全国性少数民族文字文学刊物的空白，进入草原牧场、雪原边疆、寺庙学校，反响热烈。近年来，《民族文学》以专号专辑方式，推出了蒙古族、藏族、维吾尔族、哈萨克族、朝鲜族等青年作家专辑，更展示了少数民族文学的实力。

一提起文学，人们总是忍不住回想起上世纪八十年代文学的轰动效应，并不免发出文学"边缘化"的慨叹。但是，文学回到它应有的位置，正在为整个社会文化艺术生态发挥自己不可替代的作用。

《唐山大地震》《暗算》《潜伏》《闯关东》《奠基者》《命运》《手机》……这一系列受观众喜爱的影视，背后都有文学的源头。文学，为影视提供了丰富而充沛的创作资源。影视与文学，显现出了和谐互动的态势：影视因为增添了文学的精神、内核和方法，而获得了强大的艺术生命力；在当今社会文化艺术的总体生态环境里，文学也因有了影视的优势表达和强势传播而流布更为广泛，影响更为深远……

而就在今年，随着茅盾文学奖的评选，文学，又一次成为全民的关注焦点。入围的一百七十八部作品，层层淘汰，先后推选出八十强、四十二强、三十强、二十强；评委会规模从过去的二十人扩充到六十一人，实名评奖，接受公证机构和社会监督……从中，人们看到了文学评奖的公正与透明，也看到了，优秀的文学从来也不曾远离读者，依然在人们心中有着崇高的地位。

走向世界，积攒和建立文化自信

在老舍先生的小说里，曾这样描绘二十世纪二三十年代的英国人眼中的中国人：耳朵眼里塞着砒霜，袖管里揣着蛇，嘴里呼的气是绿色的……

俱往矣，那样的时代一去不复返了。而如何让世界更加了解日益开放、正在崛起的中国，认识当代中国人的风貌？通过文学凝视彼此，沟通心灵，成为最直接的选择。"文学的目的不是发明桥，但好的文学有资格成为桥，它所抵达的将是人的心灵深处，是不同文化背景的人情感的相通。"铁凝曾如此表述。

在过去的几年中，中国文学越来越多地走向世界，中国作家也越来越多地承担了文化使者的责任，与国外同行与读者面对面地交流。中法文学论坛上，中国作协主席铁凝讲起了河北地方戏《借髢髢》，一出小戏中两个女人的琐碎絮叨中蕴含的日常生活的精彩和鲜活，引起人们温暖的笑容。中美文学论坛上，辽宁女作家孙惠芬从丢失一只鸭子这样的日常小事讲起，展示了中国当下的村庄、家族中父辈和年轻人的生机盎然的冲突，有美，有矛盾，但充满明亮而坚定的希望。爱荷华的国际作家写作营计划为人称道，而这次，是中国这边邀请美国作家和中国作家一起做了一次"文学旅行"，大家去同一个地方，对同一个情境做文学片段练习，当场翻译、朗读、讨论。在被誉为"世界出版人的奥运会"的德国法兰克福书展上，一百五十多位中国作家组成的代表团盛大亮相，举行了包括演讲、对话、论坛、朗诵会等数十场关于中国文学、文化、历史的活动，更是赢得多方瞩目。在两个月前刚刚落幕的第十八届北京国际图书博览会上，"中国作家馆"成为年度文学成就与作家和社会交流、亮相的一个平台，中国作家携作品以整体形象出现，展示了风采和魅力。

"我们的作家群体用文学的生动和幽默，用中国作家身上焕发的自信、自如、谦和而又尊严的光彩，征服很多读者和观众。我们应以什么样的心态来判断民族变化，怎样在自己的创造中积攒和建设理性而积极的文化自信?"这是中国作协主席铁凝的思考，也让许多中国作家深思。

中海油人的历史性贡献

——关于《破天荒》创作

在新中国的历史进程中，有一个重要事件，就是中国对外开放。关于这个事件过去很少有人知道具体的过程，《破天荒》正是记录了这个对中国现代化历史进程起到特殊意义的重大事件的全过程，这也是中海油人值得骄傲的事，因为完成这一使命的正是我们石油人、我们中海油人。

现在我们通常把改革开放的时间定为1978年党的十一届三中全会召开作为一个时间标志。其实，自粉碎"四人帮"开始，中国的对外开放就已经在酝酿和准备了。这个时间应当早于1978年"三中全会"和"小岗村农民按手印分田"。这是历史，不容置疑。由于历史和外界的原因，中国封闭了几十年，粉碎"四人帮"后，我们有了重新回到世界大家庭的机会和可能，于是在当时的党中央领导下，包括华国锋、叶剑英、李先念和邓小平等领导的力主下，中国对外的门户开始慢慢开启，而最早是从海上石油开发开始的。因此，中国新时期对外开放的真正先驱者是我们石油人，我们中海油人，这一点毫无疑问。

继后的对外开放风暴，如万般雷霆地向我们扑来，其势不可挡。中国石油人的老前辈余秋里、康世恩、张文彬等就是这场风暴的旗手。时任石油部副部长的秦文彩等人则是这样的历史风暴中的先锋勇士，他们以"摸着石头过河"的姿态与精神，用"麦乳精"、"方便面"和中山装来同西方先进国家的专家们进行着一场又一场谈判与较量，其中更多的是学习和消化别人的先进技术与管理经验。中国人突然发现，当时的世界先进科技已经远远地把我们甩在了后面，尤其是发达国家的经济实力和科技水平，令人目瞪口呆。相比之下，我们中国太落后了！"落后便会挨打"，邓小平对此英明卓见地指出。于是就有了康世恩、张文彬、秦文彩他们一次次出访、一次次请"洋人"来访，一次次与外国公司谈判……

后来的中国海上就有了一艘艘星条旗、太阳旗飘扬的外国石油勘探船，后来中国也就有了自己的海上石油勘探公司和战斗队伍——今天的中海油人就是那个时候成长起来的。

我是奉命写一部中国百年石油史时采访秦文彩老部长的。当时已过八十岁的秦部长给我讲起那段历史和峥嵘岁月时的激情与难忘，我好不激动！这是 2007 年底的事。转眼到了改革开放三十周年的 2008 年，我想：在中国庆祝改革开放三十年的伟大时刻，如果我们不把对外开放这段历史告诉世人，那将是多么遗憾的事！于是 2008 年春节的那些日子里，我闭门写作，沉浸在秦部长给我提供的各式各样的材料和采访资料之中，在我不足十平方米的斗室里奋笔疾书……当 2008 年元宵节别人轻松上班时，我已经把十几万字的《破天荒》书稿从电脑中打印出来了。随后是请秦部长等审阅与修改。

好的文章是靠一鼓作气、一股激情倾泻而出的。《破天荒》就是在被中国石油人和中海油人的那种爱国精神和革命干劲的时代风采鼓舞下完成的一部作品。

有人问我为什么取名《破天荒》。其实并不复杂，因为中国石油人是中国对外开放的拓荒者和开拓者。很难想象，当时中国石油人如果不是在党的正确领导下发扬大庆精神，坚持有分寸地与国外公司和西方国家的政府有理有节地谈判和认真虚心学习的态度，中国的现代化历史进程不知要晚多少时间！

为这，我时常感动和感激秦部长他们这些为中国对外开放做出特殊贡献的前辈们！

中国石油人都知道央视播出了我写的《奠基者》。我认为中海油人在三十多年前所做的《破天荒》大业如果拍成一部电视或电影，一定毫不逊色于《奠基者》，因为中海油人是中国改革开放伟大成就的新一代"奠基者"！

历史是不能忘却的。然而现在的人都很功利，目光浮浅。比如像对外开放这样伟大的事件，除石油战线外，很少有人知道。就是石油战线的人也未必清楚是自己的前辈当年完成的这样一件伟大的事业。

最后我再说说经济工作与文化的关系。在拍《奠基者》之前，老实说包括石油部门的人也并没有一下意识到这部作品的现实意义。有些人可以在某些时间不惜代价去掩饰门面，而对记录一个重大历史事件去出一本书、拍一个电视或电影这样的文化活动，根本不放在眼里，甚至认为"没有意义"。其实他们是大错特错了。

在今天，文化的力量有时会比纯粹的经济更具力量。软实力就是这个意义。关于《破天荒》和《破天荒》的历史意义，我认为在石油系统、在中国百姓中，远远没有达到应有的影响力，人们对中海油人的历史性贡献和认识也是非常有限和浮浅的，我衷心希望中海油人自己首先能够充分认识《破天荒》的意义，因为中国的现代化发展，包括中海油今天的战略，仍然需要思想解放、艰苦奋斗等当年秦部长他们那一代人在与"洋人"打交道时所发扬的中国人的硬骨头精神和高超的处世智慧。

《破天荒》是中国海上石油的历史起点事件，是中海油人从脱胎而出的那一声清脆而响亮的啼哭，是我们祖国向现代化进军的号角！

人民永驻我心头

　　作为一名党培养起来的作家，我自豪和庆幸自己几十年来一直在《讲话》精神鼓舞下，努力地为人民创作、为时代讴歌，并且收获了一些让人民满意的作品。

　　我的创作是与改革开放同时起步的。三十多年来之所以能够持之以恒、始终如一地在文学道路上不停地奔跑，就是心中总有"人民"二字在鼓舞和激励着我，为此我必须努力，必须向前，必须把作品写好，写人民的作品，写让人民满意的作品。我深知，要想诞生好作品，人民既是我们的引领者、召唤者，又是我们创作好作品的源泉和方向。所以，从我从事文学创作一开始，就清楚地抱定了为人民立言的态度。改革开放初期，关注人民群众在致富过程中的变革心态与创造力，应当是创作主流。那时期我创作的报告文学《腾飞吧，苍龙》《中国农民世纪经典》《我的天堂》等，适时地反映了那一段的时代印迹。二十世纪九十年代后，改革开放进入一个新的阶段，随之而来转型期的社会问题也多了，那时我推出的反映环境和资源方面的作品如《共和国告急》《天堂》等，及时制止和揭示了一些社会不良问题与丑恶现象。

　　1997年，当我看到中国高校有那么多贫困生出现，发现他们的生存状态是那么艰难时，我顿时感觉有一种无法放弃的使命。在接下来的一年多时间里，我连续走访了几十所高校，采访数百人，深切地了解到中国教育必须改革的紧迫性，一部书名为《落泪是金》的报告文学作品就是在这种心境下诞生的。该作品发表后引起巨大的社会反响，引发了全社会关爱贫困大学生的热潮。这让我强烈地感受到文学的力量和文学为人民说话的意义。之后，我连续推出《中国高考报告》等"教育系列"作品，都受到高度重视。实践使我深切地感受到，文学为人民，首先需要解决的是作家对人民的感情，对人民的感情是一个作家的必备条件和基本素质。只有带着对人民、对民族和对时代的强烈感情，才能实现我们所期待的文学价值。只要心中想着人民，你的一支笔，就有可能对历史发展进程产生一定影响，也有可能改变一个群体的命运。

文学发展史一次次证明，服务人民是文学创作的基本担当，为人民写作是作家的根本使命。毛泽东同志的《讲话》，强调文艺工作的正确文化立场，强调文艺为人民群众服务，深深影响了以后七十年的文学创作。我们文学工作者为中国革命、建设、改革所进行的一切文学创作，皆是源于对文艺为人民服务目标的传承。今天，面对新形势、新任务，党号召广大的作家要多出精品力作，为社会主义文化大发展、大繁荣服务。精品力作的力度在哪里？为什么有些作者激情饱满，作品能引起社会轰动和读者共鸣，而有些作者写出的文章则反响平平？根本区别就在于作家的创作立场和服务对象，就在于是否对人民有一种责任感和使命感。我作为一名几十年在文学道路上摸爬滚打的作家，知道好作品不是想要就会来的，要做到这一点就必须能吃苦，会用心，用恒心。要想写出人民满意的好作品，就必须洞悉人民生活，要把党和国家利益与人民利益联系起来，站在百姓立场上写作，作品才会焕发出生命力。比如我的《根本利益》就是用文字的形式，呼唤社会对农民给予关注，对官员腐败问题给予惩戒。再比如《为了弱者的尊严》，则是站在执政为民和构建和谐社会的高度，记述了一位人民公务员的赤诚之心。而面对灾难和种种严峻现实的考验，作家如何为人民分担痛苦和表现他们的奋斗精神，是体现作家心灵和意志的一面镜子。每每这样的关键时刻，我和诸多报告文学作家一起，总是站在最前沿，这也让我收获了许多宝贵素材，写出了自己满意的作品，如"非典"时我写了《北京保卫战》；"5·12"汶川大地震时，我三赴震区写出《生命第一》等等。

身为一名作家，常常对国家和人民充满火一般的热爱。三十多年来，我之所以能创作出几十部作品来，就是因为我的心中装着人民的期待和为人民服务的信仰，这是我的全部动力源。在毛泽东同志《讲话》发表七十周年之际，我们更应该以此精神来激励自己，不断创作出精品力作奉献给人民，为国家和时代发展贡献力量。

原载于 2012 年第 10 期《求是》杂志

文道独行必大侠

　　自古以来，成就大器者均有自己独到的优秀和优质之处，武道与文道皆如此。然而今天人们总在提及为什么少了大师这样的问题，这与当今文道、武道上缺了那些独行其事、独树一帜、独端品行的人才有关。

　　此处所曰的独者，并非是指脱离现实、远离公众、性情孤僻者，而是指在思想上、学术上、心理上和行动上具有自己独立意识、独立见解、独立思考、独立创造的，不去随便或简单地附和他人者。在今天，无论是文道还是武道或者其他什么的

180

行当，浮躁者似乎居多，尽管有人不情愿主动地做这样的人，但种种诱惑下有时只得有意无意地堕落下去。这是一个很客观的现实。

尤其是文人，在名与利面前最容易丧失个性和本性。卞毓方先生属于例外，而且是典型的例外者，因此他这些年来在我们视野里忽隐忽现证明了他的既生存又时常"消失"的现状，恰巧再一次证明了他独行者的本相。卞毓方的散文写得好、写得比一般名家都好，是我作为一个出版人和当了二十多年文学大刊的主编在大量阅读当代诸多作品中所得出的一个结论。数年前，我感叹过这样一句话：看小说，要看李国文作品；看散文，则要看卞毓方的作品。这话后来被数家报刊转发，我怕会引起某些人的不满。可若干年过去了，竟然不仅没人出来指责，倒有不少人赞同我的话。这令我欣慰。

事实是：卞毓方的散文确实在当今中国散文界称得上是大家之作。这样的评价其实在季羡林先生生前也已有了，他评价卞毓方的散文是"常常有一种奇谲的光，与之相辅，艺术性强，文采葳蕤，颇有气韵、底蕴"。现今的散文，通常看到的多数是写情或写景，作者围绕或事或景进行抒情、说理和实录、叙述。而卞毓方的散文作品我称之是"知性"散文，即在完成常态的写情写景之上的那种融入知识与智慧的文字。知性散文不易之处不仅在于一个作家的知识面，自然首先得有散文家的那种灵动的文采，擅长的情景叙述，更得有智慧的领提与捏拿和结构、章法上的考究。卞毓方在这方面是高手，甚至是哲学家和政治家的那种高手，故而他的散文可以博古说今、谈天论地，尤其是在论说政治和政治人物的文字中也变得丝毫不生硬、不胆怯、不回避，且能左右逢源、高瞻远瞩、入木三分。

卞毓方身上还有一个品质是许多当代文人所不具备的，即他从来不为一些肤浅的赞美和轻易赏出的名利所动。他极少在文人圈里活动，又很少参与文坛的诸多议论或纷争，然而他的作品一经抛出，即能轰轰烈烈，震耳欲聋。这就是卞毓方，这就是卞毓方的散文。

有人说卞毓方身上有一股气，即文气、生气和灵气，有时还有些霸气。我同意这种评价，只是我认为他的文章中还有一种锐气和孤气，尤其是孤气特别明显，其文情很少有随风摆动、跟风而行之感，总是会感觉他在远远的地方，或者在众人想不到的立足点上放射着不朽的思想光芒。故我也愿意总称卞毓方先生是文坛的独行者的缘故。

独行者必成大侠，这是道上的古人之训。我们的学者和学界，需要卞毓方这样的独行者，这样中国的文事才能彰显更加灿烂的光芒。

作家应理直气壮地做时代进步的推动者

在当今社会上有一个非常不好的现象：似乎谁与政府作对，与时代唱反调，谁似乎就是"英雄"。尤其是近一两年网络上呈现的这种现象更为突出，好像谁骂执政党、骂官员、骂跟共产党走得近的人和事，谁就是救世主。那些传谣言起劲、无端攻击他人者仿佛成了正义与道德的"主宰者"。他们的不分青红皂白、颠倒是非的行径，一度让善良的人们分不清是非真假。在文学界也有类似的现象：那些打着所谓的"批判"幌子的、以一饰面地在挖空心思丑化共产党形象、丑化执政者、丑化民族形象、丑化当代人民的作品，似乎异常吃香，"评论家"和"媒记"们纷纷为之喝彩，捧到天上。相反，谁要是正面讴歌党、讴歌改革开放、讴歌人民群众，却被明里暗里贴上"广告"和"吹鼓手"的标签，即使再好的作品也会被挤出"评论视线"。许多年轻作家和网络写作新手，由此以为这就是今日之中国的文学大趋势，便跟着模仿，频频炮制那些低级、粗糙的"擦边球"作品。于是乎在公众的阅读感觉中，中国当代文学怎么会都是些"乱七八糟"的东西，而难见几部提气、有中国气派和中国精神的作品？我想这样的现象是客观存在的，文学界和广大作家应当有所反思和清醒。

其实在文学界对作品内容评价和考量时，常常有一把尺子在一些评论家的心头放着，这就是所谓的"批判"的还是"歌颂"的。照理，我们的文艺路线和文艺方针早已再清楚不过地一次次告诉广大作家要写那些能点亮民族奋进精神、燃烧民众进步激情的作品，客观而生动地表现时代进步和人民群众所呈现的精神风貌。然而在真实的文学现实里，许多写时代进步、写民族精神、写人民风貌、写共产党正面形象作品的作家，其实内心总有一种说不出的压抑感——因为写这类作品，时不时、冷不防地被人嘲讽"又是主旋律"、"宣传广告"，作品即使再有社会正面影响力，甚至无数次感动了亿万人民，最后你最多也只能落个暂时的"好作品"。过不了几天，当"评论家"们再度进行总结和论述时，这样的作品便会被早早地打入了文学冷宫。取而代之的是那些"圈内"认可的丑化现实、丑化时代、丑化人民和执政者形象的作品，便成为一些人久念不烦的"经典"了。

在与一些年轻作者的接触中，他们对此很有忧虑；有位曾经写了不少反映时代主旋律作品的青年作家，这些年突然改辙换车，专门写些"乱七八糟"（他自己的语言）的东西。当问他为什么会这样时，他坦言：过去写时代风貌、写讴歌性作品，让我获得了不少社会和公众给予的荣誉感，但在文学圈内我却异常孤独，因为没有人或者极少有人真正来为我的作品"捧场"，倒是在评奖、评论等场合被莫名其妙地"乱场"和贬掉的事经常发生。这位青年作家的境遇其实在文学界并非一人，我们应当着实重视。对一个独立的作家而言，写什么和怎么写，完全是个人的事。然而，对整个时代的文学来说，写什么和怎么写的问题，就不再是一个简单的任意胡作和可以错误引导的事。如习近平总书记最近在全国宣传思想工作会议上所讲的那样，我国的社会主义文化艺术与宣传思想工作一样，应当巩固壮大主流意识，弘扬主旋律，传播正能量。

壮大主流意识，弘扬主旋律，传播正能量，并非是一个口号，而是一件关乎时代发展、民族进步、人民幸福与否的大事，而且是需要千千万万的相关人士踏踏实实去行动并为之努力奋斗的大事。我们这个时代的主流是什么？当然是党领导全国人民进行现代化建设事业，以及人民群众在这个建设事业中所表现出的进步与风采。毫无疑问，我们文学的责任，应当把笔和情感倾注在这个点上，力求去表现这种进步事业中的那些生动的、精彩的、曲折的、呈现出多种形态的人和事。自然，文学首先应当在这种表现过程中更多地去关注那些具有积极和进步意义的人和事。这是我们的基本责任。写主旋律的目的，就是为了给人民和国家提供正能量。这样的优秀作品，所起的作用自然也是时代进步的推动力，鼓励多出这样的作品无怀疑可言，且值得大张旗鼓地为之叫好。无论文学艺术如何具有独立性，一个时代的作家，就有历史赋予的社会责任，客观真实地反映所处时代的进步，这是这个时代的作家们义不容辞的责任。更何况，中国改革开放几十年来，我们每一个人都实实在在、明明白白、清清楚楚地感受着巨大的精神文明进步和巨大的物质文明进步所带给我们的一切现实变化，谁有意漠视和忽略它，其本身就不符合文学精神和文学本质，更不会是具有基本正义感、责任感和使命感的当代作家。以深怀感情、以精湛笔墨、以饱满精神、以公正心态去颂扬和讴歌时代的进步，应当是我们所有作家尤其是新一代中国作家的基本任务，所有参与担当这一任务的作家尤其是年轻作家应当为此感到光荣，就像千古以来我们的文学穷尽无数赞美之辞去赞美我们的母亲和我们的爱情一样，我们没有理由怀疑参与讴歌、赞美这个时代进步有什么不对或不好的地方！文学界尤其是评论界及相关部门，应当给予那些积极参与和倾情为时代进步而努力抒写的作家们鼓与呼，充分地、实事求是地肯定和正确评价这样的作品也是一种文学担当和文学责任。有什么原因和理由不呢？人民在期待这样做，文学史也在期待这样客观公正地做。

要想当好时代进步的推动者，就像一个杰出的绣娘一样，你起码得有"两把刷子"。进步的东西常常已经在那里闪闪发光了，你没有更光艳的彩笔怎能让发光的东西更加光芒呢？弄不好反而让发光的东西变得平庸乏味。放下身段，积极投入火热的现实生活；接好地气，实实在在地拥抱生活；善于观察思考，清醒而独立地过滤生活……这都是必不可少的功夫，尤其是年轻作家更应当怀有热情、激情、真情地去看待和深入生活。同时要练就过硬的、精细的、高超的写作本领，这样才有可能创作出与时代进步相融合、共振的优秀作品，尽力防止那些浮浅的、粗糙的、图解和广告式的"宣传报道"作品。文学就是文学，表现时代和社会进步的文学，通常远比那些批判和抨击社会丑恶现象的作品要难写得多，这就更需要作家的耐心和耐力，这与攀登高峰一样，当你流尽汗水、用尽全力登高望远的那一刻，你才会感受到"一览群山"的惬意和成就感。

表现时代进步并非一定都是正面题材和正面反映的作品。中国是个转型期国家，当今社会有许多值得我们去反思、省悟和需要努力去纠正的东西，甚至有些必须去无情地批判和揭露。这当属于文学另一种表现时代进步的责任和需要。作家具有批判意识和批判精神，十分可贵，同样应当坚定地给予肯定和支持。我们需要注意的是，一个作家的创作思想和创作视野，一定要有唯物主义历史观，对社会的认识和分析，包括对一些现象的认识和分析，应当尽可能地客观、全面、深刻和理性。能够站在民族发展和时代进步的高度去认识问题、分析事物、看待现实，这样我们的作品就可能会更贴近真实的生活本质，更容易被时代所接受，也就更有了文学的价值。

　　文学对时代的担当，其实就包含了更多的对推动时代进步的责任。无论你是高歌还是低吟、无论你是小曲还是协奏，只要你心怀真诚、情自善心，伟大的时代都会微笑地将你高高托起……

三十年正年轻

同志们、朋友们：

大家好！

三十年前的今天，在我国诸多文学前辈和上海市委领导的发起与倡导下，我国文坛的一张重要专业报纸诞生了，这就是我们今天从四面八方来到上海，聚集一堂，为她祝贺生日的——《文学报》！

三十岁，对一个人来说，是而立之年。三十岁，对一张报纸来说，同样是值得总结和显耀的而立之年。三十岁，在青年朋友的眼里，是个成熟的向往年轮；而对五十、六十、七十，甚至更年长的人来说，三十岁又是多么年轻、多么朝气，充满活力、展现能力、显示睿智、描绘宏图、挥洒激情、迎接收获、等待褒奖的年龄。三十岁的《文学报》难道不正是这样吗？她，精美而不失大气；她形态华丽而始终保持内容的平实与亲切；她把坚持文学的信仰高扬在自己的每一块版面的字里行间，又更多地用真诚与炽热的情感拉近了与作家们的距离；她坚定自己的社会主义文艺方向的同时，从没有放弃对一切可以争鸣的思想与观点彰显在自己独立的主张之中；她兼容甚至刻意把文学之外、中国之外的那些健康的、向上的甚至是探索性的各种文化与艺术元素引入自己的天地，从而铸炼与凝集出自己风格的精神价值观。正是《文学报》的这种倡导与特色，这种热情与真诚，这种意志与风格，使她在中国文学界、中国文化界、中国报业界赢得了广泛的声誉和好评，尤其是得到了广大作家的爱戴。在此，请允许我代表中国作家协会、代表铁凝主席和李冰书记，向《文学报》和所有在《文学报》工作过的同志们表示最诚挚的节日祝贺！

上海这座英雄而现代化的城市，她在我们所有中国人的心目中永远是一种向往。所有中国人，不管你是不是上海人，我们总是有可能与上海这个城市有某种联系。比如说我自己，我不是上海人，但我的外婆是上海人；比如说不在上海出生，但我的祖先在二百多年前从苏州、从常熟、从太仓等地汇聚到了黄浦江畔，开始了一个沿海、沿江城市的开埠，使得一个小渔村变成了世界闻名的大都市。比如说我没有在上海上学，可我的小学、中学的老师都是上海人，尤其是当了我五年中学班主任的张伟江老师，他是你们上海市的前任教委主任；比如说我没有在上海工作过，但上海来的金炳华部长到我们中国作协当了八年党组书记，我和我的许多同事成了他的部下，金书记为人处世真诚细致、对待工作认真负责和与党中央始终保持高度一致的政治意识等多方面的领导作风与工作经验，已经成为中国作协领导干部永远学习的一份可贵的精神财富……上海总是与我们每一个中国人有着密切的联系。中国的许多作家也许并不像我这样一个紧挨着上海的苏州人那样与上海有着地缘上的特殊关系的人一样，但他们仍然同上海有着深厚而密切的关系，这样的关系的建立，靠的就是我们今天大家一起为她庆祝生日的《文学报》！

《文学报》是我国文学界的一份重要的专业报纸；《文学报》更是我们全国作家与上海这座城市和上海文学界朋友们相互学习、交流和建立友情的一个桥梁和平台；《文学报》以其开放、包容和总能在文学艺术上举起自己独立主张的魄力与魅力，团结与吸引着广大作家，引领和活跃着文学的方向与气氛。三十年来，《文学报》坚守和秉承高尚的文学品格，关注和尊重作家们的心声与意愿，积极传递和播撒各种清新与鲜活的信息，重视和理解读者阅读的品味等方面，无不显示着自己热诚、真挚、厚实、精致的品质和至善、圆融、开拓、创新的风貌。三十年，对一张专业报纸而言，尤其是文学专业报纸，其风雨兼程的岁月磨砺，其跌宕起伏的意识交锋，其不断深刻多变的探索实践，无不渗透着每一位办报人的心血与智慧、热忱与激情，也无不饱含了上海市各级领导对这份报纸的关爱与支持。我想借此机会，也代表中国作家协会、代表全国的作家，向上海市委、上海市政府和上海人民，表达对你们三十年来一直关心、支持、帮助我们心目中的这份自己的报纸的真诚谢意和崇高敬意！

三十年来，《文学报》满载光荣和光辉；三十年后的路如何走，这是又一个新的课题和新的挑战。我们有理由相信这张报纸一定会在新的历史征程上越走越光明，越办越成熟。我们有理由相信，在社会主义文学和社会主义文化事业大发展、大繁荣的今天，《文学报》一定能乘势而高歌猛进，继续保持自己独立的、高尚的、与作家们共呼吸、同命运的文学气场，为繁荣社会主义的文学事业做出属于《文学报》自己的那份永远让我们尊敬和仰望的贡献！

　　谢谢大家。

让我们以文学的名义致敬文学编辑
——在庆祝《民族文学》创刊三十周年会上的讲话

各位领导、各位嘉宾、各位朋友：

大家好！

非常高兴出席今天《民族文学》创刊三十年的庆祝会。一本杂志，一本文学杂志，一本少数民族文学杂志走过三十年历程，这是值得庆祝的。因为《民族文学》的特殊性和《民族文学》创刊以来，它所承载的文学责任和培养的一批批优秀的作家，以及所推出的一部部优秀作品，足以证明它是我国社会主义文学大家园中的一个重镇。这样的一份文学刊物，我们应当给予它应有的敬意。为此，我代表中国作家出版集团和所属报刊社的同仁，向兄弟的《民族文学》表示最热烈的祝贺。

我们知道，从事和组成一份刊物的主要是我们的编辑。

何为编辑？有人说："编辑是信息、知识有序化、载体化与社会化的业务活动。"也有人说：编辑是"根据一定的思想原则，以相应的信息或著述材料的基础，进行优选、创意和优化、组合，使精神成果转化为某种传播载体的智力劳动"。

实际上，编辑一词，最早源于我国。殷商时期的甲骨文中就有"编"字出现，司马迁的《史记》中的十表八书，就是我国最早期的编辑工作之结晶。所以，中国的编辑史与中国的文化一样源远流长，正是因为生动、丰富和活跃与精湛的编辑活动，才使我国五千年的灿烂文化得以传承至今。

我们从事的编辑是一项职业，做编辑工作的人，是一群必须具有职业道德的人。在我们中国这样的社会主义国家里，为时代、为大众服务是我们道德的核心，当然，也是社会主义编辑工作者的职业道德核心。我们知道，道德的中心问题是个人同他人、个人同社会集体利益的关系问题。俄国著名学者普列汉诺夫说过这样的话，"任何道德都是以或多或少的自我牺牲为前提"。因此，编辑应该是一个能够为他人服务、具有为社会奉献精神的人。编辑是一种传承文化、塑造人的灵魂的崇高而光荣的职业，它给人以职业荣誉感，但同时它也是政治性、思想性、科学性很强的工作，是很艰苦、很细微的一种特殊劳动。编辑通过默默地劳动把作者的劳动成果尽可能完美无缺地奉献出来，故有"为人作嫁衣"之说。

从这个意义讲，编辑还是一种服务性工作，编辑在具有荣誉感的同时必须具有奉献精神。编辑的工作很多时候，他可以随心所欲地对各种原材料进行选择，但他又常常无法进行个人的选择，因为你所承担的责任是向社会传播，影响人们思想，推动社会和时代发展的产品，此时你就无法进行个人主观的自由选择。这就是编辑，你纵然有万般能力和见解，但在你进行选择时，你个人的价值观和情感表达必须离开主舞台，让路给你的作者和你的读者。

我以为文学编辑是所有文字编辑中最具创造力和影响力的一个特殊群体。因为文学与其他文字产品的不同之处，它所创造的是精神产品。文学编辑在拿到一部作品时，他可以与作家一起为作品中的精彩而兴奋，可以同作家一起分享思想和艺术的那份独立的自由，他可以同作家一起举刀参与对社会时弊的激情战斗，也可以同作家一起因心灵和肉体的痛苦流泪与伤心，然而，文学编辑必须保持自己的清醒，当作者的思想和自由的追求脱离我们的基本价值观的时候，他应当是悬崖勒马的骑手！当作者无法从创作的迷途中解脱的时候，我们的文学编辑应当是激情而有力量的并且是方向坚定而明确的引领者！在通常的情况下，文学编辑是作者作品的一位雕塑者，因为他们的细致、艺术和创作而使得那些粗糙的石头成为玉石、成为武器、成为冲击和抚慰我们心灵世界的雷电与春风。文学编辑又在通常的时间里，他是一个个文字和一部部长篇巨著的清洁工，因为他必须带着工具——这个工具是编辑对文字的驾驭能力；他还必须带上水，这个水是编辑自己的生活经验、知识积累和对我们生活着的这个世界的全部感受而形成的湖泊、江河与大海。正是这种取之不尽的水，才有可能对所有作者从四面八方汇聚到编辑部的所有文字进行清理和洗涮，使其光芒四射、充满生机和活力，并且永恒地让我们记忆和传承。而一旦作家和作品被掌声和鲜花簇拥到成功的星光大道时，我们的编辑则该走向后台、成为默默甚至永远不被公众所记忆的幕后人，这就是我们的文学编辑！几乎没有一个作家、一部作品离开我们的文学编辑而独立成为书本文字。这就是我们文学编辑的功劳！这就是我们今天为什么要纪念和庆祝一个文学杂志三十年的另一个重要意义！忘却了文学编辑和文学杂志的功劳，那就意味着我们对文学的总结和认识是远远不够的。因此，借这一机会，我以一个作家和一个工作了十六年文学杂志编辑的同行身份，向《民族文学》的所有编辑和参加今天会议的其他刊物的编辑们致以我的崇高敬意！

　　谢谢大家！

热贴莫言，不如远离莫言

自莫言荣获诺贝尔文学奖以来，圈内圈外一谈及文学必提莫言。毋庸置疑，莫言获诺贝尔文学奖后，使全中国十三亿人都感到了提气和长了面子，它对推动中国文学和文化事业的繁荣起了不可小视的正能量。

但笔者也看到了一些并不符合文学规律和不利于文学繁荣的现象：比如现在有相当多的文学名家都在暗暗使劲，花大力气，并且各显神通地在与中外出版社和翻译家频频进行联系，狠命地以各种方式推介自己的作品，而且不管路径对不对，似乎"能把作品翻译出去，就离诺奖近了一步"。不少人已经把这个劲头替代了原先专注的创作，似乎到了忘乎所以的地步。其间，有些人在冒牌出版社、翻译家的不正确引领下，进行着诸多无谓的努力和空想，这很令人担心。因为这些人本来是很有前途的，他们的精力一旦不是继续放在创作上，而是在用另一种劲向莫言靠近时，可能失去的不光是真正的自我，也许是整个一生的业绩。这令我对今天的中国文学产生了真正的担忧。

其二，大量的、无数盲从的、企图一鸣惊人的文学爱好者，他们并不真正去了解莫言先生是如何一步一步走向诺贝尔奖的过程，只是心怀过度的狂热和对文学的一腔盲目热爱而去崇拜莫言先生。凡莫言之书皆收入书架，成批成袋地从书店将十卷本"莫言精选作品"、二十卷本"莫言文集"浩浩荡荡拖回到自己家里，如饥似渴地学习和模仿着莫言的"魔幻"——却把其他的本应很适合自己学习和对照的作品统统搁置一边，甚至抛入垃圾筒内——他们言必"红高粱"地、叫必"蛙"声，谈及理想和奋斗目标时也言必"诺奖"。可怜这些君子先生们不知中国其实仅有一个莫言，世界上也只有一个莫言，而第二个"红高粱"家族和第二声"蛙"叫必定是劣族和低端品。

第三类的情形更可怕，此情形在中国当下特别时兴和风靡，即一窝儿的"莫言"作品戏：影视界一窝蜂地抢莫言作品改编；舞台戏剧界一股脑儿地去演莫言作品戏；出版界更不用说了，谁抢到一本莫言的书，便开足马力，不管市场和读者需求如何，印！疯狂地印！印到仓库和书店装不下还在赶着印！听说有家出版社2013年全年的工作就基本盯着一件事：把莫言作品的"选集""文集""插图集""丛书集""精品集""自选集""豪华本集""普通版集""青少年读本集""中老年选读集"……统统一网打尽！随之而来的还有发行和书店的老板们也跟着一起起哄，并且明确声明：凡非莫言作品的图书不进！好家伙，紧跟而来的是：成千上万的印刷厂齐刷刷地在印莫言的书，火车和高速路上的汽车也都在运莫言的书。结果，没多久，废旧收购站里进来的也都是莫言的书……什么叫浪费？什么叫奢侈？大概这也算其中的一个突出现象吧。这还不算是最严重的"怪现象"，真正的"怪现象"是在非文学和出版行业之外的商界：什么"莫言酒吧""莫言书屋""莫言文苑""莫言时装""莫言文具""莫言包箱"……呵，你听都没听说过的"莫言"奇名奇事！

中国人的跟风水平是全世界一流的。跟风的结果是海量的浪费和奢侈，无为和无趣，甚至是灾难。中国人缺乏创新意识，跟这种盲目的崇拜并企图一夜成名的功利主义有关。然而，如果一旦什么事都全民化了，那么我们真的到了"莫言"的时代。就文学而言，百花齐放，百家争鸣，才能显示作家的创作能力和创作前景；就商界而言，品牌的个性化、自选性、品质性才是最可贵和最有可能创造的"百年老店"。就一个民族而言，多种性、多样性、创新性才是它的希望所在。就一个作家而言，激情创作和理性对待名利，是衡量其能否成功的最重要的尺度。世界上一些伟大的作家之所以成功，他们几乎都有自己的、与众不同的追求和方向，莫言也是如此，中国的许多有可能成为下一个诺贝尔文学奖得主的人也是如此。

从这个意义上讲，如果我们在文学和文化建设工作上真正做到了远离莫言，也许我们才有可能离下一个诺贝尔文学奖更近。我的朋友莫言兄是否也同意我的看法？我想他会赞成的，否则我们就是太多地纠缠和影响了他的形象，其实那也是对他的不够尊重。

2013 年 2 月 18 日《中国艺术报》

作家要把自己修炼成高尚和高贵的人

　　我为什么提出这个问题,其实是已经沉积了太长时间的文学实际和在观察当今文坛之后所一直在思考的问题。其原因之一是:我当了二十多年文学刊物的主编和出版社社长,尤其是前几年当出版社社长,天天看稿,天天看到的是什么稿子呢?无论是当代一些著名作家,还是更多的年轻作家,如果用一个数字来对此概括的话:那么我所看到的一百部作品中,至少九十五部以上都是写的"小我"的鸡毛蒜皮、鸡零狗碎、低俗、庸俗、无聊、无趣的事情,几乎很难看到那些真正站在国家的、人民的和时代层面上的那些反映当代社会生活的主流问题，如经济建设、城市化进程、执政矛盾和中国人走向世界过程中所发生的那些大情感、大矛盾、大格局下的人和事；看不到那些叫人提升、精神获得洗礼、灵魂受到冲击、知识获得升华的作品。

难道中国的作家就这个水平？就只能写这类所谓的作品？悲也。

问题更可悲的，面对这样的作品，我们文学圈内仍然沾沾自喜、扬扬得意地在不断地称赞自己的成就如何如何的繁荣，其实文学圈外根本没有几个人看我们、看这类作品，倒常有人向我提出：是不是中国现在的作家都是这种水平？我无颜回答。因为我的圈内的同行们还在为这样的作品获这奖那奖的陶醉之中。

中国的文学为什么是这样？我想来想去，问题出在一个根本的问题上，那就是中国当代的作家，缺少人格的高尚是其一。没有高尚的人格，何来作品的高尚境界与大视野？其二是中国作家缺少精神上的高贵。一个精神上不高贵的人，怎能看得到时代和历史所呈现的诗史画卷和伟大进步？其三是缺少视野高远。井底之蛙不可能见得天空到底有多大。灵魂龌龊的人怎可知光明磊落者的胸怀？这三缺，带给当代文学作品的就是低俗、小气、狭隘、自私、无聊，所以没有水准的作品、没有意思的作品、没有读者的作品充斥着我们的文坛。结果是人民长期不满意，对待当下社会问题的批判不痛不痒，给予我们读者的营养就像受了污染的白开水，不吃还好，吃了肚子一定胀疼。

中国当代作家如果不把自己在精神、灵魂和知识上修炼成高尚、高贵、高远的人，就永远不可能创作出经典作品，更不会出鲁迅、托尔斯泰这样的大作家，即使再多人获这个奖那个奖，国家、人民和历史也不会买今天的文学之账！

因此我认为：如果现实社会已经给予了我们太多的精彩与丰富性，那么当代作家需要获得拯救的就是需要下功夫把自己修炼成一个个精神和灵魂、思考和知识层面上具有高尚与高贵品格的人，否则就不可能期待产生那些令读者看后感觉解渴和振奋人心的好作品。

相比之下，当代报告文学作家在从事自己的创作和所创作出的作品质量上，要比其他文种的作家的作品要高尚和高贵得多，尤其是在贴近现实、贴近社会、贴近人民群众方面表现得更加高尚和高远，因而其作品的价值也更具时代性、人民性、当代性。对现实的批判和赞歌都比较能够站在现实社会的高度去审视与批判，其价值也要高贵得多。

　　哲夫就是其中之一。他是从一个小说家转行为报告文学作家的。用他自己的话说：他的这种变化是渐进的、根本性的改变。哲夫说过：在读者的眼里，既然小说就是假的、编的、虚构的，人们往往哈哈一笑就完了。但我要的不是这个效果，考虑到只有纪实的东西才可以直接干预社会，所以从1997年在出版了《哲夫文集》后转向了报告文学写作。

　　我认为哲夫的这一华丽转身转得好，转得有价值，转得比别人更早的清醒、更早的觉悟，因此这些年哲夫尽管作品不是太多，但每一部都能产生重要影响。我不认为哲夫已经是个全身上下都高尚和高贵的人，但至少我认为他在写某一部作品、某一个事件时，他所倾注的情感是最集中高尚和浓缩了高贵精神的阶段，因此他的作品也就产生了良好的社会效益。

　　哲夫哲夫、一哲之夫。也可以这样读解哲夫的名字：叫作一个转身，一介低俗、渺小的无聊小说家，一跃成了气昂昂、胆过人、文采飞扬的大作家。

　　哲夫的《执政能力》《人类生态三部曲》等作品才引起人们高度关注和具有价值性。哲夫自己也有感觉：是不是因为有了这样的作品，自己再往社会上一走，人们对你的尊敬和眼神就不一样了？我想是这样。这就对了，因为你已经成为一个高尚和高贵的人，人们就会尊敬和尊重你，如果你专门写些低俗的、无聊的、与现实社会格格不入的作品，是不是没人理会你？是不是你还可能碰上一个少年的母亲朝你瞪眼，骂道：你啥狗屁作家，整个毒害青少年的流氓！这其实不是笑话，中国的作家基本上可能处于一个被骂的群体，因为多数作家的作品处在应当被骂的水准上，不被骂才怪！骂是好事，证明我们的国民比我们作家更有水平，从这个意义上讲：中国文学还有救，因为我们的老百姓和读者还算清醒，不清醒的是我们的作家们。

现在哲夫高尚和高贵了，我们期待你永远地成为精神和灵魂上的高尚与高贵者，即使你没有获得鲁迅奖、没有获得茅盾奖、没有获得诺贝尔文学奖，山西人民、中国人民仍然会把你当作神敬起来。

第三篇
生活漫步

见得今日"洋苏州"

数百年前，一位叫马可·波罗的欧洲旅行家，来到中国江南的姑苏城。他一步步走过弯月般的石桥，听牧童在桥上哼着古诗，如痴如醉道：苏州有与威尼斯一样美的水和水上的城郭，但威尼斯没有苏州这么多有趣的石桥、庙宇和烟雨下的小巷人家……它是东方之美的杰作。

苏州是我的故乡，它的小桥、流水、人家早已闻名天下，并且成为人们对它的一种永恒的印象。但今天你到苏州看到的，除了保存完好的原有风貌之外，眼前更多的是立交桥、高速路和连片的绿荫下簇拥的摩天大楼。在这个美丽如画的古老城郭的东边，如今耸立着一座异常娇艳明丽的新城，她就是被我的父老乡亲们称之为"洋苏州"的苏州工业园区——中国和新加坡两国政府共同缔造的一块具有当代国际最先进管理水准的现代化实验地。

"洋苏州"见证了新中国发展最快的历史阶段。1978年，中国刚刚进入改革开放的时候，现代化建设的总设计师邓小平访问新加坡，他被这个建国仅有十几年的年轻国家的经济快速发展和高度社会文明深深吸引，表示要学习借鉴新加坡的发展经验。

1994年5月，随着一阵阵震耳欲聋的机器轰鸣声响彻云天，在我从小"捕鱼捉虾"的阳澄湖一隅的金鸡湖畔，一位脱俗不凡的苏州"美人"便诞生了！

她的出世与众不同，带着"洋"味，带着娇贵，也带着苏州特有的韵味——低洼泽国、茭白藕肥。然而建设开始，新加坡人提出了一个令苏州人想都不敢想的方案：七十平方公里中新合作区整体垫高几十厘米。

于是，有人强烈反对和种种质疑便成了自然。然而新加坡人坚持道："如果有朝一日，你们苏南地区发生千年一遇的洪水，而那时投资者乘了直升机在天上飞，看到其他地方都淹了，只有苏州工业园区在水面上，这是什么感觉？这才是他们愿意来投资的地方！"

苏州人的内心震撼了：欲把此地建设成投资者的天堂，仅仅百年大计是不够的，需要千年大计。于是，庞大的中新合作区域被整体垫高了九十五厘米！

"当时每填一方土需要八美元，整个中新合作区面积光填土这一项就要花三十多亿人民币。我们真的第一次强烈地感受到什么叫千年大计！当填土大战开始后，整个苏州市周围的道路上不分日夜地有几百辆拉土车子在跑，满城尘土飞扬，我们常常被人骂得狗血喷头，因为这样确实给大家的生活带来很多不便。但园区建设的战车已经启动，必须朝前走，而且新加坡人的时间观念特别强，谁耽误了就得赔大钱！再说那钱中有我们中国人的、有我们苏州人的，谁也不愿白白浪费。拉土的车子车牌是黄的，车身颜色是黄的，拉的土又是黄的，所以一时间有人说苏州现在了不得，满城都是'三黄鸡'……苏州百姓为建设自己的美丽天堂是做出了牺牲的。"一位当年参加园区建设初期战斗的老同志如此感慨道。

什么样的付出，就会换来什么样的硕果。几年后的1998年，苏南大地真的来了次百年不遇的洪水，当时常州、无锡一带几乎全成了汪洋，而汪洋之中有一片绿地，那就是新建的苏州工业园区。

"铁的规划和亲商的理念",这是苏州工业园区被人称道的经验。许多地方的开发区遵循的是"边修路边引资",可在苏州园区,投资者还没有进来,这里的地面上已经绿树成行,道路平坦,所有可能用得上的基础设施已全部到位,且是当今世界上最现代化的水平。这就是苏州园区建设有名的"规划超前"和"规划全覆盖"思维。"在这里,规划绝对不会因领导的变动而变动。"这样的话语,在苏州园区深入人心,并融入每一个建设者和管理者的日常行为之中。

"借来彩云绣新裳,鉴往知来谱华章。"如果说,有什么秘诀在短短十五年就成就了故乡这位"美人"的话,那么"亲商"可能是她最重要的"美身养颜"之秘方。

"这个'秘方'是新加坡人传授我们的。"苏州人坦率而又感激地告诉世人,正是因为新加坡人的这份"软实力"使那个区区岛国成为亚洲"四小龙"之一,同时也因为苏州人甘拜新加坡人为师,全心全意地将这一"软件"毫不走样并更加完美地移植到了自己的园区招商引资之中,才使我们的苏州"美人"日后健康成长、亭亭玉立。

"站在投资者的角度考虑所有问题。"

"为投资者服务不分分内分外。"

"每个部门每个人每件事都要为服务对象着想……"

十几年来，园区人把这样的理念始终如一地当作每一天的座右铭，并落实到自己工作的每一个细节之中，甚至苛刻到连柜台都不能超过八十五厘米的"一站式"服务的大厅现场。在这样的亲商氛围中，苏州园区还能不招到世界上最优秀的企业和客商？

苏州市的经济发展速度和 GDP 总量在改革开放的三十多年中，一直走在全国前头。而苏州工业园区则以占全苏州 4％左右的土地和人口，创造了占该市 15％左右的地区生产总值和财政收入，吸引了 25％左右的外资，实现了 30％左右的进出口总额。

苏州园区的发展，堪称科学发展理念的典范。只要你走进园区，那扑面而来的清新空气和每一条道路、每一处景致、每一座建筑，甚至是耸立在路边的每一根别致的灯杆，都会让你感到与众不同的舒适、愉悦与满足。你在这里听不到机器的轰鸣声，更没有横冲直撞的车辆，你可以听到轻曼悠扬的音乐声，可以闻到奇花异草的芬芳，可以看到白鹭在湖面上与飞艇接吻，可以坐在时代广场边观赏母亲带着牙牙学语的囡囡与天空上的飞鸟对话。傍晚时分，灯火闪烁、评弹飘扬的李公堤上更是充满了姑苏韵味和现代时尚相融的迷人新曲……如果不是亲临园区，如果不是听主人亲口介绍，站在金鸡湖畔那片风景如画的水与绿、庭院和长堤组成的人间仙境之中，绝对不可能想象出它会创造出如此巨大的财富。因为这里的工厂和车间被绿荫掩映着，这里的道路干净得难见一丝尘埃，这里的行人像是公园里的游人，你不可能认为那是"工业园区"，而一定认为是江南的又一处新景园。

"人语潮喧晚吹凉，万窗灯火转河塘。两行碧柳笼官渡，一簇红楼压女墙。"南宋诗人范成大的这首《晚入盘门》，写尽了昨日苏州的繁华。再看如今的苏州——

弹指一挥间，金鸡湖畔的园区内又推出全新的商务区、阳澄湖生态旅游度假区、科教创新区，形成新的经济增长三大板块，加之同时崛起的东部综合保税区，使得今日之苏州工业园区更如一位婀娜多姿、光彩照人、全身都散发着青春魅力的妙龄美女。

"五十年不落后，五十年后依然站在世界前列。"苏州人的胸怀更是豪情万丈，他们以超人的智慧和创新的精神，一年更比一年好地实现着自己的梦想。

呵，我的"洋苏州"，你的美丽和财富，使我那原本就美丽如画的故乡更增添了迷人的魅力，播满了无限的童话与传奇，而这正是中国现代化童话般传奇的缩影。

故乡水韵

都说姑苏美，然而什么是故乡苏州的最美呢？

有人会说是沃土，有人会说是这块沃土上的历史遗韵和人文胜迹，尤其是春天桃花与菜花并开的田野风光，还有人会说是苏州的女子，尤其是那些垂发挥针的绣娘……干脆也有人说是阳澄湖的螃蟹、太湖的鲜鱼和飘香的桂花黄酒……其实苏州的美物，可以写下千行万句，但在我看来，苏州之美，乃是天造的江湖河塘之水。

"小桥流水人家"，这是人们对姑苏的永恒记忆。"川曰三

218

江，浸曰五湖"。故乡吴地在远古时就有"三江五湖"，"三江"是指松江、娄江和东江，这三条大江是吴地最早的排水干路，是吴人身上的主血管。"五湖"指的是贡湖、游湖、胥湖、梅梁湖、金鼎湖。其实"五湖"是泛指太湖流域一带所有的湖泊，古"五湖"是吴人最重要的胃、肝、脾和肠……

苏州人要感谢的祖先很多，其中最需要感谢的是那些造水、治水和利水的英雄。大禹不用说了，他在太湖降龙的治水传说给吴越先民留下了宝贵的治水经验；其后的伯泰、仲雍是以身作则带领土著人破除了"水怪"的骚扰而平定了这块荒蛮之地的野性；最早开凿的"伯泰渎"给这里的庶民带来了灌溉、航运和饮水等多方面利益；还有像秦始皇、三国时的孙权、主张开凿大运河的隋炀帝、吴越小国王钱镠、宋朝的范仲淹、赵霖，以及明朝的钦差大臣海瑞和在苏州当了五年清官的林则徐等，他们都为吴地做过造田、治水的巨大贡献。新中国成立之后的前二十多年里，"水利是农业的命脉"成为父辈一代人的旗帜和战斗号令，我坚信：江南水乡假如没有那十几年的兴修水利，就不会有现今依然"稻谷香、鱼儿跳"的好风景。

"人语潮喧晚吹凉，万窗灯火转河塘。两行碧柳笼官渡，一簇红楼压女墙。"宋代诗圣范成大的这首《晚入盘门》，勾起了我当年在长江大堤参与治水战斗的悲喜交织之情……那时我只有十五虚岁，但在那个疯狂年代，我们别无选择。然而，现在的我却常为自己曾经有过的这段为家乡水利建设所做的贡献而感到自豪——因为当下的年轻人是不可能有我们那个时代的磨砺了。

苏州是水育之地，苏州的治水本领与生俱来。苏州人还把与水搏杀的本领活脱脱地运用到现实生活之中。比如众所周知的苏州经济在二十世纪八十年代的亮点是乡镇企业，九十年代之后的亮点是开放型经济，两者似乎是具有机制和体制上的巨大差异，甚至是断裂的、对立的。然而苏州人后来只经过了几年光景，就将这种"断裂"与"对立"很快统一起来，像他们从祖先传承下来的那种利道治水的本领一样，很快将两股完全不同的江与河之水融合在一起，形成巨大的湖塘之流，为整个地区的社会发展积蓄了巨大的发展力源。尤其是近年来，当地政府和人民在科学发展观思想的指导下，对水的保护意识大大加强，并且取得卓有成就的效果。

因为我的父老乡亲们知道：江与河，看起来不同。江流终日汹涌澎湃、奔流不息，是为了奔向大海；河流之水有时涌入大江，有时流向塘湖。但如果江水没有了千万条河流的汇合，便没有了自己；河水如果只向湖塘流淌，其生命也将变得渺小和暗淡。江与河既有别，又有同，两者渗透了相互依存与传承的关系——河是江的母亲，江是河的后嫡，湖塘则是江河歇脚与蓄力的温床、准备远行的驿站。保护水，就是保卫自己的家园。我的父老乡亲们深深地懂得这一点。

欲说苏州之水，不能不言太湖。因为八百里太湖的 90％ 的水面属于苏州。太湖之水是苏州母亲的胎盘里的羊水。没有了太湖之水，就没有了苏州的生命及其成长的可能。

2000 年，国务院对苏州城市总体规划的批复中明确苏州是"长江三角洲的重要中心城市"。如何理解这一定位，学问很大。

苏州人将自己摆在以下两个圈层中的位子：一是苏州在环太湖城市圈的位子；二是作为环太湖城市圈城市在整个长江三角洲区域中的位子。太湖以水为媒，使姑苏大地成为中国最活跃和创造力及最具财富积蓄力的经济快速发展板块。毫无疑问，上海是这一区域的龙头。那么苏州在这一区域里是什么呢？是龙身还是龙尾？龙身便应发挥其壮实而巨大的能够影响整个中华民族这条巨龙的能力，苏州似乎还达不到；是龙尾？龙尾便应能左右天下风云，执掌巨龙前行后退的方向，这似乎也不是苏州所长、所能。那么苏州是什么？

"我们苏州要在太湖区域中发挥走在先、走在前、走得最好、走得最可持续的典范。"苏州干部们这样说。经过反复酝酿和思考，苏州人最后将自己定位在与"龙头"上海的对接和错位发展之上。苏州要永远做上海的"乡下"，苏州才会有自己的发展空间，才永远不会落伍于环太湖各个城市的强势之中。苏州人这样清醒着，一直紧盯"龙头"大上海，一直埋头干好自己分内的活儿……

"你们是龙眼啊！闪闪发光的龙眼啊！"突然有一天，一位中央领导来到苏州，当他环太湖走完一圈后，欣喜地对苏州人如此说。

"龙眼"——多么准确而形象的比喻！是的，苏州是"龙眼"，苏州是环太湖高速经济发展区域的"龙眼"，是屹立于世界强林之中的中国巨龙身上的"龙眼"。

江河湖塘，组成了苏州人独特而绚丽的性格，那性格既是豪放的，又是柔美的；既是开放的，又是含蓄的；既是粗犷的，又是细腻的。是豪放中的柔美，是柔美中的豪放……

江河湖塘组合在一起，既可是一种放扬，又可是一种吸纳；既可是一种选择，又可是一种决断；既可是冒险，又可是避险。是理性下的激情，是激情中的理性，是激情和理性交融后的理与智、亲与情。

与苏州人打过交道的人都说苏州不是一个专横跋扈的地

方，即使是那些名闻天下的园林与世界文化遗产，也只是含蓄之美。苏州人恪守中庸之道，凡事绝不会太过分。这——皆是江河湖塘交融、混合的水性文化所缘。

苏州的水与其他地方的水有时很不一样，常理上理解"江河东去归大海"，这流动的水总是往一个方向奔涌而去。其实在我故乡的江河之中会常常出现江河之流逆向而流。这是为什么？原来，这些江河离大海近，月亮和地球间发生的引力诱发了潮去潮落而形成江河之流复去复回的特殊景象，而这使得这些水非常活泛，因而更加富有灵性。

苏州是水的世界，苏州是由水组成的灵性之物，因此可以游刃有余地面对复杂纷乱、景象万千的各种来自自然与人为的较量、搏杀，当然也有和善的媾和与敌意的诱惑。

水，是我故乡永远搬不掉、罩不住的灵性。它是我的生命之根，是我故乡苏州大地的生命之根、生命之魂！

清澈、奔涌而富有感情的水，依然在我故乡长流……

穷人的孩子上大学难

上不起大学这种现象本来已经消亡了许多年，怎么又死灰复燃起来了？

于是，"决不让一个学生因贫困而辍学"的口号不得不由高校自己喊了。但大家很快注意到，喊这些口号的大多是北大、清华、复旦等著名学府，他们完全可以喊得响当当的，因为他们的经济实力强，少数穷人家的孩子在学校里一般都会得到校方坚强有力的支持，减免学费一般都不成问题。另外还有社会各界"捧星"般的主动要求帮助这些名校的状元们。所以这类学校的校长们高喊"决不让一个学生因穷困而辍学"的口号，就像喊自己的名字一样轻松。但像农大、林大等专业学校的校长们就不敢轻易喊这类口号了，因为越来越多的学生交不起学费就进入了学校，给学校的正常教学开展带来了困难，如果再轻易答应减免的话，就会从教师的口袋里硬掏钱了，惹出的问题恐怕就更复杂了，于是在全社会一致反映要求下，本来就贷款贷不出去的广大银行家们做出了一个姿态：向贫困大学生贷款上学。

听起来很好听，1999 年 9 月、10 月，这个消息在电视新闻上很常见，效果却出人意料的不好。原因是操作起来仍然无法解决穷人的实际问题，那就是贷款是需要抵押和担保的。后来抵押这一条放松了，可担保仍保留着，银行从不做亏本生意，特别是已经成熟了的商业银行。他们笑眯眯地向大学生走来，原来也想开拓一条"生意新路"，结果此路不通，凡想贷款的学生都是贫困生，而穷人想找人做担保没有人愿意。如今越是有钱人借钱越容易，而越穷的人越借不到钱，这是世界性的规律。中国人的素质确实有待提高，特别是中国的一些百姓，他们都经历过大锅饭的"美好时代"。"吃饭不要钱，上学不要钱"，在新中国前几十年的具体形势里，"孩子上大学后就是国家的人了，既然是国家的人了，还要我们掏什么钱？"好多人今天还这么想。再者，借钱容易还钱难是一些人的习性，你不得不承认。

中国金融方面存在的最大问题，就是前十几年大批资金出银行后再也找不回来。现在不行了，银行收不回贷出去的款，就先砸自己的饭碗。对大学生也不例外，你没有担保人给你担保，银行就把脸别过去了。许多贫困大学生对担保贷款一事意见很大，说这等于是纸上给他们画了一个饼，想吃又根本吃不着。我就收到了一个采访过的贫困大学生的信，她已经几个月口袋里没有钱了，听说银行到他们学校里办贷款一事很高兴，可当银行说必须有担保人时，她无所适从了，因为在北京她举目无亲，找老师和同学们，他们说我怎么给你担保？你再过两年毕业了，你贷的款到时还没有还，银行找我怎么办？言外之意是谁也不情愿当这样的担保人。

这个学生把心中的苦楚告诉了我，她说："现在，人与人之间没有最基本的信任感，他们一点也不相信我，难道我是那种赖着不认账的人吗？我可以用人格担保呀！"我看后既为她抱不平，同时又觉得无可奈何，在商业行为和法律范畴里，人格担保在我们中国好像不能成立。因为现实生活中谁敢对一个并不是亲人的外人做金融性质的担保？我叩问自己，想想也确实不敢。因为中国之大、人的情况之复杂，许多事能想得到吗？办好事得不到好报，反而咬你一口的事太多了。"贫出无赖"，此话虽有损广大贫困者的心，但现实中确有这类人。对此我想，广大的贫困大学生，也应该对平常人的平常心有所理解。一切几乎又回到了原位：穷人难上大学。

用心感受多彩生活——寄语"90后"

　　我很羡慕"90后"这个称呼，因为你们是最年轻的一代，因为你们是最绽放的一代，因为你们又是最美丽和幸福的一代。你们在跨越两个世纪的众生中是最青春的一代，所以你们的绽放比别人更灿烂，所以你们的美丽和幸福也比别人更光彩和丰厚。

　　有人说你们很稚嫩，还不懂什么是生活，甚至不懂什么是幸福和快乐。然而我知道你们虽然年龄稚嫩却思想活跃与深刻，你们已经懂得生活并且知道它的实质和对人生的本质意义，你们当然更知道幸福与快乐不是一个抽象的概念，而更多的是心灵与精神世界的真切感受。

你们的年龄就像诗歌和鲜花一样，你们热爱文学，喜欢歌唱是必然的。文学是什么？文学是人生的梦，这梦可以陪伴你的一生，这梦可以使你的人生充满激情和朝气，这梦也可以使你获得精神和心灵的雨露浇灌，这梦更可以使你在成功或挫折时产生新的动力、树立坚强意志。

梦，其实就是理想的起点；梦，就是多彩生活的第一个驿站。人在梦中可以不受物质与环境的影响而驰骋天下，人在梦中还可以攀越现实中任何不可逾越的天险，人在梦中还能设计和实现最最美好的愿望。于是我们可以这么说：梦，其实就是我们自己的心空。

现在，我们要把自己的心空变成现实，变成我们的追求，变成我们一生的歌与诗。而这样的转化与移植，靠的就是文学的功能。

于是我们会发现，文学与我们的青春年华有着天然的爱情与友谊。于是我们就会明白，文学为什么总在我们的心灵涌动与膨胀……

这就是文学的魔力。

要让这个魔力产生人生推动力，你们就得学会把握它的技能与规律，你们就得学会用眼睛去解剖现实生活的每一个细胞和瞬息而过的现象，你们就得学会用嗅觉去闻什么是香臭气味，你们更得用心灵去感受这个世界的多彩生活层面，因为这是唯一的可以让文学为你服务，为你绽放生命光彩的途径。

让我们一起牵手文学，走向成熟与光辉。

2009 年末

重上井冈山

1965年5月22日，毛泽东在阔别三十八年后重上他梦牵魂绕的井冈山，写下词二首，其中"久有凌云志，重上井冈山"、"世上无难事，只要肯登攀"等豪迈诗句从此在人们口头传诵。

说来也巧，当我们"中国作家走进红色岁月"采风团来到井冈山时，有两个夜晚的住宿被主人安排在毛泽东当年重上井冈山时留宿永新县招待所的那一房间。对这份"特殊待遇"，我长夜不能入眠，眼前时常翻起伟人那挥就大笔，抒怀《重上井冈山》的拳拳之心和昔日指挥千军万马决战于茨坪、茶陵及黄洋界五哨五井的腥风血雨、滚滚红尘的不平凡岁月……

　　在人流如织的井冈山革命烈士纪念馆里，听着讲解员讲述一个个惊心动魄、催人泪下的英雄故事时，你会自然而然地站在革命先烈的遗像前默默地驻足凝视起一张张坚毅而有些模糊的脸庞，心底顿时泛起阵阵肃然敬意。"五万余名井冈山革命烈士，有近两万人是无名英雄，我们至今不知他们姓甚名谁，但他们却与毛泽东、朱德、陈毅、彭德怀等开国元勋一样，永远活在我们井冈山人的心中。"讲解员用她清纯而低沉的声音，将我们带进那一个个峥嵘岁月与英魂永在的英雄土地之上。

　　走进八角楼，端详小油灯下那方三尺木桌，你能依然敞亮地看到当年毛泽东起草《井冈山的斗争》时饱含革命信念的强烈胸襟。"农村包围城市，武装夺取政权"的光辉思想，如一炬永不熄灭的灯光照耀着中国革命从弱到强、从小到大直至全国胜利的伟大征程。

　　在五百里浩浩井冈山群峰之间，有一条清澈长流的江河叫富水河，它在我此次井冈山行程中留下了最为深刻的印象。

　　富水河很美，美得让人心醉。从井冈山谷中淌出的汩汩水流，绵绵不绝地奔涌着，歌唱着，并且滋润着两岸茂盛的绿地和青山，于是也就自然而然地在此有了一位高扬忠烈之风的伟大爱国人士——文天祥。数百年过去了，但当你站在排排古骨挺硬的大榕树下，仍然闻得"人生自古谁无死，留取丹心照汗青"的正气之声。形如钩月的富水河流经文天祥故里富田镇，便慷慨地倾泻出一片宽阔的胸膛，阳光下变得金光灿烂，宛如无边无际的锦缎，河水两岸蓊郁松林的颤动倒影，注定要挥就"笔落惊风雨，诗成泣鬼神"。当我们走进这座千年古村落时，你万万想不到在这远山隔世的小村里竟然见得一座座、一方方完整的明清古建筑，其宏伟，其精致，堪称"周庄同里自相愧"。更神奇的是这里还保存着数以百计的红军标语和毛泽东等当年在此居宿的无数实物和故居，只可惜这些革命文物遭风吹日晒，该早早下手保护了！富田镇上的乡亲们在讲述当年红军如何在此轰轰烈烈成立"江西省苏维埃政府"和"打土豪分田地"的革命运动的同时，颇有几分悲愤之情地为我们掀开了当年"左"倾机会主义错误路线所犯下的一页页痛心的史幕。中共党史上有名的"富田事件"就发生在此，那会儿有数百名红军排以上干部被错杀，差点使井冈山的中国工农红军面临灭顶之灾。有情的富水河以其呜咽的缠绵，记忆了那一段不堪回首的往事……

出富田镇，随潺潺直流的富水河东南下行二十余里，便是当年第二次国内革命战争时期中国共产党创建的最早的另一个重要的革命根据地——东固革命根据地所在地东固镇。"上有井冈山，下有东固山"，这是当年中央苏区广为流传的一句乡语，它形象地描述了革命摇篮井冈山和毗邻的东固革命根据地之间的特殊关系。1929年1月，毛泽东、朱德率领红四军离开井冈山出击赣南，一路与敌军屡战失利，在"朱毛"队伍最困难的时候，是东固人民和根据地的丰厚粮草和枪支弹药以及充足的革命武装，给了红四军将士以极大的鼓舞和补给。东固根据地后来在中央苏区五次反"围剿"中立下不可磨灭的功勋，其中三次反"围剿"的主战场是选择了这里。黄公略等无数英烈的鲜血就洒在此地。

巍巍井冈呵，红旗漫卷五百里。在这里，每一个山冈，每一棵树木，每一条河川，都映照着革命先辈浴血奋斗的身影与雄姿。信手掬一抔土，你可闻得硝烟；摘一朵山茶花，你能谛听英烈冲向敌营的厮杀声……

这就是井冈山。这就是无数英烈为建立新中国而用自己的鲜血染红了漫山杜鹃的井冈山。

"啊呀嘞哎，红军阿哥你慢慢走嘞，小心路上就有石头，碰到阿哥的脚指头，疼在老妹我的心啊头。红军阿哥你慢慢走嘞，走到天边又记心头，老妹我等你哟长相守，老妹我等你哟到白头……"这是我们到井冈山听到的一首最深情而凄婉的红歌，唱这首歌的是一位红军烈士的后代，她叫江满凤，井冈山龙潭景区的一名普通环卫工人。她谢绝了外界的重金聘请，坚持留在现在的环卫岗位上，"那样可以让更多到井冈山的人听到我的歌声，让井冈山的精神传播得更远。"她说这话时脸上绽放的光芒异常美丽动人。

有一位老人名叫毛秉华，已近八十岁了，他义务讲解井冈山革命史已经四十余年，达数千场。这样的"井冈山精神传播者"还有很多，如退休将军何继明、老红军曾志的孙子石金龙、上海女知青杨洁如……他们是今天的红色井冈人，是今天传承井冈山革命精神的"星星之火"。

渼陂曾是当年红四军军部所在地。这个被当地人称为"庐陵文化第一村"的千年古村落，着实是井冈山地区保存完整的一个"人间小天堂"。据说南宋初年，陕西长安的一位梁氏富家子弟远迁到此，历经几代人的苦心经营，建起了这座气势宏伟的乡间巨宅。如今这里仍完好地保存了三百六十七幢明清建筑，且全村户主的姓氏清一色的梁姓。此地书院文化、祠堂文化、宗教文化、明清雕刻文化艺术融为一体。嵌置于村落之中的二十八眼大小不一的池塘，错落有致地排成八卦图形，象征天上二十八颗星宿护卫着这个美丽的村寨。九曲十八弯的水渠穿行在宅前屋后，方便村民们的晨洗晚沐。郁郁葱葱、蔽天掩地的古榕和樟树，如绿色锦缎，披拂在这座古风浩荡、生机盎然的古村寨。

说来称奇的是，这座历经战火的古村寨竟依然存留着那么多当年毛泽东、朱德领导工农红军进行艰苦卓绝战斗的红色印记。仅"翰林第"大殿内的"红四军军部"处，各种可辨认的红色标语就达几十条。著名的"二七会议"旧址，朱德、彭德怀、贺子珍旧居，旧貌如故。而毛泽东的故居则更是让我们领略了一位嗜书如命的伟人风采。这是一个书院，厅堂内一副对联："万里风云三尺剑，一庭花草半床书"。据说毛泽东就是看到此联后便在此安居。老乡们说，当年毛泽东白天在战场上指点江山，夜晚常在此与村里的一位老秀才论古道今、谈诗数典。传毛泽东进中南海后，其书房里挂的就是这副对联。

先人已逝，故物犹存。渼陂能在八百年中完好无损地保存了古村落的风貌雄姿，又能在八十余年的沧桑岁月里精心呵护着红色印痕和革命文物，充分体现了这里的人民对待传统文化和井冈山精神的那份热爱之情，乃可敬可贵。这也不难理解这个小村落为何能出梁必业、梁仁芥、梁必祯三位开国大将军。

五百里井冈山革命根据地，现在的大部分地区隶属吉安市。这块神奇而神圣的土地，曾经孕育了与中原同样发达的青铜文明，以文天祥、欧阳修为代表的"文章节义"之士更使这片土地呈现丰厚、硬骨的文化底蕴。历朝历代中有二十一位宰相、三千名进士和十八位状元出自此地，而且这里还是许多共和国伟人的先祖居住地。井冈山的烽火和东固苏区三次反"围剿"的硝烟，塑造了中国共产党的第一代、第二代领导核心，也缔造了共和国六位元帅、五位大将、三十位上将、七十七位中将、二百七十九位少将和二十三位开国部长与省委书记，这在中华人民共和国的版图上是绝无仅有的辉煌。

呵，革命圣地井冈山，当我每一次将您深情地凝望时，仿佛在翻阅一部巨卷，那里面的精彩传奇和庄严与敬仰，总令我心潮澎湃、浮想联翩……

2010 年 5 月 20 日　《人民日报》2010 年散文精选

玉树，你牵着我的心……

玉树，你有一个令人羡慕的好名字，曾经无数次拨动过我情感的心弦。三十年前，我有一个战友就在你那里，他告诉我，你是一片神奇的土地，喷香的奶茶、纯朴的藏民、绿色的高原，还有那素面朝天、高立于山腰间的寺庙……

分别后的战友曾经多少次邀请我去你那儿，却因工作缠身终不能成行。渐渐地，你成了我心中一个遥远的符号。突然，在今天，你猛地将我从睡梦中惊醒——啊，你竟然在地震的灾难中受痛吃苦……

作为一名曾经的军人，我经历过 1976 年唐山大地震和那次的抗震救灾；作为一名作家，我经历过"5·12"汶川大地震时的四次采访与抢险。现在，我多么想飞到你的身边，去为你受灾的儿女们尽一份力，哪怕是帮他们拍一拍羊袍上被废墟沾满的尘土，或者给那些因为房屋倒塌而失去课本的孩子送上一本书……

着急呵，于是，我一天无数次地拨动我的手机，通过各种途径，去寻找我曾经的那位在玉树的战友。那份担心，就像是自己的亲人遇到了不幸和灾难一样。

在玉树地震两天之后的傍晚，突然有另一位战友告诉了我一个手机号码，说这就是我们在玉树的那位战友的号码。于是，我赶紧拨了过去："喂，喂喂，你好，我的兄弟！你在玉树吗？你和家人都好吗？没遇到什么大事吧？"

"谢谢，难得你和战友们牵挂我。我和家人都好……房子虽然塌了，但没有生命危险。对不起，现在我要去抢救遇难的同事们，过些日子给你们回电话……"我的战友就这样关上了手机。从此之后，我一直没有接到他的回电。

他去抢险救灾了！后来，任凭我一次次地拨打他的手机，也没有回音，总是关机。

于是，我只有通过电视画面，去寻觅我的战友和地震灾区的情况。这样的日子很难受，甚至有巨大的担忧，我怕各种可能，因为唐山大地震和汶川大地震都曾经深深地刺痛过我的心——我的多名战友在那两次大地震的抢险战斗中献出了宝贵的生命！我不想再失去自己亲爱的战友，我们已经不年轻了，我们的孩子也快有自己的孩子了。人至中年，情愫悠长……

"报告老战友，我现在已经到达玉树了。我们武警部队已有千人队伍抵达这里，开始加入抢救被埋群众的战斗……"这是身为大校的一位武警战友，突然在前几天的深夜给我发来的一个短信。

一阵惊喜后，我赶忙顺着他的短信拨回他的手机，但就是不通。这是为什么？难道他……我不敢多想，不敢深想，因为，曾经在唐山大地震时，我眼巴巴地看着数位战友在抢救群众的现场，倒下了，并且永远没有回到我们的队伍中来！

玉树啊，你让人如此牵挂——牵挂你千千万万遇难的群众，牵挂我那些因你而投入战斗的战友！

于是，我的每一天时间里，除了工作和吃饭，总将眼神停留在电视、报纸和网络上。我不敢轻易离开它们，是因为我不想看到和听到更多遇难群众的数字上升，更不想看到和听到战友们的任何不测的信息……

"快,快来看,这不是你的战友吗?"今天是 4 月 17 日,周末。家人突然将我从书房叫出,指着电视屏幕喊起来。

可不!这是中央电视台新闻频道的"现场直播"节目画面。"在哪儿?我的战友在哪儿?"我紧张得似乎有些窒息,眼神一直盯在玉树那座倒塌的宾馆现场……

"同志们,再努力一把,一定要把这儿的人救出来!"镜头前,一位公安消防领队的少将在振臂动员。呵,老兄呀,你也在现场啊!我惊喜地叫了起来:原来是我的另一位在公安系统的战友,他也在玉树地震抢救现场啊!这不由让我想起了 2008 年在"5·12"大地震时,我们肩并着肩,一起奋战在北川县城的那些艰苦的日日夜夜。

"快看,那不是你的大校战友吗?"家人又一次叫起来。这时,一个挂着大校军衔的军人,正同一群战友,小心翼翼地将一名藏族小姑娘从废墟里抢救出来,那是个万人欢呼的场面!

而我,则在这个欢呼的现场的另一侧,看到了那位二十年未曾谋面的战友。此刻的他,已独自端坐在一堆废墟上喝着矿泉水,看样子已经筋疲力尽。如果不是他带着胜利者的眼神在向电视台的记者介绍情况,我无论如何也想不到,他就是当年在我手下工作的那位生龙活虎的年轻战士。

玉树啊，你因一场地震大灾而成为万众瞩目之地。抗震救灾的战斗依然在进行之中，而我的心依旧每天在关心你，牵挂你，那是因为那里不仅有千千万万受灾的人民群众，还有我亲爱的战友们……

急就于 2010 年 4 月 17 日

"死亡之海"的生命礼赞

塔里木拥有世界上最大的流动大沙漠,人们称它为"死亡之海"。在那里,除了风暴与连天的沙漠,没有生命。而我知道它还有个名字叫——"脱缰的野马"。身为一名作家,我的心早已被那个神秘的地方吸引,但因"死亡之海"的威慑力一直未敢贸然前行。

而今天,"死亡之海"不仅有了生命,并且已将生命的强大力量连接到了北京、上海的亿万家庭——长长的一条"西气东输"的油气管如支撑生命的中枢神经,更如装满鲜红血液的血管滋养着祖国经济建设的生命。于是，我怀着朝圣般的心情踏上了去往塔克拉玛干大沙漠的行程，拥抱和拜见那些在"死亡之海"奇迹般激活与创造了生命的中国石油人。

号称"路虎"的吉普车载着我们飞驰在蜿蜒起伏、长达五百多公里的沙漠公路上，直奔塔克拉玛干大沙漠……

本来，这路是没有的。曾经有许多冒险家企图穿越这片直径逾千里的大沙漠，最后的命运不是有去无回，就是半途而废。若不是这样就不叫"死亡之海"了，塔克拉玛干的沙漠鬼魂这样说。

通向"死亡之海"的起点，也是探险家们屡次寻觅金子之路的死亡之域。一百年前，瑞典人斯文·赫定带着七峰骆驼和四个仆人来到塔克拉玛干大沙漠才是一次浅浅的涉足，便很快因迷失方向和断水而先后魂归西天，只有斯文·赫定自己扔掉身上所有的东西往回折返，幸好遇见一位老猎人才得以生还。"人类征服不了塔克拉玛干。"这位瑞典探险家向世界宣布道。

但中国人征服了它。

征服它的时候大漠里没有路，更没有现在我们走的如绿丝带一般的"沙漠公路"。这是 1958 年的事，一支叫 505 的重磁地质调查队，靠着三百二十峰骆驼做运输工具，用四十五天的时间，完成了中国人第一次穿越"死亡之海"的伟大壮举。这壮举来之不易，一百零二名队员，九次艰苦卓绝的反反复复，数十峰骆驼的生命代价，才换得与塔克拉玛干的一次"初吻"。

就在中国人与塔克拉玛干"初吻"的同一个夏天，另一支找油队伍正在通往"死亡之海"的北部起始地库车洼地进行地质测量。这里有两个"姊妹构造"——吐格尔明构造和依奇克里克构造，担任测量这两个构造的负责人正是两位年轻美丽的女大学生，一位叫戴健，一位叫郭蔚红，她们都是西北大学地质系的毕业生，又是一对好姊妹。"姊妹构造"来了一对好姊妹，各带领着两支地质分队，将这一年的塔克拉玛干夏日搅得异常焦躁不安，忽而风暴，忽而冰雹，忽而热得火烧火燎，忽而又大雨倾盆……年轻的找油队员们不知塔克拉玛干的脾气，当他们站在沟谷里还没有来得及拨动测杆时，身后的一股洪水犹如脱缰的野马直冲而来。

戴健和她的队友李越被冲到三十多里外的地方，队友们找到他们的遗体时身上不见一丝衣物……同一天，郭蔚红队上的三位队员也被洪水袭击而壮烈牺牲了。五名队员，同一天殉职，最大的二十四岁，最小的十九岁，且都是才从校园毕业没多久的大学生。

在现今通往大漠深处的起端，有一条命名为"健人沟"的地方，便是当年戴健等年轻找油人的牺牲处。我知道，这里后来有了个依奇克里克油田，它是塔里木盆地发现的第一个油田。站在"健人沟"的那块石碑前，我本想向英雄们献上一个艳丽的花圈，却发现烈士纪念碑早已被绿里泛红的红柳所拥簇着……呵，原来沙漠里还有如此生命顽强而美丽的草木！这就是常听人说的沙漠红柳?!

是的，它长得不高，却在沙海里显得格外挺拔；它不郁绿，却在黄澄澄的沙土上显得格外生机；它也不像南方的垂柳那么婆娑婀娜，更不像樱花那么光艳着漫天飘洒的浪漫，但它却以一种原始式的激情和动作拥抱着沙砾而随风摇曳着、舞蹈着。浩浩沙漠，漫无边际，给人一种恐惧和悬空的感受，可就因为红柳的出现，顿添几分淡定，这也许就是红柳的独特魅力，你看它将其全部的根须和整个身子紧贴大地的姿态是何等的温存而缠绵、忠诚而执着、深邃而刚毅。

是的，大漠假如没有了红柳，死亡才是真正的。

"塔克拉玛干沙漠是流动型沙漠，也就是说它的沙体与海水一样是不固定的，加上一年四季的一百度温差等异常恶劣的特殊环境，在这样的地方要修一条永固性的沙漠公路，其难度可想而知。有人把我们当年修建这条五百余公里长的塔克拉玛干沙漠公路，称之为比航天登月还伟大的工程，其实并不为过。"塔里木油田的宣传主管李佩红女士自豪地对我说，她说她和她丈夫都参加了修建沙漠公路的战斗。"我们石油人对祖国的忠诚与奉献，就像红柳对沙漠戈壁一样的赤诚与无私。"

如巨龙般的沙漠公路在向塔克拉玛干腹地纵情地延伸，仿佛是石油人伸向天空去迎接清晨徐徐升起的朝阳的一只大手，温情而有力。也就在此时，坐在车上的我，心旷神怡，思绪万千，感慨颇多。我在想象石油人当年修建它时该遇到怎样的艰难与困苦？

比保尔·柯察金参加修建铁路时更艰苦？肯定。

比曼德拉坐牢二十七年更寂寞？肯定。

比杨利伟飞往太空更惊险？肯定。

塔里木石油人告诉我：沙漠公路是他们数万人用生命、汗水和智慧铺成的血凝心路，也是中国石油人誓死征服"死亡之海"、为祖国多献石油的信念之路。呵，我这才明白，在世界独一无二的流动沙漠的瀚海之中为什么能够筑起长城一般坚固的道路，那是中国石油人用信仰和意志修筑的一条通达理想的天路，而在这天路的另一端便是他们的一个个石油产地。"只有荒凉的沙漠，没有荒凉的人生。"塔里木石油人用这句话诠释了自己的生命价值！

据说，极度干旱的塔克拉玛干沙漠里不长草，只有红柳、胡杨和梭梭。当年科技人员为研究如何确保沙漠公路不被流沙

和风暴吞没的世界级难题，用了足足十五年时间才研发出一种
地灌建成绿化带的方法，即在公路两旁种植几十米宽的绿化
带，这些绿化带则由红柳、梭梭等耐旱的沙漠植物组成，并依
靠长年不息地灌溉、滋润、哺育。可沙漠何来水？后来科学家
们发现沙漠深处还是有水的，只是这种水深藏地下，且酸性异
常强，人畜不能饮，一般的植物浇灌后也会死，只能浇灌红柳
和梭梭这样的沙漠植物，于是现在我们看到的公路两旁宽阔而
郁绿茂盛的护路绿化带便是科学家们的伟大发明。沙漠公路和
沙漠公路绿化带都曾获得国家科技奖，还被列入世界吉尼斯
纪录。

　　我们乘坐的吉普车被石油人称作"路虎"——它像一头勇
猛的探路之虎，飞驰在沙漠公路上。因有两旁郁郁葱葱的红
柳、梭梭组成的护路带的簇拥与相伴，无边无际的塔克拉玛干
大沙漠也变得不再那么恐怖和陌生，倒像多了几分少见的野
性、浪漫和寂寥之美——那天启程时没有风暴。

　　"小红房是干什么的?"突然，我看见每隔一段路程的绿丛
里，总有一座绿壁、红顶的小房子，我问道。

　　"是专为沙漠公路护林的夫妻井。"

　　"夫妻井? 为什么是夫妻……井?"我好奇地请求司机师傅
在一座编号为"8"的小红房子前停车。

听到有车停下，房子里立即出来一男一女，皆五十多岁。"啊，领导来了，进屋坐坐，坐啊！"男女主人争抢着把我们一行几人引进小屋，显得特别兴奋，但又略显局促地在我们面前并列地站着。

"是不是平时很少有人来这里？"我问。

"对对，除了每周有队上送给养的师傅外，平时只有我们夫妻俩。"男的说。

"那你们平时也不出这沙漠？"

"不出。每年三月从老家过来工作，一直到十一月天冷了回去，八个多月我们就在这里，哪儿也不去。"女的说。

"老家在哪里？"

"四川的。我们是四川内江的农民，是油田招我们来的……"

"噢——"一对数千里之外的农民夫妻来到大沙漠里守护属于自己责任的四公里长的一段沙漠公路绿化带，这让我感到特别的意外和感动。

所谓的房子其实是一座非常简易窄小的工房，总共不足三十平方米，分为三间：动力间、水泵间和工作与生活间。这对名叫熊树华和刘玉容的夫妻所居住的工作与生活间仅有两张钢制木板床和一个做记录和存放东西的小木柜，空空如也。原来一平方米大的那个厕所被女主人改成了做饭的小厨房，除此以外，几乎什么都没有……太寂寞和艰苦了！我心头一阵酸楚，但这对农民夫妻则没有半点苦相，反倒乐呵呵地不停地向我们介绍他们从四川老家到大漠深处工作的自豪："每个月我们每人能拿到一千三百元，除去买菜吃饭，一年俩人还能留下两万多元，挺好的，比老家种田省力，就是风沙大，一刮起来，门都不敢出……"女主人比男主人更欢实。

"你们在这里主要干什么呢？"这是我所想知道的。

"你出来看——"男主人马上将我带到机房和水泵处，说平时他的女人在家守着机械设备，他便出门负责检查所分管的四公里路段的绿化浇灌情况。这时我才发现，绿郁葱葱的红柳、梭梭林带的沙地上，铺着三种黑色皮管，大的叫主管，约有十厘米粗。中的叫支管，有五厘米粗。最小的管叫毛管，只有一厘米粗。"五百多公里长的沙漠公路绿化林全靠这些铺满地的小管子浇灌才存活的，我们的工作就是每天保证这些大小粗细的水管通畅浇灌，让每一棵红柳、梭梭能喝上水……"男主人自豪地告诉我，他每天工作十二小时，要来回检查四次他所分管的四公里绿林带。"这里风沙大，毛管最容易被流沙堵塞，我就得用这小棍子不停地敲打敲打。"他使着手中的一根小钢管，在红柳树下的一根手指粗的黑皮管上击打着，于是我见毛管上顿时露出一个针眼似的水泡在涌动……

"啊，浩浩千里的沙漠绿色长城就是靠这些小水泡泡浇灌滋润的？"我惊奇又惊喜。

"可不是嘛！五百多公里的沙漠公路两旁，总共种植了二十六万多株草木，铺设的地灌水管也有几十万公里长，我们这些夫妻护林工，就是这万里长城中的一块块砖……"

"说得好！""谢谢你们！"这对四川农民让我感动万般。

同行的塔里木人告诉我，在整个沙漠公路上，像这样的夫妻有一百多对，他们长年坚守在一个个水井房，无论风沙多大，无论炎热如何焦烤，无论长夜如何寂静，他们总在这里浇灌着每一棵红柳、梭梭，直到看着它们长大成林，如绿色飘带系在大漠的胸前……

"夫妻井上有很多传奇。"沿着沙漠公路，李佩红女士神采飞扬地给我讲了一路故事：有一对夫妻，原来在自己的家里常吵架，甚至到了闹离婚的地步。后来到了沙漠公路当护林工，夫妻俩干什么都离不开对方，于是感情越来越好，如今已在沙漠公路上工作十余年，成了全路"模范夫妻"。这里不仅有像熊树华、刘玉容这样的老夫老妻，还有新婚燕尔的年轻夫妻，甚至还有热恋中的一对对情人，他们在沙漠公路上不仅浇灌着绿色长林，也在浇灌着自己的爱情、筑巢着美好的小家园。

"这么艰苦的地方，工资也不高，有半途离开的人吗?"一个存疑在我心头。

"很少。他们一旦对护林产生了感情，就难以舍得离开了。"李佩红说，很多夫妻把他们护守的草木，视作自己的儿女一样。"没有哪个父母不爱自己哺育的儿女。有对夫妻自己在这里扎根不算，还把儿子、儿媳领到'夫妻井'，成了第二代沙漠公路护林人。"

"谢谢，谢谢你们!"看着"夫妻井"上一对年轻夫妇从路边的红顶房奔走出来为我们送行，我和同行的同志们不知选择什么样的语言来感激他们为中国石油所做的贡献，于是我们同行的几个人忙手忙脚里将随行带的几瓶矿泉水和一袋水果塞给他们，剩下的便是说不完的"谢谢"两字——到底要谢他们什么呢? 我心想：其实要谢他们的很多，而最重要的是感谢他们用心血浇灌与呵护的那延绵五百多公里长的大漠绿荫……

那是"死亡之海"唯一可以感受到的生机与生命。一群在共和国功劳簿上永远不可能出现名字的老夫妻和小夫妻们便是这样用他们默默的守护和炽热的奉献，孕育着如此强盛而伟大的生机与生命。难道不值得我们去感谢他们吗?

汽车在沙漠公路上继续飞驰着，一座座红顶小房和一对对守井夫妻们像一座座丰碑在我们身边闪逝而过……我忍不住庄严地举起右臂，向他们致以崇高的军礼！

"不好，遇风暴了！"突然，司机叫喊了一声。

隔着车子的前窗玻璃往前方看去，只见连天接地的大漠瞬间已混沌一片，那无边无沿的如高山般的一片黄幕扑面而来，其势其威令我这个第一次闯入"死亡之海"者不由惊吓地大叫起来："哎呀——太可怕啦！"

没等我说出最后一个"啦"字，我们的车子已像卷入海底的一叶小舟，眼前一片漆黑……只听得耳边的呼啸，车子在剧烈地颠簸。"抓住车垫！抓住……"一旁的李大姐伸过有力的右臂，将我紧紧地搂住。那一刻，我真正感觉到了"天翻地覆"……

是呵，这是"死亡之海"里的"天翻地覆"：约十几分钟后，耳边的呼啸少许减弱，车子也不再剧烈颠簸时，我胆怯地使劲睁开眼睛看身边的李佩红大姐时，不由哈哈大笑起来："你……你怎么变成这个模样了啊！"

"先别笑我，你照照镜子看看自己吧……"李佩红拉下座位上方的一块小镜子，放在我的眼前。

"这、这是我吗？"镜子里的"那个人"令我大惊：除了两只黑眼睛，那张脸完全变成了涂蜡的"黄脸婆"了！

"哈哈……"车内的我们几个相互嘲讽了一阵，擦了好一会儿才恢复了各自的本来面貌。我有生以来第一次经历大沙漠里的风暴，它让我心惊肉跳、惊魂动魄！

"轮台九月风夜吼，一川碎石大如斗。随风满地石乱走……将军金甲夜不脱，半夜军行戈相拨，风头如刀面如割……"不知咋的，我的嘴边一下蹦出唐代边塞诗人岑参的《走马川行奉送封大夫出师西征》的诗句来。

"其实不算什么，厉害的沙尘暴，能把我们的车子掀翻，甚至淹没……"李佩红大姐的话叫我再一次吃惊，而下面她讲的故事令我更加不可思议——

1992 年的一天，有位石油专家乘坐小型飞机深入沙漠腹地准备到钻井台上进行例行性的检查工作。不料遇到沙尘暴，飞机不得不迫降在一个沙丘上。三天过去了，飞机被淹没在沙堆里，根本见不到影子。飞行员和那位专家被沙尘暴冲散了。这是一位国家级石油专家，塔里木油田指挥部十分着急，派直升机在大沙漠里盘旋搜寻，可始终没有发现生命存在迹象。与此同时，地面的钻井队也派出干部与工人到处搜救，同样毫无所获。油田上下，人人都把心收紧了。第四天后，失踪的石油专家奇迹般地出现在沙漠深处的井场——他是倒在距井场三百米的地方后来被工人们搭救的……这位专家苏醒后诉说了他的生命奇迹：整整四天中，他一直在寻找钻井工人在沙漠工区里的遗留物，哪怕是一根布条、一个矿泉水瓶，专家非常清楚：只要寻找到钻井工人的车轮碾过的痕迹，才有可能逃离死亡。那是九死一生的寻找，没有一滴水，于是专家就捧接自己的尿液，第一天后，尿液也没有了，于是他使尽最后一丝力气继续前行，直到昏倒在60501钻井队的两道车辙之间。专家说，他昏倒得很清醒，也很放心，就像迷路的孩子，绝望中突然看到了自己家的那片屋檐，当他倒在沙地的那一刻，他看到了车辙前方的那座高高的钻塔，而两道车辙像钻塔伸过来的两条温暖的手臂，将他抱住、搂紧并且亲吻他……

而当李佩红大姐向我讲述上面这个故事的时候，随行的石油作协主席路小路语调低沉地说："这位专家是幸运者，我的一位熟人则没有那么幸运了。"

路主席的故事让我听后内心产生极大的震撼：也是因为一场沙尘暴，一位身高体壮的年轻技术员迷失在大沙漠里，九天了，他一直靠着仅有的一瓶矿泉水和自己的尿液，跟沙漠的死神在英勇顽强地斗争着，后来他竟然成功了——被寻找他的队友们意外的营救。九天的与死亡搏斗，唯一感受的是太渴太渴。在获救的第二天，他回到油田大本营库尔勒，他高兴地看到库尔勒城边的那条美丽的凤凰河，见到水的年轻技术员一下精神异常兴奋，仿佛见到了自己美丽的妻子，他不顾一切地忘情地扑向那清粼粼的河水中，他大口大口地喝着甘甜的河水，一直不停地喝、喝……直至灵魂融进河水之中，并且伴着流动的清粼粼的河水进入天国……

"沙漠缺水，而我们的数十名石油人在沙漠里因水而献出了宝贵的生命，于是他们的生命也便融进了这片浩瀚的'死亡之海'……"路小路悲情地这样对我说。

车窗外的沙尘暴依然在呼啸。为了赶路，司机重新驾驶吉普车，迎着扑面而来的黄龙，沿着"沙漠公路"挺进——这是真正的挺进，我们几个坐在车内明显感觉任汽车发动机如何加足马力，汽车只能缓慢地前行，而且车窗及车身四周都像被数百个暴力者用石头与木棍不停地袭击着，那声响和撞击声叫人心惊胆战，有时头顶仿佛被重击挨打，吓得我直往李佩红大姐的怀抱躲……太厉害、太可怕了！

"快看——"不知过了多久，李大姐拍拍缩在她胸前的我，推我直起身子，让我往外展望：噫，那是什么呀？一片望不到边际的如一尊尊雕塑般的奇妙景象出现在我的眼前，它们有的像做广播体操的人群，有的则如杂技演员在倒立悬吊，有的像武术队员英姿飒爽，有的如一个个孤独的老人在乞求苍天给予恩赐……形状千奇百态，姿势刚烈勇猛，更多的则如一个个无助而凄苍的独舞者。

"这是胡杨林。"路小路和李大姐说。

"师傅,停一下车让我好好看看!"我有生以来第一次见经常在小说里读到的沙漠胡杨树,而且是如此大片的留在"死亡之海"里的枯茂并存的胡杨林。真是老天有情,对我这位远道而来者放了一马:此时沙尘暴竟然一下小了许多……

太壮观了:大片的胡杨林,多数已经枯死和断裂在那里,它们有的依然挺拔而又骄傲地站着,似乎在向我证明它曾经的英姿是何等的高傲与苍绿;有的则卧俯在地,似乎在痛苦地低吟着曾经的悲怆命运;有的或折臂断腿,有的或拦腰伤骨,有的则倒立在沙丘之中,有的依傍在另一具枯死的兄弟木杆上仍然不想休止其生命的乐章……其情其景,令我百感交集,又激情澎湃。

"这胡杨树,能在沙漠里活一千年,活出个彻彻底底的生命;它死后还能在原地站上一千年,那是真正的铁骨铮铮;而倒下后它的骨骼依然还能不朽一千年……"李佩红大姐这样夸奖胡杨树。

三个一千年!这就是胡杨树?!

"这叫作活有其胆,死有其骨,枯有其魂!"路小路主席说。

说得好啊!胡杨树,你让我不仅大长见识,更让我对你油然产生庄严的敬畏。李大姐告诉我，这胡杨树之死是一种独特而奇特的现象：不是腐朽和腐败，而是被风沙一块块地剥落的，是一缕缕被撕裂与粉碎的。在其粉身碎骨之后依然不腐朽、不腐败，将捧骨殖呈于天地之间，尽显其坦荡与坦白，表达其永远的威风与光彩。我细细观察一棵棵胡杨树残死的痕迹，发现在其倒下的四周，必定有一堆没有散去的沙丘，这些沙丘或完整，或残缺，这一现象，让我立即想到千万年间的岁月之中，胡杨与风沙之间的搏杀是何等的残酷与持久，而在这样的搏杀中，我们依然可以清晰地见得胡杨的英雄气概和风沙的无耻可恶。

可惜，活着的胡杨已经不多，只有靠近塔里木河边的不远处仍残留了一片。"这里本来可以申请联合国教科文组织的自然遗产景观，但当地政府太急于求成了，尚在'申遗'过程中，就已经忙着大兴土木修别墅区、疗养院，结果专家们到此一考察就给否了这份'申遗'。"李佩红大姐不无惋惜地对我说。

我看到一片胡杨树丛中，有几幢很不像样的房子建在那里，与枯杆胡杨林极不协调，破坏了整个自然环境。

这样的可惜是自然而然的。但我想得更多的是：为什么当年有大片大片苍绿的胡杨林，而如今只有残留的几小片孤独的活树，可怜的它们还能不能保住其宝贵的生命，我不得而知，因为"死亡之海"缺的就是水，塔里木河虽然依然在流淌，可它的河面越来越小，什么时候或许永远不再见得水面的流动时，残留的那些胡杨是否还能挺拔千年？

我得不到答案。那一刻我的心头有些悲怆。

乘坐的"路虎"继续向着大漠深处前行，好在两旁的绿荫始终伴着我们，这让我内心感到几许安慰——中国的当代石油人或许能让残留的胡杨永远挺立不朽，甚至还能繁衍后代。

生命的奇迹不会灭绝，有人便有生机。"只有荒凉的沙漠，没有荒凉的人生。"我忽然想起塔里木油田到处可见的一条标语，那标语是塔里木油田人的象征与信念，李佩红大姐不止一次向我介绍这句话。而我默默在想：是否应该还有这样的话：没有荒凉的人生，更没有荒凉的沙漠。是的，没有人的沙漠必定是荒凉的，而有了人的沙漠就不会再荒凉了。中国石油人的人生不会荒凉，有石油人在的沙漠将从此告别荒凉。

可不是，你看那"死亡之海"的腹部竟然又是一片郁郁葱葱？我惊呼起来：那可是一片真正的绿洲啊！

"到了。我们到目的地了！"路小路主席已经是第三次到这儿，所以他的眼尖，一下就认出我们要去的塔中油田已在眼前。

　　这是个什么样的地方？如果你不是亲自置身于此，即使你长着诗人的想象翅膀也无论如何描绘不出它的真相：一个距最近的县城也有五百里路程的塔克拉玛干大沙漠的腹地，竟然会在茫茫无边的大沙漠之中有一块青绿异常茂密的绿洲之地，那里树是绿的，房子是崭新的，虽然道路会随时被沙尘淹没，又很快被清扫干净。高高的油井顶端有一束日夜常耀的火炬预示着这里是个正在生产的油田……它威风凛凛地向世人宣示这里就是著名的塔中油田。

　　二十一年前，也就是1989年10月19日的20时23分，正在施工的钻井突然冒出一股强大的油气流，它从3582米的地心深处呼啸而出，顷刻间，油气化作火龙，染红了天际，也染红了沙漠……消息迅速传到中南海，时任党中央总书记的江泽民同志兴奋不已地批示道："发现这样的油田，真是雪中送炭，对整个国民经济无疑是一个极大的支持。"这一天被永远载入了人民共和国石油发展史。

　　1989年的中国是个多么困难的年份，中国西部大沙漠里竟然发现一个大油田，能不让中央领导兴奋？能不让全国人民兴奋？

　　这一天，中国石油人犹如发现当年的大庆油田一样，长夜不眠，他们为自己在荒凉的塔克拉玛干大沙漠里发现又一个世界级大油田而欢呼跳跃……

走进塔中油田的展览厅，我了解了当时曾经在此发生的一个伟大历史事件的始末，和在这过程中中国石油人的悲壮与伟大。我知道就在塔中油田发现的前夕，一位名叫刘骥的塔里木石油勘探总工程师没能看到他一手制定的油井出油便长眠在北京医院……刘总是塔里木油田开发的第一批勇士，那年他已是五十七岁，不顾年高又患严重糖尿病，他请战出任钻井顾问组总工程师。在数年与沙漠的艰苦卓绝战斗中始终同年轻的小伙子们一起滚打在塔中油田上。当油田勘探进入关键时刻，大批施工装备进入沙漠成了一时解决不了的大难题。当时有人提出用直升机直接将设备运送到沙漠腹地。但流动沙漠里怎能建飞机场呢？"我看可以，这个方案好！"志愿军出身的刘骥听说后异常激动，他说："我在朝鲜战场上就看到过这种带圆眼的接扣式钢板飞机跑道。"刘总不仅赞成这件事，而且亲自跟空军司令部联系，请求支援。很快，一批从抗美援朝"退役"下来的跑道钢板运进了大沙漠。于是，在塔中油田施工工地旁，一个由一万四千余块带圆眼的钢板铺成的宽二十米、长六百米的中国独一无二的沙漠飞机跑道建成了，于是成千上万吨各种油田设备和器材源源不断地通过直升机被运送到大漠深处，从此拉开了塔里木油田的伟大战役。

　　沙漠大油田正处激战之中，刘骥总工程师的病日趋严重，他的体重降至不足五十公斤，全身肌肉萎缩，然而刘总仍然惦记着前线的施工。"塔里木的事情，我只干了一部分，没有看到大油田，没有看到一条路通到沙漠，我死了不甘心……"刘总对前来医院看望他的王涛部长这样说。"我死了，就把我的骨灰撒在塔里木河边，撒在大沙漠里。"

　　塔中油田出油的前一个月，刘总永远告别了他的"油汉子"们。11月，他的夫人和女儿捧着刘骥的骨灰，从北京来到库尔勒，又从库尔勒乘坐飞机到了塔中油田，将其骨灰撒在刘总亲自设计的那个钢板铺成的沙漠机场上，以及一边的油井旁……

　　呵，斯人已去，而载着塔中油田全部历史的钢板铺成的沙漠机场则永远原封不动地留在大漠之中。

　　那天听完刘骥的故事后，我执意要去看看那个沙漠钢板机场。这个愿望实现了。而我当踩在那一万四千余块钢板铺成的全国最小、又是全中国最了不起的机场时，心潮激荡，热泪盈眶——我仿佛看到那一块块钢板犹如一个个倒在地上的刘骥他们的身躯……是的，这是无数个刘骥的身躯铺成的沙漠机场，这中间还有英雄的石油工人代表王光荣的身躯。

　　王光荣是另一位塔中油田的英雄。他是这个油田的钻井工，就在塔中 1 井工作。1989 年盛夏，王光荣被医院确诊患了绝症，而且是晚期。"这怎么行呢？我还年轻，塔中 1 井还没见油，我不能离开钻井台！"这位英雄在病榻上天天想着井场的事，当他听到自己的钻机打出高产油的那一刻，他竟从床上跳起来不停地欢呼着："出油啦！出油啦——！"

两个月后，年仅四十三岁的他永远地离开了他心爱的石油伙计们，到天国去拥抱他的石油梦……这位"铁人式共产党员"后来与塔中 1 井一样成了塔里木油田的"功臣"。

如今，我看到的塔中油田，是一群平均年龄只有二十八岁的一代新型石油人。他们的总人数是一百零六人，在领头人杨春树的带领下，负责着七个油气田的开发和十五座油气处理场站的管理，人均为国家贡献年产值两千万的油气。

这是何等的贡献啊！

杨涛，二十三岁，去年从西南石油大学毕业，是自己要求到塔中油田的。当我问及这位帅小伙为什么甘心放弃大城市生活而一头扎在沙漠深处来奉献青春时，他说："我知道塔克拉玛干大沙漠里本来没有生命，因为有了石油工人才有了我们今天可以看到的绿洲和源源不断运向祖国各地的气与油。我是一个'80 后'，虽然没有机会像老一代石油人经历那么多艰苦奋斗历程，但我愿意用我的青春和生命来证明我们也是一代不会给祖国丢脸的新石油人！"

　　说得多好！多实在呵！

　　谁说沙漠没有生命，只要我们将热血和汗水晒干的时候，绿洲与鲜花才会让那个"死亡之海"沸腾起来，与我们一起共舞，一起奏响生命的乐章。

　　　　　　　　2010 年 7 月于塔里木—2010 年 10 月于北京

温州人的成长记忆

我与温州人的交往很有限，但却留下了深刻的记忆。

最早认识温州人是在二十世纪八十年代初的北京街头。那时我也刚刚到北京工作。当时的北京，虽然也已经是中国人民很向往的伟大首都了，但那时的北京街头绝没有现在那么繁华和现代化。大部分北京人夏天穿的是塑料凉鞋，冬天穿的皮鞋也是常常掉跟的那种很低廉的皮革类东西，很容易坏。于是那个时候北京街头就出现了许多修鞋的温州人。这是我第一次开始认识温州人的阶段。

　　我记得那时的温州人可以说是北京街头最辛苦和辛劳的一批人，他们每天早早地就在大街小巷的路边或十字路口摆摊，他们基本上都有一台补鞋机，有的是手摇的，有的是脚踩的。后来我到温州采访，才知道这种补鞋机就是他们温州人发明的，我还见到了当年发明这些机器的"元老们"——他们中有的后来成为世界著名的"缝纫机大王"，也有的像现今非常出名的"汽车狂人"李书福这样的人（李是台州人，是受温州人的影响而走向中国民营大亨的）。我住的地方就有几个温州修鞋匠，他们有老的，有少的，也有女的，很年轻的女人。夏天似乎见他们的影子少一些，后来知道夏天他们大部分回家做农活或到了东北地区去补皮鞋了——补皮鞋要比补塑料鞋多赚一些钱。

　　温州人会算账是从那个时候开始的，那是一分钱一分钱加起来的资本积累。冬天的北京街头，温州补鞋匠是当时北京街头的一道绝对的风景线——也不知怎么搞的，那时的鞋子太容易坏了，还是人们买不起新鞋穿，反正我觉得补鞋的人特别多，常常要排着队等在温州补鞋人的面前。好像那个时候的温州人很吃香，谁要是跟他们熟悉一点，就可以获得补鞋"优先权"——这很重要，那时大家都很忙，上班时候特别重要，人们的自觉意识也很强，街头也没有那么多汽车，只有公交车，上下班主要靠公交车和自行车，在"时间就是生命"的年代，温州人已经先一步意识到了"时间就是金钱"——首都北京人那时是不敢这么说的，即使心里也这么想。虽然当时大家的工资都很低，就连我这样的军官也就几十元一个月，但温州补鞋匠的收入已经不少了，粗略地算一下，他们一天至少能挣十几元。一月下来就是个不小的数目了。

可他们非常辛苦，这也是我对他们留下的第一个深刻印象：无论刮风下雨，他们总是在街头巷尾永远牢牢地"钉"在那里，从不轻易搬动，像汽车站的牌子一样，除非发生了特别的意外。令我感动的是，每每天下雪刮大风，大街上不再有人时，你透过窗口，看到大街上几乎连公交车都没有时，那些温州补鞋匠却依然坚守在他们的补鞋机旁边——像一尊劳动的丰碑，让我几十年不忘和敬重。后来我问过一个温州补鞋匠，问他为什么下那么大的雪、刮那么大的风，零下一二十度的冰天雪地里，也没有什么人来补鞋，可你们为啥还不到房子里躲一躲，他笑笑告诉我，这就是他们温州补鞋匠赚钱的秘密：你是服务于大家的，你不知道需要补鞋的人啥时候得空，他得空的时候可能是上班前，也可能是下班后，或者是星期天节假日，或者就是下雨下雪天的时候他得空，这个时候他要补鞋，可一下找不到你了，人家咋想？如果我一直在那里，人家想啥时来就啥时来，这叫信誉。信誉到了，生意就会不断，我们也就会积少成多。原来如此！我听后恍然大悟。

从温州人的第一桶金开始，就知道了什么叫服务，什么叫信誉！诸君知道吗？我们大多数人不知道，不知者想赚大钱肯定是不太可能的。所以温州人比我们会赚钱是有道理的，人家老早就有这悟性了！

第二阶段认识温州人是在九十年代末，温州经验已经非常成熟了，全国都在宣传温州经验了，到温州就像这些年大伙往国外跑一样热闹和平常。那个时候我去过温州，作为一名作家去采访采风。那时我见温州大小街道上到处都是自己开的小店，以服装为主。许多外地客人喜欢那里的服装，时尚而便宜。但像我这样的人就不太喜欢买衣服，可有一次朋友硬拉我去转服装店。走了一家又一家，温州朋友还不断向我介绍说谁谁都是百万富翁了、千万富翁了！那个时候的温州人脸上已经有了些骄傲的神色，但大多数人还很谦虚，不过他们的服务态度很好，也十分注意听取别人意见。走了十几家服装店，我发现一个问题：温州人很会做自己的衣服，但很少有自己的品牌。我曾问过几个老板，他们（她们）立即会红着脸朝我笑笑，说：哪能做得了品牌嘛！我们就想赚点钱，有的衣服是自己做的，有的衣服是从朋友手里转手来的，还有的是从其他地方批发来的。没想到自己的牌子。我一打听，他们多数以前是农民，品牌的概念对他们来说确实很陌生，可以理解。

但有一个老板那里，我看到了他有品牌，是自己起的。不过名称很土，不是"秋艳"，就是"红绫""春丽"什么的，有个男装店，他也有品牌，但起的名字也十分俗气。"你是作家，你给我们起个名吧！"这个老板很聪明，把球踢到我这边来了。为了不丢份，我硬着头皮给他起了一个：男人嘛，不是英雄，就是才子，你朝这个思路试试看！"好！好！我一定重新起个'英雄'和'才子'牌！"老板一听很高兴，连连向我道谢。这其实也就是现场的一次调侃而已，我并没有将其放在心上。

若干年后，在电视广告中我看到了"才子"男装的广告，我还开玩笑地对家人说："这是我起的品牌名字哩！"当时也就说说而已，并未放在心里。可也就是在这个当口，有一天邮局给我送来一个包裹，打开一看：竟然是几件"才子"服装！附了一封信，信中说：谢谢何作家，我是温州某某人，当年你给起的"才子"服装，后来我已经做成自己的品牌了，现在生意不错，"才子"牌男装的生意更是火爆，为了表示感谢，特意送上几件"才子"男装给您……我一看，乐开了嘴：温州人真行！温州人真能干！温州人干啥就是能干成！那次我还给其他几个小老板起过商标名字，他们现在每年过节时都要向我问候什么的，很讲义气，不忘点滴之恩。

这是我对温州人的第二印象。第三印象是在2003年"非典"过后的一年多时间里。那时我应著名导演谢晋之邀，到温州创作一部农村教育题材的电影。我和谢导多次在2003—2004年里去过温州。这一次，我对温州人有了全新的认识，起因是在我和谢导为了最后拍摄这部反映乡村女教师题材的电影筹款而与温州老板们的打交道过程之中。谢导坚持认为一部八百多万元投资的电影，在温州寻求投资和搞点赞助不成问题。于是他老人家多次来到温州，甚至与温州企业家们屡屡接触。我也曾跟着谢导再次来到温州，与那些亿万富翁交流和介绍我们的电影，然而令我和谢导意外的是：我们竟然没能实现筹资计划。原因是温州老板们对我们的电影及投资项目一次次地论证着。后来不巧的是谢导因故意外去世。这样，我们的那部反映温州山区女教师的电影就没能如愿拍摄。

这也是谢导最后留下的遗憾。可那一次我对温州人的印象并未因为没有筹到电影款而后悔，相反我对温州人有了更好的印象：他们已经成熟了！他们知道什么事只有想通了才可以去下决心做。他们已经是财富的主宰者了！

　　这就是我记忆中的温州人的成长史。他们的成长过程，代表着中国改革开放后的中国人的成长史，值得我们去歌颂和记忆。

手机阅读的梦想

　　此次受邀来西湖边参加中国移动手机阅读高峰论坛会议非常感动。梦是不用去准备的，到了西子湖畔就有很多梦。

　　1969年，我是苏州人，来杭州看一看，第一次来和家人失散了，好几个小时都无法联系。如果身边有个电话，有个移动电话，就会非常方便，这是我童年的梦想。

　　1979年，我在对越自卫反击战战场上做战地记者，看到许多的战士想要写家信，非常希望和家人能有最后的联系，但许多人都埋在了那片土地上，也未能和家人有任何联系。有个移动电话可以与家人联系，这是我当战地记者时的梦想。

1989年在北京，我是武警总部的新闻干事，那个日日夜夜我都在现场，带了照相机，希望可以让家人了解在北京发生的情况，当时的梦想就是能够有一部传播信息的移动工具，但是没有。

1999年出版界打了一场很有名的官司，王蒙、张抗抗等著名作家告网络侵权，赢了后共计得了五十多万稿费，五个人加起来五十多万字。我目前在网上被侵犯版权有一百多万字，但从来没有打过官司，作品只在新浪卖过几千元钱，没有拿过网络稿费，我有个梦想：以智慧能够得到自己的利益。

网络世界已经乱了，我寄希望于手机阅读，最大的中国移动公司，一大批作家的梦想，中国的手机阅读可以成为未来，将来状态肯定不一样。现在都用网络阅读，过了五年、十年，手机阅读可以对网络世界的弟兄讲，你们已经不行了，这个世界是我们的。我们明天的生活，除了生命以外，手机足让我的生活丰富多彩，电脑、图书馆都可以放在一边，这是必然的、无法改变的一个现实，从事手机业的同事们，站在一个起点。

我理解的手机阅读不一样，刚才的介绍都很好，但靠这个远远不够，从书店、图书馆搬到这个平台上，非常好，很大的产业，但仅仅是一个移动搬家的方式，关键要从原创作品入手。手机承担文化战略的产业发展方向和核心点，不能只是搬过来，会使很多原创作品大失所望，作者期待我们的好作品放到手机阅读后一夜成名，百天成为大老板能不能做到。我们出版社得到利润是拿出一半的钱付给作者，我们才有那么多作家的好朋友，手机阅读是否可以达到这样的效果，要做共赢的世界，就要关注作家，关注原创产品，给他们更多的利益。

把图书移动是非常简单的，我们要解决核心，要做有效的文化产品，真正符合消费状态的产品。手机阅读里的作品要经过再创作，应该还要有其他工序，仅仅移动没有解决根本问题。这是文化形态的改变，一个产业化的工作。以后还会有手机电影，但应该是半小时左右的。应该还会有手机电视，电视对中国人影响很大，《暗算》影响人们欣赏文艺的习惯，《激情燃烧的岁月》影响人们观看军旅电视剧的习惯。手机是个性化的，未来的手机电视，我们一天写一集，天天放一集电视连续剧，是怎么样的产业，这才是手机文化的前景，我把这个梦献给大家。

我想完成这样的产业，包括图书、影视作品的手机阅读。

佛驻灵山

　　无锡灵山，早已在我心中，悠然间它一直让我远远地仰之。也许正是这份远远地仰之，才感觉真有一天身置其地时顿然感到一份朝圣般的情愫——它如天穹苍茫巨大，它似仙境落地顿实。来到这样的地方，是需要一份特别的纯洁和神圣之念，心也会变得空旷浩大，万物皆美，生灵友和……

　　吾等党人不唯心，但你能说你的心头没有佛念？没有佛念的人或许是最不可善交之人，这样的人怎能与世间的万物同存？

我相信佛境和佛所倡导的是善良、宽容与仁义。这难道与俗界提倡的"五讲四美"和精神文明相悖吗？不是说人如草木，心比天高嘛！在佛圣之前，谁都会有敬畏之感，除非他是人性的罪恶徒。

灵山其实本是我故乡一隅，但今秋我才得以到此一拜。这得归结于我刚刚去了一趟印度和尼泊尔后的内心泛动之情。释迦牟尼的传说令人诚服，他的精神和教义影响了整个世界的近一半人口，仅此一点，我们谁人可以否认其作用？我非唯心，然我存佛念。这并不矛盾。

从印度的老德里，到白尔瓦、到恒河，再到加德满，到蓝毗尼……在一声声优美动听的经声和一个个摄人心空的教场情景的蒸发下，当千里迢迢驻足在佛祖出生地的那棵菩提树下时，我感到心灵在颤嗦，在呐喊，在省悟。其间，一个个问号在胸中膨胀地追逼着自己回答：

人从何处而来？

人为什么要来？

人归终在何处？

人应当是何样？

而现在人为什么成了这样？

难道人一定有存有亡？一定有恶有善？

人啊人，你不是草木，为何常常不如草木？

你既非草木，又怎不比草木更美丽自然？

很多貌似简单的问题，其实我们都答不出来。虚伪和粉饰是现世人群的共同特征。缺乏理性和智慧的激情又是通常的表现。忽冷忽热，忽高忽低，忽好忽坏，是推动人类不断朝前面行走的主要形态。

科学的发展，尊重自然的发展，创造美好环境下的发展才是人类的出路和维系久远生命的根本。

佛本为凡人身，后来转世到了人间变得另一面貌。到了太湖边，它顶天立地，慈面普世，总让众生仰面高望。

为什么？

因为一群不甘再让自己家园被无情的推土机和钢筋水泥地侵袭的智者和仁者在力拓一片和美、恬静、自然之境，难道明眼人没有看出他们的真实心思吗？你看：大佛傲立在灵山，有谁还敢对此地的一草一木动刀动镰？有谁还敢在此狂言乱语、恶行毒义？有的是一队队众生轻声轻脚、低声细语地祈祷求福；有的是天高云白、气爽风物；有的是天地人灵的合一……

阿弥陀佛。佛驻灵山，万代福祉！

2012 年秋于灵山

陕北安塞"好汉坡"

这是一个山坡的名字，很硬朗，很英雄，很气概。

"好汉坡"在陕北安塞。这里是典型的黄土高原，群山起伏绵延，沟谷纵横。它曾经是革命圣地延安红色根据地的一部分，毛泽东当年率领队伍在此与敌军几番周旋，留下无数传奇故事。这里还是中国石油工业的发源地，东汉班固和北宋沈括皆在此最早发现了石油，而一百多年前中国陆地上打出的第一口油井——延长石油官厂的那口油井也在此，今天它依然屹立在当地的一所希望小学校园内。

哎——黄黄的那个山峁峁呦，黄黄的沟壑，数不清的川道爬不完的坡，自从来了咱石油的汉呦，满山山踏成了"好汉坡"。

油井井建在高岭岭上呦，伸手手敢把星星摸。一座座小站云里头落，一井井石油汇成河，忽雷雷朝天，一声声吼，齐声声唱起"好汉坡"……

这是不久前我足涉陕北安塞油田时，远远从那望不着边际的山峁峁里传出的一首激昂的信天游。其声音雄浑中略带沙哑，豪迈中夹着几分沧桑，于是它强烈地吸引着我——

"你看，这就是'好汉坡'。"在走进数里峡谷深邃之后，安塞油田的主人用手指指着正方向的一座大山。我顺向望去，只见那大山的崖端上赫然有三个巨大的红字"好汉坡"。

真有"好汉坡"啊！

"我们安塞油田的油井大多在山高路陡的峁顶或坡壁上，这个王三计量小站管辖的十多口油井都在一千三百多米高的大山之端。采油工每天要从这条无人沟底部顺着陡坡爬上去检查巡视油井。你看，这坡陡吧，七十多度，当地百姓原来称这坡是阎王坡。十年前，我们的采油人到这里后，每天背着十几斤的工具在这片山沟间顶风冒雨，爬上爬下，忘我工作，大家相互鼓励，从不言苦，久而久之，阎王坡在采油人的脚下被改名为现在的'好汉坡'。"这就是"好汉坡"的由来！听着石油人娓娓道来的浪漫传奇，我心头顿时对眼前的这座刺天峭壁产生了由衷的敬畏。

"好汉坡"啊，你如一块磁石，又似一面镜子，所有来到你面前的人都想顺着那弯曲的石阶坡道往上攀登，去感受一下采油工的艰辛，去抚摸一下山峁上的那一口口油井……于是我跟在小站的女采油工小高后面，顺石级台阶往上而行。

太陡了！不出百级台阶，我便腰累膝疼，气喘吁吁。

"我的师姐师兄们刚到这儿的时候，这里没有石台阶，他们走的路要比现在难得多，你看，就是那种道……"二十二岁的小高，一身红工装，猩红猩红的在我前面闪动，她轻盈矫健的身姿在台阶上健步如飞，令人羡慕。驻足喘气间，我看到了几米外那条采油工们最早在此留下的巡工小道，它蜿蜒如蛇地在杂草和松土间向山峰延伸。可以想象，当年的采油工是何等的艰辛！回首下俯，那陡峭如削的深沟里冒出啸啸风声，顿时体会"上了阎王沟，十人九哆嗦。从上往下看，吓得魂魄落"的绝境滋味。

好不惭愧，平时缺乏锻炼的我竟然在"好汉坡"上半途而废。一路轻盈的小高带着清脆的笑声仅用几分钟时间便从"好汉坡"直上直下，并且爽朗地告诉我，北京来的石油战线的领导们都上去过，王涛老部长曾两度到此，并激情地留下了"安塞油田出好汉，'好汉坡'上好汉多"的诗句。

在"好汉坡"采油站的小陈列室，我们可以看到十年来在这里战斗和工作过的所有"好汉"的名字与他们的身影。那都是些青春的脸庞和一团团燃烧的火焰，"好汉坡"上好汉多，风似钢刀雨如梭。让那青春来拼搏，莫将岁月空蹉跎。全国五一劳动奖章获得者、"好汉坡"第二任站长马金玉，还清晰地记着九年前他刚到"好汉坡"时的情形："当时正值严冬，小站显得格外阴森寒冷。那时我们的条件很差，不允许在站内做饭，于是每天上班前都得带足一整天的干粮和水，再用电饭锅热热便是一顿美餐了。如遇停电，只好在站外石坡草丛里生野火吃烧烤了。一旦刮风下雨下雪，就只能啃冷食吞黄土了，日子过得有点像当年红军的长征路上。这还不是最苦的。有时大雪封山，一连几天只能挨饿受冻。但攀坡巡井的任务必须坚持不停，那个时候我们的石油人真的就像冲锋陷阵的勇士，'好汉坡'上的好汉形象也无遗会彰显出来。"

"好汉坡"上英雄辈出，"好汉坡"上传奇绝伦。

今天当我来到"好汉坡"采油小站时发现，这里的"好汉"们多数已换成了那些英姿飒爽、穿着颇时尚的姑娘了!

"对啊,在我们安塞油田,一线的几千名采油工中至少有一半以上是我们女同志担任了。你看,我们'好汉坡'五名职工中除站长外,其余四名全是女的。"快嘴快言的小高非常自豪地告诉我。

"你们天天攀七十多度的千米峭壁能行吗?"望着刺天陡壁的"好汉坡",我不由为采油女工们担心。

"当然行嘛!不信我们比试比试?"小高拉着我就要往上冲,这也让我确信她和其他采油女工们早已不把"好汉坡"放在眼里。

"常年在山窝窝里工作害怕吗?"

"说一点不怕那是假的,但我们已经习惯了。"快活的小高没等我再问她为什么,指着耸立在小站院内的一块石板说:这首小诗是"好汉坡"人自己写的,代表了我们采油人的心——

采一朵"好汉坡"的山花回去

这一生就会拥有蓝天

掬一捧"好汉坡"的黄土带走,

生命就会获得永不熄灭的光焰……

"好汉坡"精神现在已经成为我们十万长庆油田人的一种标杆精神，它鼓舞和激励着每一位在西北石油战线工作的同志为了祖国富强多找石油的豪迈战斗意志。正是这样的"好汉坡"精神，昔日荒凉的西北高原上，正在崛起一个新的"大庆油田"……在西安的长庆油田总部，冉新权总经理这样充满信心道。

呵，一个新的"大庆油田"正在西北崛起，这是多么振奋人心的消息！为这，我向屹立在黄土高原上的千千万万座"好汉坡"和战斗在这些"好汉坡"上的中国石油好汉们致敬！

视别人为弱者其实是弱者的表现

——访蒙古国随感

　　在我们的印象中，邻居蒙古国实在是不值一提：二百多万人口，几乎听不到任何可以像一部"韩剧"就叫我们十三亿人昏头昏脑那样的事情，更不用说像日本那样天天跟我们较劲比胳膊和肌肉，也没有像印度那样太在乎在军事的航母和导弹的远程上超过我们，自然也没有听说它像越南或偷偷摸摸或明目张胆地在海上抢走我们几个宝岛那样的咄咄怪事。它与我们的边界线长达四千多公里，却一直安分守己地做着自己的事、吃着自己的饭，平静得好像我们没有这样一个邻居似的。

二百多万人，没有航母，更没有原子弹、远程巡航导弹，与拥有庞大的军队、原子弹、巡航导弹和高铁及十三亿人的中国相比，蒙古国太弱，弱得常常被我们忽略……

在计划访问俄罗斯前，我对作协外联部的刘宪平主任建议，能否安排一次到蒙古国的可能？宪平办事干脆利索，竟然办成了，太不容易！外事上的事情难的时候，越一寸都如跨越泰山巅峰。

蒙古国能独立成国并且有今天，这对中国人来说是一个巨大的痛，但痛之后我们就不宜一直想着那些不愉快的以往了。

我们一行六人除了刘宪平曾经途经过这个邻国之外，都是第一次来。自然我很关心这个人口只有北京东城区那么多、安心得从不跟我们较劲的邻居到底是个什么样的国家？他们生活得如何？作家同行们又过得咋样？一切的一切，我都很好奇。

我总以为，落后有落后的好看一面，中国发展得太快，快到今天根本挡不住一天比一天多的雾霾，我们想逃出首都其实比躲过雾霾还要难——你不可能丢下工作和事业以及你的家庭，于是只能与雾霾为伍，以缩短寿命为代价。

富有一些之后的人，内心深处有一种自大和高傲，总以为自己比别人强什么，总以为那些不跟你出声的人好欺。

我们就是带着这种好奇心，掠过冰天雪地的内蒙古，来到蒙古国国境——飞机上看到的几乎都是一样的景象：白白的雪地与赤裸的戈壁，不见任何建筑，也没有像中国大地有那么多城市与村庄。两个多小时后，我从飞机窗口看到一片格子形的建筑——在一片弯曲的大山沟谷内，旁边有河流与森林。我想这可能是蒙古的首都，又觉得似乎小了一点……犹豫之间，飞机已经落地。

我们到了乌兰巴托。

蒙古国的作家朋友来接我们。看一个国家穷与富，看路景就行。年初时我曾到希腊，一出雅典机场往酒店走，公路两边的广告牌上竟然没有一个有内容的，我立即意识到希腊的贫困，后来我把看到的这一景写入《我想托起您的眼泪》的诗中，居然让希腊同行感动得热泪盈眶。

蒙古的公路，窄而坎坎多，首都的主要马路也不宽……但我绝对不敢以看希腊那样来对邻国蒙古下判断——完全的反差：大街上的蒙古人那么有朝气、那么有教养（乘坐公交车排队整整齐齐，与中国城市里那种你争我抢的乱哄哄的现象形成鲜明对比）、那么充满自信和活力，而且小伙子个个帅气十足，年轻的姑娘们竟然那么美丽！呵，为什么会是这样？他们不是很穷吗？他们不是很"蒙古"吗？坐着马车、赶着牛羊……

一路上，我注意到：只有一处临街上的一张椅子上坐着四位长者，他们像排列的雕像，整整齐齐地一字形地坐在那里，脸上虽没有表情，但眼神里是幸福和安宁的。

我真的大吃一惊：原来蒙古国的人民完全不是我们想象中的那样，他们其实并不比我们差什么，相反却比我们多了不少修养、不少时尚、不少精神的充实与自信，更比我们多了几分对待生活的平静态度和独立、坚韧的民族力量。我特别地注意到，在首都乌兰巴托的大街上，年轻人特别多，而且从他们的表情看，很少有那种颓废的、消极的、不满的和欠营养的，相反都是些充满朝气的、活跃的、快乐的、积极的和颇有修养的平静的表情，这与我们中国城市大街上所看到的众相比较，真的让我感觉健康和精神得多！这令我十分吃惊，因为看一个民族是否强大、是否有知识和修养，从他们的表情和衣着及其走路的姿势就足矣了。蒙古大街上这一幕幕清晰而明了的活力与修养水准告诉我：这个国家的年轻人是有修养的，心灵是非常积极向上的，从他们平静和坚定的步履中可以看到他们对时下和未来充满了信心与自豪，他们有说有笑的表情更说明了内心真实的幸福感……

所有这些让我联想起自己国家的首都大街上看到的那种拥堵、那种互不相让、那种一张张毫无表情的脸，即使有点儿表情的脸上也充满着冷漠、焦虑甚至仇视的情形，相比之下，我感到内心的紧张和担忧。这不是简单的问题，反映了一个国家在一个时代里暴露出的问题，就像人的身体一样，当你有病甚至病入膏肓的时候，脸上和肤色可以清晰地显现这一切。中国社会的当下，大街上我们看到的种种表情是很好的说明。我们当警惕！尤其是那种冷淡、焦虑甚至是仇视的表情，它的背后可能是一个个即将发生的悲剧与燃烧的火焰。一个没有修养的国民和一个没有发自内心微笑与步履轻松的民族，其实是非常压抑和危险的。

乌兰巴托大街上深切美好和健康表情的一幕幕给我留下了深刻印象。中国驻蒙古国大使王小龙先生听了我的这一印象后，眼睛亮亮地惊诧道：你竟然发现了这个？到底是作家！

其实在我看来，这是个非常明显的现象与差异。中国与蒙古国是近邻，强弱的差异似乎也很明显，人口的差异就更不用说了。我们常常感觉别人不如我们，与我们差得十万八千里，哪知仅大街上我所看到的人家的修养和健康的表情，就足够我们学习三十年了！我没有看到在乌兰巴托大街上的公交车站上有人在抢队、插队——他们都自觉地整整齐齐地排在那里等候着车子。再看一眼北京大街上的公交车站上的那一幕幕争抢上车的情形……简直就如噩梦！

蒙古国只有二百多万人口，其中一半在首都——这很独特，有一半人据说还在草原上过着完全游牧民的生活，他们依然住帐篷、喝奶茶、放牛羊。首都附近的山坡上，成片成片的帐篷里，那些向往城市生活又不愿失去蒙古传统的人居住着。首都的房子已经有不少崭新的楼房与大厦，虽然不能跟我们的北京、上海比，但如果将它收缩在一个北京东城区，那也算是"高耸林立"了。

住的酒店是"成吉思汗大酒店"，这位在中国也是人人皆知的伟大人物，是蒙古人的祖先与骄傲，乌兰巴托市区内到处都是他的雕像和以他命名的建筑物。酒店设施很好，尤其是里边温暖如春。乌兰巴托唯一有两点不理想：一是冬天取暖烧煤，污染不亚于北京的雾霾，出门很呛人。二是公共设施如道路等很不美丽干净，这与私有化有关，政府能力受到严重削弱，这与公共财富不充裕有直接关系。

第二天上午就有一个我在蒙古国立大学的讲演。有些想不到，能坐二百多人的讲堂里满满地挤着一屋子年轻人，甚至连走道上都站满了学生。

我担心用中文讲有多少人听得懂？同学们大声告诉我：听得懂！原来他们学的是中文专业，而且还有三四十个到蒙古国来志愿教中文的中国志愿者。哈，我不用怕没有听懂汉语的了！

第一次在国外著名大学讲演，自然不能用稿子，不过我很满意自己在一个多小时里的讲演。讲得如何，现场的情绪和听众的表情是可以看得出的。之后是近一个小时的提问与对话。蒙古学生们比较关心中国的发展和年轻作家们的创作方向。中国留学生提的问题就像是在国内参加一场文学对话，气氛非常好。

结束讲演，我们就到了首都广场去参观博物馆，长了不少见识，对蒙古的历史有了更深的了解。总体感觉这个民族了不起，尤其是先人成吉思汗。在以马为战器的时代，蒙古人一往无前的战斗精神以及他们的马上兵法，高超神奇，所向披靡，令世人无不敬佩。先人留下的历史版图和勇敢精神永远流淌在这个民族的每一个人的血脉里，你无法改变这一点。

但苏联人把蒙古国的民族文化来了个彻底的改变——他们把旧蒙文字母全部变成了俄罗斯字母，尽管读音仍是蒙语，但拼写的字母与今天我们在内蒙古看到的蒙文完全不同。虽然蒙古国现在有人力图在恢复旧蒙文，可难度之大很难实现，因为已经有几代人习惯用现在的俄罗斯字母拼写出的新蒙文了。可见，一个国家对另一个国家的占领，其实不用枪炮，改变他们的文字就足够了。但在东方世界有些特别，你看看像日本、韩国、马来西亚、菲律宾等，用我们祖先创造的文字的国家还少吗?但他们几乎都不太愿意当我们的亲朋好友。东方文化里到底有哪些值得我们反思的阴暗心理,其实很值得研究。

蒙古也有作家协会,主席还是位非常年轻漂亮的女士,叫孟克其其格。她来过中国,我们代表团的徐坤说孟克其其格是长着一双媚眼的美女,我看也是。蒙古作家多数是诗人,他们的生存情况与其他国家差不多,几乎没有人能靠稿费养活得了自己的,更不用说出书挣钱了。一本本精美的诗集,都是由他们自己掏钱出版的。一位为我们开车的男作家很幽默地说:他的女朋友一个个跑了,因为她们都找有钱的人去了,为的是能够给自己出书。很有意思:没钱出不了书,诗人不也白当了吗?难怪我在讲演时讲到中国作家现在有不少进入"富豪"阶层、一年能赚几百万甚至几千万稿费时,全场一片惊叹的"嘘"声。

我在许多场合讲过,中国的作家真的很幸福,大家都遇上了改革开放和国家发展带来的太多的好处了!然而有人并不以为然,还天天在骂政府和党,不知他们的良心何在?自然政府的工作中还有不少需要改进的地方,但这是另一个方面的问题。公平客观地看待我们的世界和社会是一个具有良知的知识分子的心理底线,失去了这一点还叫什么知识分子?

蒙古国的访问是短暂的,然而留下的印象给了我诸多思考，其中最重要的还是一句话：强者往往无视弱者的进步和长处，这样的强者早晚会败在自己身边的弱者手里。国与国、民族与民族之间的较量，历史已经无数次地告诉了我们这一点。今天自认为已经强大起来的中国，切勿小看邻国蒙古国，其实他们许多方面已经远远地比我们强大，比如修养，比如心理，比如身体。作为人而言，难道这几点还不足以表现他们的强大吗？故而尊重弱者其实就是在尊重自己，更何况人家的骨子里并不比你弱嘛！

普希金为什么不到中国来

——访俄罗斯感悟

在莫斯科访问时，当原俄罗斯总统叶利钦的办公厅主任菲拉托夫先生拥抱我的那一刻，他说了一句令我内心强烈颤动的话：假如我们的伟大诗人普希金在你们中国，不知是否同样受到像在我们俄罗斯那样普遍的尊敬呢？菲拉托夫先生问此话是因为我在与他交谈中提及在莫斯科大街上到处都能看到普希金雕像及其名字。

为什么不呢？可为什么又一定是受到普遍的尊敬呢？中国真能像俄罗斯人一样尊敬一位伟大的诗人吗？

　　这样的疑问，在我到了圣彼得堡后的感受更加强烈：圣彼得堡这个名字对中国人来说还不是太熟悉，但如果说"列宁格勒"恐怕我们就谁都知道了。伟大的"十月革命"和"列宁格勒保卫战"等惊天动地的故事就发生在这个城市。苏联解体后，俄罗斯人把"列宁格勒"的名字改了回去，叫圣彼得堡。苏联解体才二十多年，可是当我们到这个英雄的城市走一走，便会发现许多令我们中国人不可思议的事：在这座伟大而英雄的城市里，关于"十月革命"的故事，也许今天的圣彼得堡年轻人知道这件事的还没有我们中国人多；第二次世界大战时，这座城市曾经为了抵抗德军而牺牲了整整五百多万人。当时整个城市一半以上的房子被摧毁了，可以说是一片废墟。但二战之后的苏联人民在斯大林的领导下，很快又将这座古老的城市建设得比战前更加壮丽。然而又因为一场"革命"，俄罗斯人很快把列宁、斯大林这样的伟大人物忘记了……这在我们中国人看来都是不可思议的事，然而在俄罗斯的今天却实实在在地发生了。作为一名受苏联文学严重熏陶和社会主义思想严重影响的我，对此内心深深地震动：政治和历史既无情又冷酷呵！

　　然而在圣彼得堡又有一件事令我产生了另一种震撼：居然有一个诗人成为这座城市不朽的灵魂和精神——在圣彼得堡处处有以普希金命名的街道和建筑，他的塑像随处可见，似乎圣彼得堡就是他普希金的城市。

为什么？为什么一个诗人竟然远远超过了列宁、斯大林这些改变人类政治格局和世界命运的政治家与历史伟人的地位？难道写几首爱情诗真会比创造一个人类进步制度更了不起、更有巨大的历史功绩和进步意义吗？

回国许多天了，我一直在寻找这样的答案，然而似乎一直没有结论。对前面关于"中国真能像俄罗斯人一样尊敬一位伟大的诗人"的疑问和后面这几个疑问，我始终下不了什么结论，因为一向崇尚文化的中国人其实骨子里真的像我们自己吹嘘的那样"崇尚文化"吗？否也。倒是有一个现实明明白白地摆在我们面前：如果普希金真的是属于我们中国的诗人，假如他真的在中国，那么我想充其量他也许只是一个普通的"历史文化名人"而已。在中国五千余年的漫漫历史长河中，这样的"历史文化名人"多如牛毛，一根牛毛，何足挂齿！

是的。普希金在中国的话，几乎可以断定他就只能是这等命运。苦涩间的思索中，我这样感叹：普希金呵普希金，你不在中国是何等的幸运！

这位俄罗斯的伟大诗人，生于1799年6月6日，这"六六顺"的生辰，其实并没有给诗人带来顺畅的好运。但他的诗才却是空前绝后的，七八岁时他就学会了写诗，十二岁时进了皇村学校。十五岁时他作为一名中学生，写了一首《致友人》的诗，寄给著名诗人茹科夫斯基主编的《欧罗巴导报》上发表，茹科夫斯基被少年普希金的才华所吸引，亲自到学校访问普希金，并后来写信给朋友说："这是我们诗坛的希望，我们必须联合起来，共同帮助这位未来的天才成长。他将来一定会超过我们所有的人。"

二十一岁时普希金写下了他的一首叙事长诗《鲁斯兰与柳德米拉》，立即轰动俄罗斯文坛。导师茹科夫斯基马上寄照片祝贺，并写道："赠给胜利了的学生。失败的老师赠"。马克思对《叶甫盖尼·奥涅金》崇拜有加，拿它作为自己学习俄语的教材。普希金后来又写了诸多爱情诗，他之所以写爱情诗又写得那么好，是因为他本身就是个"情圣"——他一生的基本生活状态几乎都是与女人有关，而且皆是些高贵与美丽的女人。他的妻子娜塔丽娅就是这样一个绝色佳人。可也就是因为女人的原因，葬送了这位杰出诗人的性命。

在生活上，显然他是个极放荡的人，而从诗才创作上，又正是因为他的这种放荡才有了一个又一个伟大诗作的诞生。最后他还因为与自己的情敌决斗而丧命，死于1837年，年仅三十八岁。普希金过早地离开了人世，但丝毫没有影响他的文学地位，高尔基这样说："普希金之于俄国文学，正如达·芬奇之于欧洲艺术，同样是巨人。"

还有一点必须提出，普希金还是位具有强烈爱国热情的政治诗人，他写过如《自由颂》《鲁斯兰与柳德米拉》等，严厉抨击专制制度、歌颂自由与同情人民，所以他被称为"俄罗斯的太阳"。人们之所以这样比喻他，是因为普希金的诗具有崇高的思想性和完美的艺术性，其作品所表现的对自由、对生活的热爱，对光明必然战胜黑暗、理智必然战胜偏见的坚定信仰，他的"用语言把人们的心燃亮"的崇高使命感和伟大的抱负深深地感动了一代又一代人。普希金的诗写得好，同时也激发了无数俄罗斯音乐家的创作激情和灵感，如《黑桃皇后》《叶甫盖尼·奥涅金》《茨冈》等普希金的诗作配成音乐曲子或改编成芭蕾舞后，都成为音乐和舞台上的不朽之作，且广为传播。

俄罗斯的诗人被一个民族捧为自己的"太阳"，这也许只有同普希金一样性格的俄罗斯民族才能做得到，他们都具有与生俱来的敢爱敢恨的性格。

普希金的这种性格对中国的诗人有什么影响呢？显然是深刻的，因为敢爱敢恨其实也是中国诗人们的特点，李白难道不是这样的放荡不羁吗？郭沫若难道不是像普希金一样的浪漫吗？徐志摩不也是如此吗？呵，人们这时才会得出一点"结论"：诗人们都有些"神经质"，他们的放荡不羁似乎也在"允许"范围之内。

其实普希金对中国的影响，不仅仅在文人中间，而且还在所有人的精神世界里，这也是他的伟大和不凡之处。最近在网络世界的"铁血社区"里，我偶尔看到一则这样的消息——

一位少女为情而欲从二十六楼跳楼自尽，紧急关头，消防队员们实施求援，但跳楼的少女在七十多米高的楼上，消防队员根本无法施展本事。于是直升机开始在高楼前盘旋起来……

"你们再近一步，我就跳了！"绝望的少女向警察发出警告，她的双脚已经探出悬空，即刻飞向死亡的地狱。

"姑娘，你听我说……"现场的谈判专家无计可施，突然他那嘶哑的嗓门里发出一串凄婉的声音："假如生活欺骗了你，请不要悲伤，幸福的日子，很快就会来临！"

"爱也许不能征服一切，但它依旧可以征服死亡……"

姑娘"哇"的一声号哭，重新回到了生命的怀抱。

这故事是真的，专家念的救了这少女生命的诗就是普希金的《假如生活欺骗了你》这首名诗。

这就是普希金，这就是俄罗斯人为什么称他是"太阳"的缘故吧！

但对这么一个伟大的诗人，我作了一个设想：假如他到中国来，肯定不会有像他在俄罗斯那样的境遇。为什么？我们似乎可以做出以下的一些深刻反省：

中国是个政治国度，政治人物和政治家的地位总是高于经济界和文化界人物的地位。我相信并且能断定，假如在其他国家，像孔子这样的人物，在首都最著名的大街上为他专竖一尊塑像是很正常的事，并且能够放上几百年甚至几千年，但在中国恐怕不行。像孔子这样滋润了中华民族几千年民族文化营养和民族素质的伟大教育家只能在国外扬张自己的名字和塑自己的形象——孔子学院便是例证。

再者，鲁迅在中国文化界是"旗手"了吧？可谁见过中国境内的大大小小几千个城市里有"鲁迅大街"吗？北京没有，上海也没有，连鲁迅的故乡绍兴好像也没有吧！中国对文化人物的尊重，相比之下实在是很可怜。其实在中国历史上，能同俄罗斯的普希金不相上下的伟大诗人我看至少有李白、杜甫和近现代的郭沫若、徐志摩等，但听说过哪个城市有过"李白大道"、"杜甫大街"、"郭沫若大道"、"徐志摩街"？没有，绝对没有。

为什么？我不知道。但我知道，如果哪个城市把李白、杜甫的名字与城市的道路联起来，一定会说这个城市的市长是个书呆子，而这样的"书呆子"市长肯定被唾弃。所以，李白、杜甫和郭沫若、徐志摩这类"作风不咋样"的诗人的名字和塑像只能被遗落在书本和小屋子里罢了。

文化古国里的文人，其实只是一群附庸者，要你撑门面的时候你就是一个耀眼的幌子，真到了该树碑立传的时候，文人只能退之一边，取而代之的是政治上的"历史伟人"和空洞的那些时髦的政治名词和政治口号。

文化是什么？尊重文化和尊重知识又体现在何处？是用时抬出来当宝贝、分享现实和历史荣誉时又被弃为废物的玩儿物？

显然不是。显然不应该是。历史其实早已证明这一点：人类的文明进程中，最持久和永恒的正是文化和创造文化成就的那些文化人。秦始皇够伟大的吧？他的军事才能与统一国家的政治谋略与智慧也够伟大的了，然而在漫漫历史长河中，秦始皇依然只是沧海一粟，当一个又一个王朝更新换代时，再伟大的君主和统治者就像星空闪过的流星一般，瞬闪而逝。但是有一种人的光芒一旦放射，便永恒地留在天际上，这就是那些创造文化的文化人。尊重这样的人，并非因为他们是什么完人，而是因为他们曾经给人类留下了不朽的思想与精神，这样的不朽思想和精神，其价值是远超于一个君王和一位政治领袖所创造的一个时代、一种制度，更具历史意义和人类文明意义。

我们中国人对此还远远没有认识到，或者认识到了但又不敢正视或不想去改变一种固有的错误理念。

俄罗斯人则不一样，普希金因此有了好境遇。他在圣彼得堡，成了比列宁和斯大林更伟大和不朽的人物，这在中国几乎是痴心妄想的事。

现在中国出了个诺贝尔文学奖获得者莫言先生，如果在其他国家，我相信有人会，而且也能成功地将诸如"平安大街"改成"莫言大街"。但在中国简直又是一个痴心妄想，因为真要那样改了，估计莫言兄再也不会舒服地在中国待下去了。为什么？道理依然一样：国人们的骨子里还是认为一个文化人怎么可能"镇"得住一个城市的"灵魂"呢？他们认为，区区文化人有什么资格被高高地置在城市的大街上让来来往往的过路人天天向他致意？有什么资格以他的名字来命名这街那道？他们不就是写了几首破诗、出了几本烂书吗？

这就是中国，这就是普希金不可能到中国来的理由和原因。他来了，他的诗也许只能沉默地躺在图书馆的哪个落满灰尘的旧柜里，他本人的形象最多也只能在自己家乡的旧宅基前放着。

一个国家和一个民族对文化尊重的差异，表现着国家和民族之间的严重差异性。尊重文化和视文化为一个民族和国家的精神支柱其实是多方面的，不只是在口头上，更在行动上，更在心目中。要义是在本质上。

我因此羡慕普希金能够生在俄罗斯。我因此也向俄罗斯民族表示自己的敬意。

最后我要说——

　　普希金，你是全世界有爱心者的太阳，

　　你勇敢而激昂的诗句，

　　成就了一个有爱的世界，

　　世界因你而变得有情有爱。

　　因为有爱你才不惧王权的淫威，

　　自由与奔放在你生命里获得彻底的张扬。

　　俄罗斯人对你的尊敬，

　　体现了一个民族对自由和文学的信仰，

　　难道这还不算是人类文明里最耀眼的一种鲜亮？

　　而中国——你什么时候也会有这般鲜亮呢？

2013 年末断想

第四篇

评论与序言

石油人的史诗

　　作家周洪成坚守在胜利油田火热的第一线，汲取鲜活的生活营养，为他的石油兄弟鼓与呼，先后创作并出版了长篇力作"血脉三部曲"：《地球之血》《共和国之血》与《国家血脉》。

　　十年前，我亲手编发过他的《共和国之血》，并写了篇感悟文章，文中这样评价："凡生命皆由血液滋养，现代国家作为一个巨大的生命体，石油有如它的血液。民族石油工业，既是共和国经济之血脉，更是中华民族强盛之血脉，而中国石油人身上所代代相传的铁人精神和科学探索精神，也正是保障我们中华民族永远伟大强盛的'国家血脉'……"我想，这正是洪成坚持以"血脉"为题埋头躬耕的主要因素，也是他为人为文的可贵之处。

十年后，他精心创作的《国家血脉》（作家出版社），又是一部高奏时代主旋律的重磅力作。作品以一生献给石油科技事业的著名科学家、全国劳动模范、中国工程院院士、胜利油田资深首席专家顾心怿为生活原型，真实地再现了当年石油大会战以及从陆地向海洋石油大进军的悲壮历史画面，生动地描写了以科技工作者顾东龙为代表的一群铁人形象，热情地讴歌了人类对于大地与海洋的开拓精神。这部文学精品注重从宏观上表现波澜壮阔的时代氛围和恢宏场景，如荒原上整拖井架、特大井喷、迎战海洋风暴和黄河口凌汛、万人围海造油田、黄河入海奇观、从陆地向海上石油大进军、黄河三角洲壮丽景象……同时细腻地展示了主人公的内心世界，以顾东龙搞科研发明的艰难历程为主线，热情讴歌了中国工人阶级崇高的科学创新精神和伟大情操。人物个性鲜明，血肉饱满，鲜活地跃然纸上。这部作品体现的主题是：中国石油工人是中华民族的脊梁，新中国的石油工业，既是共和国经济之血脉，更是中华民族强盛之血脉！整部作品凝重激昂，令人荡气回肠，突出了世界高科技与铁人精神凝于一体的开创式探索，让人们信服地感到，整部作品主旋律就是传统意义上铁人精神和当代高科技的结晶，堪称是"一曲中国石油人感天动地的颂歌，一部民族石油工业绚丽恢宏的史诗"。

血是什么？血是一切生命的源泉，没有血，生命将枯竭；有血，生命就充满活力。洪成用血比喻新中国的石油工业，是一个非常形象和充满了激情的比喻，作品也由此展开了激动人心、引人入胜的描绘。在旧时代，当科学家们费尽心血在玉门像挤牙膏似的挤出一点点油星时，腐朽的蒋家王朝已经日落西山。新中国诞生后，以毛泽东为核心的第一代领导集体就立即指挥了气势磅礴、波澜壮阔的一次又一次"石油会战"。曾几何时，几万名会战大军在王进喜那句"有条件要上，没有条件创造条件也要上"的名言激励下，用自己热腾腾的血汗，在枯木不留的松辽平原上掘出了共和国的第一个"血源"——我们一直引以为自豪的大庆油田，从此石油革命呈现东方旭光；接着，西部戈壁滩上又钻机隆隆，捷报频传；稍后，百万石油大军挥师东进，再创奇迹，一条条油龙畅流神州大地，使新中国的石油战线涌动起勃勃生机。进入改革开放新时期，党中央继续高瞻远瞩，集结中国石油战线的有生力量，倡导科技先行，再创由陆地向海洋、由本土向海外进发的战略大转移的辉煌业绩，并以科学发展观统领，打响了民族能源产业复兴的重大战役！经过半个世纪艰苦卓绝的奋斗，新中国石油人以可歌可泣的精神，使"贫血"的神州大地不再"贫血"，为日益健壮的人民共和国注入了源源不断的鲜活的血液，实现原油年产量1.8亿吨，使我国跻身于世界十大产油国之列。

石油人，在你留下的一个个足迹处，共和国早已矗立起一座座现代化的城市与工业基地，那明珠般的城市与耸立的井架，就是你的丰碑！共和国没有忘记你，人民没有忘记你，历史更不会忘记你。

一部优秀作品的产生，总是饱含了一个作者的辛勤劳动。周洪成之所以成功地为中国石油人铸造并高耸起了一座不朽的丰碑，首先在于他自己就是一名石油人。正如他自己所说："我是一个地道的石油人，一个石油喂大的作家，连脉管里流淌的都是石油。我知道油田外边的天地很精彩，可我依然愿意置身于油田，固守油田这个家园，默默承受无边无际的寂寞，这是因为身边的同事与战友用生命与热血在激励我关注着一件事，那就是国家主人翁正在创造着这个时代最激动人心的乐章，人民的作家不当国家主人翁的擂鼓手，还有什么热忱去干其他事？"我想，《国家血脉》之所以有魅力，这也是一个重要原因。

关于黄金和黄金人的传奇

中国有个"黄金第一村"，它在山东招远，这是我们熟知的事。黄金属稀贵之物，人类因此对它有一种天然的崇拜感。于是关于黄金和黄金的传说写满了古今中外的小说之中。但似乎还没有一本完整的真正写黄金生产过程中的传奇故事和黄金人的故事。作家唐占鳌的《伊甸新园》给我们提供了这样的一个宝贵东西，于是我确信这是一件许多人感兴趣的事。

这部关于黄金和黄金人的传奇故事，并且将其故事放在伊甸园来图说，故而它的精彩与精美尽然显现。

　　这就是小说的魅力，这就是纪实小说的独特魅力。《伊甸新园》的故事是属于文学的，同时又属于真实的黄金村的现实的。我们从中可以看作本书是一部关于一方热土的和一座金山的史诗。千百年来脸朝黄土背朝天的农民，在一片充满深厚齐鲁文化积淀的土地上，创造了伟大的奇迹，在那里，他们用智慧和勤劳，铸就了"中国黄金第一村"。这个名不见经传的小村子，叫作九道湾村。看起来这个名字似乎很土，但它恰恰引证了黄金产生的九九八十一道工序的复杂与艰辛过程，以及黄金人的悲喜剧。

　　九道湾在现实中是个响当当的名字，成为小说后的九道湾变得更有文学和传奇的故事韵味。这是作家的功劳。不起眼的九道湾村，地处胶东半岛，是中国金都——"全国黄金第一村"。在作家的笔下，它活脱脱地成了吸引人们眼球的一个标志性村名。其小说以此为背景，通过它所发生的一系列巨变，全景式地描写了那段历史。昔日，多少年来守着金山过穷日子，祖祖辈辈做着发家致富梦，而如今，在其领头人汪金泉带领下，发扬穷则思变的传统精神，冲破艰难，敢于开拓，立志高远，大力发展乡镇企业，在社会主义新农村建设中，走出了一条宽广的创业路，改变了昔日靠天吃饭的农村面貌，在那片传统的农耕天地里，矗立起一座美丽如画的"伊甸新园"。这

就是中国的奇迹！中国农民创造的奇迹！这里，我们不妨借用
书中一位诗人所写的诗句：

> 天堂鸟从远方飞来
>
> 栖息在埋藏黄金的地方
>
> 衔着珊瑚般的颜色
>
> 描绘这里的河流和山冈
>
> 金城，用黄金打造城市
>
> 用祈望孕育吉祥

作者唐占鳌是一位诗人，也是一位招远人，故而他在作品
中自然而然地倾注了浓郁的乡情和诗情。在他笔下，土地是一
部浑厚的诗篇，农民都是以锄为笔的诗人，他们在社会主义新
农村建设中大展身手，尽情泼墨，将田野谱写成恢宏的篇章。
有感于此，他奋笔挥毫，充满激情地为这个矗立在齐鲁大地上
的"中国黄金第一村"传神写照。同时，作者有着强烈的社会
责任感，书中的人物和故事首先感动了他自己，因而才在表现
过程中碰撞出创作灵感的火花，这是作家的十分可贵之处。可
以肯定，作者具有敏锐的现实主义意识，全书紧紧抓住当前社
会主义新农村建设这一崭新课题，写出了如今中国农村发人深

思的新动向、新变化，给读者带来一股不同于以往任何一个时期的清新的田野气息。这是作者在挖掘现实主义题材中可贵的探索，也给正在探索发展过程中的中国特色社会主义新农村建设以有益的启迪。从这一点看，作者的探索是很可敬的。据我所知，作者在动笔过程中，深入到基层，进行采访，掌握了大量的素材和生动的故事，结识了众多的人物，熟悉他们的生活、性格，他用朴素的语言，颇有感情色彩地娓娓道来，书中所写，绝对是他的真情流露。

黄金和黄金人最突出的质量是它们和他们的精神所在。《伊甸新园》在体现这些精神时是渗透在人物的行为之中，是那些行动着的与黄金沾着光芒的诸多人物，他们都是坚定不移的改革者和建设新农村的践行者。其中，塑造得最出色的也许要数九道湾村带头人汪金泉。这个人物身上具有新一代农民的典型特征，"他二十岁左右，高高的个子，身材略显单薄，浓眉大眼，高鼻梁，浑身透着一股子刚毅和倔强气，但也隐约流露出一丝淡淡的忧虑和焦躁"，刚毅和倔强意味着不可动摇的雄心和志向，忧虑和焦躁意味着深切的责任感及忧患意识。他高中毕业后回乡务农，先是在镇办金矿打工，继而回乡创业，后经换届选举当选支部书记和村委会主任。他克服重重困难，摆正个人利益和国家利益之间的关系，经历了友谊与爱情的洗礼，顶住了宗族宗派势力的强烈抵制，坚定地采取"以金兴工、以金兴村"战略，完成历史性跨越，实现了几辈人建设伊甸新园的梦想。这样的当家人最适合带领农民致富创业奔小康。建设二十一世纪社会主义新农村，正需要一大批这样优秀的新型农村带头人。从这个意义上说，这个人物具有典型的现实意义。

俗话说，是金子总要发光。以汪金泉为首的九道湾村的创业者们，是尘土掩埋不了的真金，他们因时代的原因被埋没一时，但不会永远被埋没，一旦时机成熟，就会抖落身上的尘埃，散发出夺目的光彩。是黄金，锻造了他们金子般的意志品格，我想说，比金子更珍贵的是他们美好的精神世界。

写到这里，忽然记起小说结尾的那句话来——"一张以蓝天碧海金沙滩为背景的九道湾两代人的合影悄然定格"，那么，我想借助这部小说，九道湾这个美丽的名字也将会在波澜壮阔的中国改革史上"悄然定格"。也正如有人所评价的那样，这是"一个中国现代版的美丽如画的'伊甸新园'，成为中国当代农村改革发展的一个缩影"。这美丽如画的"伊甸新园"，着实令人神往！

整部作品情节曲折跌宕，引人入胜，格调健康清新，文笔细腻流畅，书中许多描述很是精彩，有些手法和技巧堪称是匠心独运。无论内涵还是艺术特色,《伊甸新园》这部小说都称得起是当前新农村建设热潮中具有借鉴意义的生动教材,同时也有较高的文学价值。相信读者在阅读时会获得双重享受。

2010 年 6 月 10 日

张国领注定是诗人

张国领是从诗歌创作开始他的文学之路的，一路走来，他不断扩展自己的创作领域。但他依然是诗人，注定是诗人——我这样认为。

近日，张国领出版了十一卷的文集，其中，诗歌占五卷，散文、随笔占四卷，另外两卷是纪实文学。文集第一卷收录的是两首长诗《盛开》《血色和平》，从安排的顺序看，这是作者的扛鼎之作，两首长诗的内容一刚一柔。《盛开》是一首爱情诗，正标题下有一副标题——写给妻子的永世情歌。他的妻子自小在艰苦的环境中成长，养成了艰苦朴素的习惯，直到生活高度富裕的今天，仍在坚守和发扬着那最初的简朴作风。这首四千多行的长诗是张国领 2008 年写的，那时候的他已接近知天命之年，这个年龄还用深情得令人羡慕甚至嫉妒的诗行赞美他的结发妻子，在今天，不能不令人对他肃然起敬，不是敬佩他的从一而终，而是敬佩他情感的至真、至善、至美、至纯。他从和他在一起生活了近三十年的妻子身上发现的美，不是外表的漂亮，而是人类追求的那种天地合一之美：

> 从你身上我闻到了麦子的清香
>
> 那是五月的麦子
>
> 刚刚由青转黄的麦子
>
> ——《盛开》十八

刚刚由青转黄的麦子的清香，激起了张国领的创作欲望，以及数不清的对艰辛劳动的回忆、丰收在望的喜悦、美好生活的向往。在诗歌中，张国领把这一切都转化成了对妻子的赞美。

作为丈夫的张国领，写给妻子的是柔情似水的诗行。作为军人的诗人，唱给祖国的却是英雄豪迈、浩气长存的壮歌，这也是张国领的诗歌从不改变的主题。1999 年 5 月 8 日，以美国为首的北约发射数枚制导导弹炸毁我驻南联盟大使馆后，既是军人又是诗人的张国领奋笔疾书，一口气写出了四千多行的长诗《血色和平》。我一直推崇张国领的诗作，正是因为他的诗里有一种真正的刚性——一种激情和柔情融合为一体的刚性。

张国领是军人，一个拿笔杆子比拿枪杆子更顺手的军人。既然是军人，既然是男人群中的好汉当兵人，就应该有气壮山河的阳刚。今天这个世界，特别是男人们，似乎什么都有了，唯独少了阳刚之气——人格和意志、信念和责任的阳刚之气。

我感到欣慰的是，我的这位"小兄弟"兼战友还保持着这种很纯的阳刚之气。因此，我十分看重张国领的诗作，有自然溢出的欣喜感。

张国领的军旅诗中，士兵普通的生活和朴素的情感是他持久抒写的对象。可以说，在他的内心，他仍然是在连队写诗的年轻士兵。在国领的诗行中我们看不到做作的痕迹，也无为了写而写的踪影，他写的是他生命的自然流露。冲动，是写诗的动力，但这样的冲动没有功利，没有炫耀，只是情感积蓄之后的喷发，是生命力的强劲反弹。如《士兵》《警服》《军乐》《拥枪的日子》和《春天的兵营》，这些反映士兵日常生活的诗歌，回到了生活现场，回到了普通士兵的内心，沿着他们那平平常常的目光注视世界。他不是在为士兵诉说，为士兵代言，而是如实而真切地作为士兵在细语轻吟。没有过多的叙事，却处处可见写实性的细节。

与许多军旅诗不同的是，张国领并没有过多地沉湎于生活的细节，试图以诗歌的方式记录士兵日常生活的细枝末节。军人和军营总是有其神秘的一面，过去如此，现在如此，即使将来社会再信息化，这样的神秘总是无法抹去的。一个生活在当下的诗人，能够将日常化的生活写出诗意充满诗情，自然与对生活的无限热爱和细腻感觉是分不开的，这还是一种心灵和情感的力量体现。这些，张国领并不缺乏，只是他发现了更深层次的诗性元素，这就是士兵生活中的个性文化。士兵既是普通的社会人，血液里流动着千百年传承下来的传统文化，又经受着军营文化的身心洗礼。在具体的写作中，他滤去了许多的生活琐碎，只在意展现士兵青春年华和军人角色的那部分。在他的诗作中，这样极富意蕴的细节往往只是几朵浪花，但却活泛了整条河流。我将此看作是诗歌写作中的画龙点睛。

　　张国领的军旅诗没有锣鼓喧天的气壮山河，却不失发自心灵深处激越的豪情。激昂、刚性、惨烈等极致化的情绪，是军旅诗的一张名片，这是我们认识军人生活的一般性感知，爱憎分明、非此即彼、干脆利落。如果带着这样的情感预设进入张国领的军旅诗，我们有些不知所措。这就像我们看多了硝烟弥漫的战场和豪气冲天的军人后，进入当下的营区时，我们眼前的一切都是那样地陌生。和平时期的军营和军人在平和与紧张、日常与特殊等状态中转换着。真正悟透了士兵的张国领从士兵的日常生活进入，参与他们的真情实感，但又能细致地把握士兵那份化于日常生活之中的崇高与梦想。他诗中的营区和士兵，是那样地真实可亲，又是那样地阳光四射、瑰丽明艳。我们触摸到的是鲜活的士兵表情和话语，感受到的是士兵独特的气质和精神。张国领将人性和神性较为完美地统一在士兵身上，从而形成了他军旅诗个性化的品质。

　　与诗相比，从国领的散文中我读到的是当下军人"平和中的焦虑"。军人是为战争而存在的，和平，是军人的最高理想，为了和平，军人可以牺牲一切。然而，面对和平，少去了战争的洗礼，远离了枪林弹雨，军人又在自觉或不自觉地守望战争。战争成为营区生活的背景，不管是近还是远，依然还只是背景。军人因为平和平淡而找不到体现军人价值的坐标，以及向往战场上的耀眼的精神光芒，军人的生存境遇和生存方式，遇到前所未有的、难以释怀的困惑，这便是张国领众多散文中所表达的"平和中的焦虑"。

坚守平民意识，是一种不为文学而文学的创作理想和立场，充满亲切而感动的人文关怀，回到了文学最为坚实的精神之路。或许像张国领说的，他骨子里就是一个平民，那些外在的东西只是一件衣裳。当下的文学，在呼唤平民意识的粉墨登场，只因为缺失才需要注入。只要是注入，无论是自愿还是迫于压力，更多的时候，只会飘忽在目光中，杂糅进文字里。但张国领不是这样，他不敢、不愿更无法驱赶或剿杀他的平民基因。这样的好处是，他没有办法也不习惯让自己站在高处俯瞰老百姓。他是一个普通的家庭成员、普通的丈夫和父亲，更是乡村大家庭中最不忘本的一员。他与普通人的区别只在于，比身边的普通人多了一种表达的途径。他已分不清生活与写作的界限，生活走到了他的笔下，写作成为生活的一个细节。

诗与散文本身就是有内在联系的文体，很多诗人就是散文家，张国领亦然。这些年，他除了发表大量的诗歌之外，还发表了二百多篇散文。这套十一卷《张国领文集》

的出版，我相信只是他一个时期文学创作的小结，我们期
待他的新作不断问世，并且有更多出彩的佳作呈现给这个
伟大的时代。

2012 年 12 月 31 日

令人入迷的故乡吟

　　我不是诗人，但我喜欢读诗，每每在进行自己的创作时，总喜欢将那些名诗好诗融入我自己的情绪之中，这就是诗对我的影响。著名诗人韩作荣先生向我推荐铁夫的一本《金家坝》诗作，就是我静下来欢喜阅读的这样一部诗作，这部长诗竟然让我入迷了……

　　什么是诗？大概那些读后便会有一种冲动的带着旋律和节奏的文字吧！铁夫的《金家坝》是一部难得一见的乡土叙事诗，很长，像长篇小说一样的厚卷。读长篇小说，是因为情节吸引而往下读。长卷鸿篇的诗歌能够像小说一样阅读吗？能够！《金家坝》便是一例，我爱读，就像回味自己故乡的一幅幅画卷一般。这是我喜欢上《金家坝》的首要原因，也是我认为它最成功的第一要素。谁都有故乡，谁都会对故乡有种特殊的感情。故乡是"生我养我的地方，精神的依附，灵魂中永远无法摆脱的胎衣，记忆里永远无法抹掉的胎记"——这是铁夫的话，也是我们所有人对故乡的那份认同。识别一个人的特征，除了血脉之外，就是长在身上的胎记，这胎记无论到什么时候你是无法刮落的，除非将你的肉体化成灰烬，即便如此，你的灵魂里依旧烙着"胎印"。因为故乡是我们"今生的田园，来世的福地"。

《金家坝》让我想去看看金家坝，那是铁夫的故乡，也是我的故乡，更是中国人的故乡。那里有诗人的亲人和血脉，那里也有我的同胞和生命的气源，那里有中国人的文化传承足印和中华民族的响亮回声。那里简直就是让人入迷如醉的仙境——所有诗人的故乡都似仙境，铁夫的故乡变得美轮美奂，是因为他心头的那支彩笔比别人的画笔更用情，更用心——他的"金家坝"，是"自然的杰作，上帝心爱的遗物，吹过的风每一丝都昭示生命的创意，活力的角须，张扬神的羽翼，阳光灿烂或者没有阳光，金家坝都是最美的经典，都是最亮丽的诗句"。我很欣赏诗人这样描述和比喻自己的故乡。故乡对一个游子而言，就像是自己留在故乡的母亲，她再老，再丑，她也是最美的经典和最让你动情的人。我欣赏诗人对故乡有这样的情感，是因为我相信铁夫是位懂得感情、懂得感恩的人，而且是位非常具有孝道的人。本来这种孝道并不值得刻意地指出，但今天这个世界上，我们已经越来越感觉到对母亲、对故乡深怀感情的人少了，不忠不孝者则大有人在，并以此为荣，这是人伦道德的下滑，很可悲。一个民族的伟大，一个时代的崛起，其实并非经济强大了就说明一切，相反中华民族强盛，常常是因为我们每个人内心对母亲、对故乡、对祖国的那份赤诚之心的强大，没有了这，国家再有飞船、航母，又有何用？

为这，我们得敬佩"金家坝"出来的诗人。他对故乡的一片深情感染着我们，并影响着我们。

关于故乡，我们可以用很多的比喻去描述它，然而故乡留给每个人的东西是生命中的血脉和温暖，它是我们人生漫长航程中的港湾。有人一生没有离开过故乡，而他的生命未必就没有光彩；有人终身是故乡的游子，而他的一生命运却与故乡情愫紧紧地联在一起；有人荣华富贵了，有人贫穷潦倒了，而故乡就会像母亲一样，从不会因此将其格外的看重或看轻一个从自己怀抱里生长出的人。这就是故乡，故乡的血脉因子永远牵连着所有在她土地上生长出的子子孙孙。显然，铁夫笔下的"金家坝"是故乡中具有特殊乡土味的一个地方，那里的山，那里的水，"咋那么敦厚严实"，"咋那么滋心养人"！这是因为祖先"留下的足印"夯实了山冈的峰，这是因为父辈流淌的汗水将"门前的小溪"荡漾得清爽无比。还有那劳动号子练就的性格，老婆婆一勺勺喂成的点滴耐心……这些都是诗人从血液和骨髓里提炼出的生命之水告诉了我们，所以让我们感到了一种如饥似渴。

《金家坝》的作者既是一个故乡的歌唱者，更是一个对土地、对亲人、对民族和国家具有强烈孝道和感情的人，同时也是一位自然主义的精神崇拜者。他的诸多发自心灵深处的呼唤和生命本体的呐喊，都超越于对故乡的简单赞美和表层情感，是回荡于山谷与天地之间的精神叩问，是击地锤宇的生命追思，具有很好的象征意义，因而我认为整部诗作"美不见底"，值得做更深入的解剖和分析。

读出哲人的诗情画意

"诗要细细品读，画是观赏的，如何讲'读'?"不着急!先说说李德哲先生……

知他是哲学博士，又为美术杂志的主编，最是一名画家。择其一二，《国学经典》、诗集《醉》、水墨画，颇有杂家之意味。然文艺是相通的，没有他的哲学修养，如何能编得了《国学经典》? 没有他的诗文情怀，如何画得出形意相宜的葡萄画? 如果不是整天熏陶在诗词画卷里，单凭多读学术著作，怎修出他的哲学意境?

李德哲的诗有点"意思"。一则读来有趣、引人入胜；二来意味深长、思辨有余。他的诗题材广泛，涉猎内容繁杂，既有对于大自然的抒写，又有对于社会诸事的描述，同时也有寂静沉思的冥想。语言朴实，行文中还有很强的节奏感和跳动感。他的诗写个人的点滴经历、写情写景，更像是写凝思。写自然之景、社会之事是写诗的一块平地，从景、事当中写现实经验和个人感怀是写诗的一个阶梯，身处现实和人文之上写出人生的思辨，又是另一个境界了。"醉就醉了，醉就是醒，醒就是醉……醉酒的人，落入烈酒旋起的浪涡。"能从酒中写出醉，醉了本来就有感怀的人生，而自嘲醉的人往往不醉，此时言醉其实是倾诉内心的那份不醉之感怀而已。他的诗有时候让人"费神"，不是读不懂，而是要真真地品味起来，才觉得有些思考藏在里头。一般来说，这种诗词思辨是诗坛老成的功力所见，他这种青年显然是受熏陶于哲学的修养，哲学为具体学科提供世界观和方法论，可见一斑。

与诗相比，他的水墨画更走前了一步。他的画有着中国诗性的美，他画的葡萄、莲梅松草等，自然之物见人情，一笔一勾就如同流动的诗符，洒脱又凝静，生动又自然，体现着中国人的一种审美理想，强调作品本身的文化特质和精神内涵。更重要的是，他的水墨画总逃不出一个"道"字，画里有着中国传统哲学的意蕴。他本身是哲学专业出身，又出自老子故里，传统文化和哲学境遇自然超人强烈，单就读一下他几幅画的题：心之门、德之门、生之门、和之门、醉翁之意、子望……就足以让你翻腾几个跟头了！中国哲学最讲求"天人合一"，花草鸟虫与画家的情感世界是相通的，德哲兄通过有形的自然之物，描述了无形的人生心气，比如画葡萄，葡萄的藤枝最能使画家释放情怀，或直或曲，或谨慎或洒脱，葡萄的丰满、枝干的苍虬、画家的人生态度糅合在一起，所以他的画，看形色笔锋倒是其次了，从画中读到此公的传统哲学精神以及对于中国文化的理解和展露是最重要的。

由此看来，不光是他的诗，画我们也当应好好读一读，方能读出其作品的情怀。

当然，诗文词画作为文艺，表现给大众的首先是形式和内容，之后才能读出情和意来。哲人作画，意味是不用说了，在诗文上，也要不断修整，剪去繁杂，内容多一些充实。对于绘画，在哲学意境之外，业精于勤，不断在技术上更上一层楼，最好不过。

谈起人生使命，李德哲说："让世界人民享受中国画！"嗬，口气不小！我知道他已经在全国各地举办过画展，成绩斐然，自然有此底气和志向，这底气和志向都让我们为他骄傲。有个建议：不如把诗也一并让世界来读你的诗情画意吧。我和芸芸众生都在期待着……

2013 年夏

用文学表达我们对海疆的情感

　　有一块地方，过去我们的国人对它似乎缺少太多的关注和重视，那就是我们国家面积达三百万平方公里的海疆。这块疆域如今事最多，也最被世人关注。有人说，中国的未来发展和希望皆在于此，看来这种结论越来越被接受。难道不是吗？否则，当今的头号强国和诸多想食肉我南海、东海列岛者为何如此频繁出现？中国应警惕兮！

　　从清朝鸦片战争开始，中国闭塞的国门终究还是被迫打开了，开始向我们称之为"蛮夷之地"的外国开放。我们已经习惯于唯我，习惯于固步，更习惯了以"疆土"为名的中国称谓，对于大陆之外、海洋之滨的他国实情知之甚少。正是这种故步自封的意识让中国的脚步在十九世纪末停缓下来。甲午海战水师惨败，八国联军跨洋越境，可以说，中国的大门是从海洋上被打开的。就在那时，清政府竟还在用骑步兵来做着拯救自己国土的梦。他们对海洋没有概念和意识，所以，当外国人打进了北京城，我们看到黄头发、蓝眼睛的他们，仓皇地称之为"洋人"。"洋人"表明了少见多怪的我们对异国人士的印象，同时也无时无刻不告知世人：当时中国对于海洋的熟悉就如同刚见到外国人一样陌生和新鲜。

假若抽去时间的间隔，将一个半多世纪前后叠加在一起，我们总能发现中国海洋主权意识错愕不已的前后对比。历史车轮碾过一百七十多年后的今天，中国宣布在海南成立三沙市，正在为南海黄岩岛海域的主权之争与菲律宾展开激烈的对峙与抗争。而在东海，美日屡次为钓鱼岛与中国展开明与暗的种种博弈，我国据理力争，以自己的实际行动在捍卫自己的海域主权。经过了一个半多世纪，从最初的"洋人"之称，到如今的捍卫之举，国人的海洋主权意识在不断地增强。众所周知，海洋是人类生命和文明的摇篮，人类对于海洋的依赖是如此的强烈，以至于凡是有水流经过的地方，我们就会播撒耕种，繁衍生息。同时，海洋作为一项重要的战略资源，对于滨海国家的生存与发展起决定性的意义。海洋不仅是一个国家天然的生命线，还蕴藏着丰富的石油、天然气等资源。可以说，二十一世纪是海洋的世纪，海洋权力的范围涉及军事、政治、经济还有文化等各个领域。它不仅仅是简单的控制问题，更重要的是用海洋来开拓一个新的舞台、一个全新的时代。

当了解了这些，再回头看《中国海洋轶事》便会对杨钦欢先生格外钦佩。杨钦欢不仅有出色的商业头脑，更有着一流的思维"移植"能力。在他的眼里，文学作品贴近社会、贴近现实的点就在于对于当今时代的独特的把握。在与他的长期交往中，我深切地感受到一个中国企业家的锐利和智慧，更能看到一位爱国者强烈的文人情怀，这是非常难得的。杨钦欢先生具有博大的战略胸怀和深谋远虑的思想意识，他对构建当代国民文化素质体系也有独到的深层思考。他在倡导编撰出版《中国治水史诗》后，再度策划主持《中国海洋轶事》工程，可见他的涓涓爱国之情。

《中国海洋轶事》是一部文学体裁的"海洋知识"书，内容丰富，文采飞扬。其中无论散文也好，小说也罢，无不在告诉我们，中国自远古以来就有海洋文化和文明，对于海洋轶事的记载则是最好的历史证明。这无疑又在中国海洋文化发展史上写下了浓重的一笔。本书纪实性强，同时也不乏许多有趣的海洋故事。读这本书，从头到尾是心情澎湃的，激动昂扬的，一腔爱国热血驻足胸间。该书上到远古神话，下到当今故事，很系统和生动地把中国海洋的文化发展史展现出来。该书以体裁分卷，分为纪实、散文、小说、神话、史论，让读者更加清晰地了解海洋文化，虚实结合，实例丰富，内容读起来娓娓道来。每一篇文章的作者大多为知名作家，其功力在文字之间可见一斑。可以说它对于弘扬国人的海洋主权意识、传承海洋文化及文明，功不可没。

应该说，由这么多的作家集体创作一本海洋书还属首次，文学家能用自己的笔去记录和传承中国海洋的文化发展史和文明史，对于中国海洋的现在和未来将产生极大的影响，其文化和社会意义非同寻常。我们知道，文学是社会的绘版，作家是时代的学匠，用文学去记录和反映时代生活是作家的特殊使命。作家的作用不仅是提供给大众声情并茂的文学作品，更应该为社会的发展、国家的兴衰、民族的振兴、文明的传承以强有力的支撑。事实上，随着文化影响力的日益提高，作为历史印记的文学作品正发挥出应有的作用。

近年来，日本觊觎我钓鱼岛，抢夺之心未死，中日在东海上摩擦不断。而在南海问题上，越南、菲律宾也是野心勃勃。

而书中周羽的《南海：祖国的神圣主权》、吴维的《泱泱大国的伟大航行——郑和下西洋》、傅波的《中国广阔东海的印记》等文章篇篇真切地反映了中国版辖、经营东海、南海相关海域及其渔民从事渔业生产的历史；刘兆林的《甲午中日大海战》、邓刚的《千奇百怪说海洋》、陈世旭的《海上札记》、冯艺的《风向北部湾》等，都从不同角度反映了我国南海、钓鱼岛等海域古今各个时期的维护海权方面的诸多史实。诸如此类为代表的文人所著的篇章是我国拥有海域主权的有力证据。这一切，就是文学所具备的社会意义。用文学表达我们对祖国海洋的赤诚之情，便是本书诸多参与写作者的共同心愿。二十一世纪是海洋的世纪，那么21世纪的文学必定也会去激情拥抱海洋。海洋带给文学的是取之不尽的源泉和养分，我们何不行动起来！

最后，要感谢杨钦欢先生的策划促成了本部书，也感谢《中国海洋轶事》编委会的各位同志的努力，以及各位作者的辛苦创作。尤其感谢程贤章和张笑天主编，他们对于文学的执着值得我们学习。更应该感谢的是中国海洋文化史中的那些人和事，它们无疑是中国海洋文化的血肉所在。我相信，中国海洋的发展必将蒸蒸日上，更加辉煌！

2012年10月11日

谈报告文学创作的难度

——由《中国橡胶的红色记忆》说开去

薛媛媛的报告文学《中国橡胶的红色记忆》，写的是上世纪五六十年代，一群从湖南去云南种橡胶的老知青的故事。应该说这部作品是一份非常厚重的收获，超出了我的想象，在近年报告文学创作中并不多见，值得重视和关注。

作者是一位优秀的小说家。以我的观察，中国的小说家远远多于报告文学作家，其中重要的原因之一是，写报告文学通常情况下远远辛苦于小说家。小说家可以按照自己的思维、时间和想象去写作，但报告文学作家不行。当报告文学作家，第一个碰到的问题和困难，就是你得去实地采访，你得付出巨大的劳动，你还必须忍受别人不理不睬的各种尴尬，你还得忍受来自正面的、反面的甚至你根本想象不到的麻烦。而这些是小说家和诗人通常不会碰到的。在这些困难和无奈面前，许多写作者逃逸了、害怕了，于是他们不会去从事报告文学创作。

其二，报告文学的故事和人物是客观设定在那里的，它不像小说一样，完全按照作家自己的想象和构思去设置。由于它的客观性，报告文学的故事与人物有时是丰富的，有时是零碎的，有时是断断续续的精彩，有时是弯弯曲曲的延续。它的材料和人物故事，也许早就暴露在历史的地面上，已经给晒枯了；有时可能深埋在地底下，根本没有引起过路人的注意。一个作家去写一部报告文学，如果不努力地去发掘和采访，调查与发现，你可能付出了巨大的辛劳，流了那么多汗水，花了许多心血和路费，最终却一无所获。你也许对某一个人、某一件事兴致勃勃，但最后发现，由于种种原因，这个人、这件事你根本不能去碰，不能去写，你再沮丧也没有用，你再悲愤也是白搭。这就是报告文学写作的难点所在，也是许多人不愿从事报告文学创作的原因所在。

其三，报告文学的故事和人物不可能像小说那么完美和现成。小说可以按照作家自己的想象去让笔下的人物变得精彩，故事组合得尽善尽美，然而报告文学不行。但你既然要写一部报告文学作品，你期待它是优秀作品，你就必须把那些现实生活中可能早已被历史和时间遗忘的东西重新捡起来，用自己理性的抹布，将掩盖在事件和人物身上的历史尘埃擦干净，然后再用自己带着炽热的情感甚至是泪水加汗水，将其高高地托起，让其闪耀光芒。这就是报告文学的难处，也使得报告文学有了自己独特的魅力，深深地吸引着那些敢于为之付出心血的人，他们有正义感、有良心、有爱心，怀着使命，乐意去关注那些边缘的、被历史和现实早已遗忘的人和事。薛媛媛做的就是这样一件事，一件值得敬重和赞美的事。她是一个小说家，她完全可以坐在家里，喝着咖啡，悠哉地写小说，去冲刺鲁迅文学奖，甚至是茅盾文学奖。

其四，报告文学写作还有一个难度是，你很辛苦，像一只不知劳累的蜜蜂一样，写成一部作品后，你还有一件无法避开的事，就是接受时间和历史的"审查"，接受读者和市场的"审查"，这是报告文学必须履行的一道无法避开的"手续"。因为报告文学不是新闻报道，写一部长篇报告文学作品不像写一篇普通的新闻，一天过去了可能就是旧闻，好不好没人管你。但报告文学作品不行，它是文学作品，它必须接受像虚构的、想象的甚至是编造出来的离奇小说一样，接受广大读者和市场的考验。在我看来，这是报告文学比其他文学种类更难写作的另一个方面的原因。

现在不少人认为，报告文学写作，不就是写写表扬稿嘛，不就是一些广告宣传品嘛！错了，真正的报告文学不是你想象的那么简单。老实说，我在前面粗略地点了这四个难处，恐怕有人一听就再不敢去从事报告文学创作了。更何况，报告文学创作的难度和难点，何止这几个。莫名其妙地有人跟你打官司，莫名其妙地说你得到了主人公的什么好处，莫名其妙地说你什么时候成了吹鼓手。这些还都是小事，更有甚者，你可能莫名其妙地因为写一个人，写一件事，会弄得你一生不得安宁。这就是报告文学。这就是我为什么说要向薛媛媛致敬，因为她作为一名优秀的小说家，站到了报告文学的队伍里来了。我作为中国报告文学学会会长，非常兴奋，并热烈地欢迎她到报告文学队伍中来。

这部《中国橡胶的红色记忆》，是一部难得的好作品，至少它使我了解了什么是橡胶，中国的橡胶是怎么来的，中国还有一批为橡胶事业献身的人。在今天看来，这些历史人物和他们的功绩似乎对国家和社会的发展不像以前那么重要了，然而他们曾经有过的历史性贡献，毫无疑问不应该被遗忘，这些人将永远成为中国人民心目中的红色记忆。这是薛媛媛用几年心血跑出来的成果，也是文学关注历史、关注社会、关注特定群体的标志，作品里的许多故事和人物给了我精神上的巨大震撼，特别是这些人物身上的爱国主义精神值得永远铭记和发扬。

关于你的名字——《西部神话》序

　　全中国的人、全世界的人都知道有个大庆油田。因为大庆油田像"两弹一星"一样，曾经支撑着共和国经济建设的宏伟大厦近半个世纪，今天它仍然放射着不灭的光芒。大庆成为中国工业的旗帜和不朽的精神标杆。

　　说大庆就会说铁人，铁人的名字叫王进喜。铁人是中国工人的代表，代表着一种艰苦创业、奋发图强的精神。铁人在四十年前离我们而去，仅活了四十九岁，但他的名字永远镌刻在新中国的历史丰碑上。

　　"大庆"这个名字的诞生，是因油田的发现日在那个激情燃烧的年代、又恰逢新中国成立首个十周年大喜日子的前夕，它是欢天喜地的中国人给自己的伟大发现而所起的一个大俗大雅的好名字。它被叫得响亮，叫得爽快，叫得舒心养神，叫得扬眉吐气！

　　你呢，长庆？

　　长庆，你呢？

　　你是谁？你与大庆什么关系？

　　是兄弟？当然。它是兄，你是弟？是，又不是。

　　大庆诞生于二十世纪五十年代末。你诞生于二十世纪的七十年代初。兄弟关系自然定成。

　　大庆的名字源于一位领导者初闻松辽平原上的油田大发现的喜讯而一时产生的灵感。

　　你呢，长庆？

　　长庆人告诉我们：长庆的名字源于石油地质专家们通常惯用的专业式取名法——按当时地名或地质构造拼成。于是这样的科学的习惯竟然成就了一个伟大名字的诞生。最初的起名者起"长庆"为名，纯粹像中国传统的父母们给自己的儿子起"阿狗"、"阿猫"、"菊花"、"二妞"一样随便，哪知这样的起名竟然成就了一个伟大油田光辉而不朽的、如红日东方般喷薄而出了，犹如韶山冲的父母给毛泽东起的名字，犹如黑人乔治给儿子林肯起的名字一样。

显然，最初的"长庆"没有"大庆"那么富有诗意和激情，也没有人当场为它喝彩，更没有人把它当回事，能"活下来，长成人"就不错了——这是当时共和国的诸多当家人对它所抱有的一点点期望。想想也是，共和国"长子"的大庆就不一样，那时不但有美帝国主义为首的西方势力封锁咱，还有苏联修正主义者时时刻刻想吃掉咱，"松基三号"井一声震天，余秋里"三点定乾坤"之后的中国大油田的诞生，预示着中国从此将扣在头上的"贫油"帽子被彻底甩掉，那份喜悦和欢欣，连"四海翻腾云水怒，五洲震荡风雷激"之下岿然不动的毛泽东主席听说松辽平原发现了大油田也激动得抽烟的手指都在颤抖……

长庆的名字诞生之时不是这样的，它注定没有像父母对长子的出生所怀有的那种惊喜。它出生于一个极其特殊的年代，那时中国面临巨大的国防压力和生存压力——1969年中苏两大邻国的"珍宝岛事件"后，弱势的中国面对一心想吃掉"不听话的小兄弟"的苏联，全面进入备战状态，且无奈采取的是被动的"深挖洞"退却战术。中国人的日子在那一阶段每喘一口气都感到异常吃力……

绝处逢生。具有战争考验经验的共和国开国领袖们俯身在雄鸡形的国家版图前，苦苦地思索着、探秘着，随后有人大手一甩，将巨掌压在黄土高原上……那是一片神秘而伟大的土地，秦王朝直至唐王朝皆在那儿缔造过华夏辉煌的历史，而更重要的是对这片土地共和国的缔造者异常熟悉——当年蒋介石百万大军曾经想一口吃掉的地方不仅没有成功，反而成就了毛泽东为首的中国共产党人走向全面胜利的"延安精神"在那片土地上永放光芒。

"战争一旦爆发，大庆油田恐难保全，国家的所有军事用油将成为我们能否生存并最终获得胜利的根本。假如我们在千里黄土高原地带找到油田，这等于我们在现代战争条件下又有了一个'能源延安'！"有领袖这样道。

"掘土三千尺，也要在黄土下挖出一个大庆来！"决策者异口同声说。

于是，一场秘密的军事行动在陕甘宁地区展开，接受任务的是兰州军区某部官兵，随队的还有一批工程技术人员，他们是富有经验的石油工人和石油工程师。这支队伍并不庞大，资格却很老——他们多数是玉门油田来的老石油人。他们充满战斗豪情，充满骄傲和自信，驾着一百五十辆不同型号的汽车和五台自行制造的钢铁钻机，悄然进入新的战场——陕甘交界的庆阳县马岭镇。此处山高路险，是典型的陇东地貌。当高高的钻塔在山谷里竖起的那一刻，从未见过"解放军工人"的当地百姓，就整天按捺不住内心的激动，在等待和企盼着他们猜不透的"秘密"出现……9月26日，这个秘密终于被揭晓："庆1号"井喷出黑乎乎的油柱腾空几十米！

找到油啦！

陇东有油啦！

解放军官兵和当地百姓不管三七二十一地往黑乎乎的油柱下窜……于是一个个"油人"们又跳又蹦地整整乐呵了十几个小时。工程师一测试，该井日喷油量达36.3吨！

36.3吨意味着什么？我们拿当年大庆油田的发现井"松基三号"井作比较，当时的"松基三号"日喷油量是十多吨，仅为"庆1号"井的一半！

不用说，"庆1号"井的36.3吨这个数字对石油人和盼油的中国领袖们将是何等的振奋！有人甚至乐观地握着拳头说："我们又有一个新的大庆了！一个比大庆油田可能还要大的大油田！有了它，我们还怕北极熊个鸟！"

"9月26日出的油？"石油老将、时任国务院副总理的余秋里听石油老战友康世恩的报告后，神经猛地像被扎了一剂兴奋针，说："中国的石油就这么巧啊：当年大庆的松基三井也是 9 月 26 日出的油嘛！"

"是啊，我们中国的石油工人们就是神奇！9 月 26 日对中国石油人来说绝对是个吉祥日子！"石油部长康世恩的眼睛里闪着晶莹的泪光。

陇东找到大油田的消息当日报到了中南海，报到了正在为"深挖洞、广积粮"的毛泽东那儿，老人家将那颗已显苍老的头颅往挂在房间里的地图看了一眼，表情颇显激动地喃喃道："那个地方是个聚宝盆！"据说那一天中南海里出现了少有的欢快，连"林副主席"派夫人叶群送的"批陈伯达天才论"的报告都被毛泽东扔到一边不看了。"工业学大庆，农业学大寨，全国人民学习解放军"，毛泽东身边的人在这一天听自己的伟大领袖多次喃喃这句话，其中多次重复的是"工业学大庆"和"全国人民学习解放军"。

"石油还是余秋里来抓。"毛泽东又一次在政治局会议上重复这句话。

石油自然还是余秋里来抓为好！余秋里抓新中国的石油工业自然也离不开老搭档康世恩。"余康"是中国石油工业的一面战无不胜的旗帜，他们指向哪里几乎都是所向披靡。现在他们按照中央和毛泽东主席的部署，将战旗指向他们曾经战斗过的黄土高原——陇东大地。

这个新油田叫什么？"余康"首先想到的是给"金娃娃"起个吉祥如意的好名字，"没有名字咋个叫法嘛！"余秋里甩着空洞洞的左袖管大吼一声，令部下赶快找到"战事攻击点"。

就在此时，陇东前线又传喜讯：与"庆1号"井隔山相望的"岭9号"井又涌出超乎预料的高产自喷油。日产原油二百五十八吨！这个数字是大庆发现井"松基三号"井的二十倍！

"我们真的是发现又一个大庆了！"

"比大庆还大！大得让我的心跳都在加快！"

石油人将这一喜讯传遍大江南北，领袖们的嘴边也在不停地议论着这一话题。只是鉴于当时国际形势的需要，并没有像发现大庆油田那样发表人民日报"社论"而已。

在"岭9号"井现场，那乌黑的原油从地心射向天空，形成的壮观场面，乐坏了3209队的官兵们，也惊呆了当地百姓。"晚上看似楼上楼下，白天看是两个泥猴在打架……"老百姓用山歌这样描述出油那天的场景，所有井场的人都由"泥猴"变成了"油猴"。太高兴了！太值得高兴了！

北京的指挥者们更是忙着"大会战"的部署。报告送到中南海，毛泽东当天圈阅批复。于是1970年11月5日至11月10日的六天时间里，一个具有历史意义的重要会议在兰州召开。当时的会议是秘密的，放在军区大院。会标是这样的：兰州军区陕甘宁石油会战协作会议。会场的正面是穿军装的毛泽东巨幅画像，主席台两边的标语分别是毛泽东的一段语录：领导我们事业的核心力量是中国共产党，指导我们思想的理论基础是马克思列宁主义。

这是一次战略安排、部署和动员大会。参加会议的有国家计委、国家燃化部、国防工办、陕甘宁三省区和各地区政府、省军区和军分区、玉门油田管理局和银川、陇东石油勘探指挥部、延长油田和西安、咸阳、宝鸡、兰州、银川等地方有关石化、机械、仪器、水电、建筑类厂矿单位共四十多个单位一百六十一名代表出席。兰州军区副政委、后成为长庆油田首任"司令"的李虎同志宣读了国务院、中央军委联合下发的（1970）81号文件。国家燃化部副部长唐克同志作了《关于陕甘宁地区当前石油勘探工作的情况和建议》的报告，陇东石油指挥部军代表宋志诚向大会汇报了《陕甘宁盆地石油勘探工作情况》的报告。这是长庆油田尚未有正式名字之前的战斗动员会，它按照毛泽东和中央的指令，勾画出了一幅宏伟的战斗蓝图：五年之内拿下十亿吨石油地质储量，建成年一千万吨的原油生产能力。它的未来目标就是一个新大庆！

大庆当时的年采油量达三千万吨。中国领袖们和石油人已经在那片黄土地上看到了又一个"大庆"诞生的曙光。那一束曙光让许多人感到炫目，甚至连"余康"等决策者也在豪迈中高唱战斗歌曲：十万队伍，十亿储量！三五年见成效！

这就是四十年前的"长庆前奏曲"，它充满澎湃的激情，它饱含领袖和全国人民的期待和希望，它是中国命运的又一个承载者。

那时，"长庆"油田的名字还在孕育呢。大会战前的协作会议结束不几日，数万军人和数万地方石油人迅速向环江河谷汇聚……李虎等会战领导选中了陕西长武与甘肃庆阳交界的一座古桥处作为油田指挥部的落脚点。

不错嘛，这儿还有一条奔腾不息的河谷啊！

那是陇东的母亲河——泾河。

这桥很有些气魄呵！典型的中国石孔桥。是什么时候建的？

据说是民国时期建的。

有名字吗？

有，叫长庆。

长庆？好名字。我们在这儿进行油田大会战，咱们沾沾这大桥的福分儿，就叫"长庆油田"如何？

"长庆油田……太好啦！"

"太好啦——北边我们有大庆油田，这西部我们有长庆油田。一大一长，中国的油田又大又长……哈哈哈！"

"长庆油田"就这样诞生了！它诞生得如此光艳、如此浪漫，如此富有诗意和民间性，它符合中国人的起名习惯。它更符合石油领导者"余康"的嗜好，当然毛泽东等领袖也十分欣赏"长庆"这个名字。

"北有大庆，西有长庆。中国的油田有大的，也有长流不息的，好！我看长庆油田必定会给中国带来喜庆的未来……"

一百万吨。这个数字对一般油田而言，已经是个大油田的概念了。但对"长庆"并非如此。"长庆"＝一百万吨，这个等式对长庆油田来说应当是个耻辱。可偏偏"长庆"在国家和领袖们还有石油人自己特别期待它"强壮成人"的那十几年里，它就一直像个永远长不大的侏儒，难道这还不够让豪气冲天的石油人感到耻辱吗？

呵，路漫漫其修远兮，长庆人面对磨石刀一般的岩石，心头的压力比万崇千岳的黄土高原还重，比藏于鄂尔多斯盆地下的岩心还深……

"呵，西边的那个长庆？他们还有什么可庆呢？他们还有什么前景呢？"有人在质疑，有人在嘲讽，更有来自内部的粉碎式的自信破裂：我们真的只能永远是个"百万吨"的小油田？那像是养咱几十万人的油田吗？咱配得上做荣光闪耀的大庆兄弟吗?

我们还是退至后边吧——每每中国各路油田聚集京城开会，长庆人自觉自惭地选择了最后的旮旯坐下，甚至不再骄傲地称自己是"长庆的"，而是被人称之为"西边的"……西边的人和西边的油田对突飞猛进的东部、北部、南部的中国人来说，那是"荒凉"与"落后"甚至是"一无所有"的代名词。

长庆人经历了长期的压抑和沉闷。长庆人的这份痛苦与无奈，让黄土泥尘蒸干了水分的磨刀石也在跟着掉眼泪……岁月磨砺着这样的日子，这样的日子让长庆人懂得了什么叫珍惜和自尊，于是他们在寻找出路、挣扎前进。于是有人感到冤屈，有人感到失望，然而更多的人在期待和寻求光明……

长庆人多数是玉门油田的传人，长庆队伍的主要人员是英雄的人民解放军官兵组成，因而他们是属于整个队伍的核心与骨干，他们曾经的犹豫和徘徊很快被自信和坚定所代替，即使在最艰难的岁月里也在低吟着对光明的强烈渴望——

我是一粒种子，

给我温暖的泥土，甘甜的泉水

我会将祖辈们赋予的基因重新排序

当我沉睡的脉搏开始跳动

阳光再次温暖我的肌体

我会用尽全力朝着我记忆中的世界

努力伸展我的双臂

破土中最尖锐的一声绝响

在每一天里纷繁呈现

那是长庆人的油魂啊穿透时空

万紫千红

报答这片曾经养育我的土地

这是一个长庆人写的诗,这是所有长庆人内心的渴望与口中的诗吟。因为他们知道自己是中国石油事业的开拓者,更知道自己是撒播到全国各个油田的一颗颗"玉门种子"——大庆人是"玉门种子"、克拉玛依油田是"玉门种子"、渤海湾油田和胜利油田是"玉门种子"。长庆人同样是"玉门种子",而且是没有离开黄土高原的玉门油田的同宅同地的"种子"。

现在他们期待的是"温暖的泥土"和"甘甜的泉水"。

然而他们知道风物如残阳、掘井千尺是枯井的黄土高原上既没有"温暖的泥土",缺的就是"甘甜的泉水"。于是他

352

们开始寻觅着、等待着……最后在一场场艰苦卓绝、波澜壮阔、气吞山河的"磨石刀上闹革命"和一次次"跑步上陇东"、一次次攀越"好汉坡"、一次次闯进"鬼门关"、一次次走进苏里格……直到他们用赤子心的热度将磨刀石感动出了泪水，又将这热泪化作涓涓甘泉，灌溉万重黄土与秃岭，直至让沉睡于千万米深的鄂尔多斯油气苏醒过来，并伸出双臂拥抱……

呵，长庆人不再需要低吟了，更不需要再躲在每一次的表彰会和总结会的旮旯里了，他们开始扬眉吐气，开始向北京报送一个个新油田的诞生喜讯，开始向最发达、最富有的上海、天津等千家万户输送天然气，开始将奥运会的火炬熊熊点燃，直到举国上下向西部的那一片曾经哺育中国共产党人和孕育新中国政权的红色土地致敬！

一年一个台阶。

一步一个跨越。

从区区一百万吨，一直迈向年产三千万吨、四千万吨……直逼五千万吨！

这就是长庆！这就是西边的那个油田！那个原来就叫作"长庆"的长庆！

那个如今不用再加引号的长庆油田！

那个现在已经接近并在不远的时间里成为中国陆上最大油气田的长庆！

那个完全可以同大庆平起平坐的共和国石油巨人！

那个让中国人听着他们的故事由衷感到振奋和传世的一曲绝唱！

《红色圣地上的呼啸声》序

　　《红色圣地上的呼啸声》由作家出版社出版，为我们发扬革命传统，学习革命老前辈坚定的共产主义信仰和一不怕苦二不怕死的艰苦奋斗精神，进行爱国主义教育提供了一部很好的教材，是一件可喜可贺的事。

　　陕甘宁边区是中国革命的圣地。在那里，你只需随便走走，便会听到革命战争年代老一辈无产阶级革命家那些可歌可泣的革命故事与传说。其中刘志丹、谢子长、习仲勋的故事最能引起人们对当年那峥嵘岁月的回忆。他们那些光荣的革命历史曾经教育了一代又一代的后来者。全国解放初，陕北人民曾写信给毛主席，祝贺自己的领袖担任中华人民共和国中央人民政府主席，毛主席及时回信表示感谢，提出要继续发扬延安精神，发扬老区精神，为建设新中国而努力奋斗。

本书记述了习仲勋同志1932年至1942年在创建陕甘边区革命根据地，坚守南梁，守护边区南大门等各个历史时期的革命活动和丰功伟绩，读来倍感亲切和感动。在陕甘边区党内两条路线斗争中，习仲勋同志总是站在正确的方面，不顾个人的安危，据理力争，被称为实事求是的活的马克思主义者。但是习仲勋同志的革命历史过去很少有人写过，特别是反映他和刘志丹、谢子长一起创建陕甘边区的文学作品，更是少见。虽然他曾经是陕甘边区革命根据地的重要和主要领导人之一，然而，正如众所周知的原因，多年来写陕甘边区早期的革命活动成为文学创作的禁区。无人敢写，写了也难以出版和发表，这是很不公平的。这次路笛、路小路兄弟俩以朴实纪实的笔法，为我们打开了一扇窗户，让我们从中看到了过去发生的许多鲜为人知的历史事件和故事，使我们更加怀念老一辈无产阶级革命家刘志丹、谢子长、习仲勋同志的丰功伟绩，更加热爱我们的党和懂得珍惜来之不易的革命成果。

书中最让人震撼的是刘志丹和习仲勋创建的当时在全国仅有生机的这块革命根据地，为党中央和红军长征提供了落脚点和抗日战争的出发点。但是"左"倾机会主义者却将他们以种种莫须有的罪名关进了监狱，准备活埋。同时，又牵连了军队营以上、地方县以上许多中高级干部被逮捕，其中二百多名被活埋和杀害。他们在狱中所受到的种种迫害和刑讯逼供的场面，真是催人泪下。就在这十分危险、千钧一发的关键时期，毛主席和党中央率领红一方面军到达陕北。在毛主席主持下，中央开了常委会议，纠正了陕北的错误肃反，挽救了陕北危局。如果没有党中央及时来到并纠正错误，后果将不堪设想，这一硕果仅存的根据地也会丧失掉。

总之，陕甘宁边区的故事是值得大书特书的，因为它在我们党的发展和中国革命史中占有重要地位。正如作者在后记中所说的"这一传奇色彩故事的结束，为党中央把全国革命的大本营放在西北奠定了坚实的基础"。

在中华人民共和国六十华诞喜庆日子里，我们出版这本书，就是为了继续老一辈无产阶级革命家开创的事业，发扬他们忠于党忠于人民的优良品质，学习他们不怕牺牲、艰苦奋斗的革命精神，在以胡锦涛为总书记的党中央领导下，坚持开拓创新，坚持改革开放，坚持科学发展观，坚定不移地把我国各项社会主义事业推向前进。

期待广大读者喜爱这部好书。

2009 年国庆

贵在心境——《浩然龙年风》跋

　　事实上我跟春光兄（我愿意这样称呼国家公务员局局长杨春光先生）并不太熟悉，我们仅有几次见面，皆是工作关系。但不曾想到的是，当我们在一起时谈得最多的竟是文学和文化，这令我内心暗暗吃惊，因为春光同志一直是身居要职的组织与宣传部门的负责人，前年他到了国家公务员局当局长后，更是公务繁忙，然而令我敬佩的是他长期积累在心、如今倾情挥就的诗才居然如喷泉般涌动于笔端，连连写出佳作。我们开始认识，也相互阅读彼此的作品，仿佛成为交情久远的老友了！

当今中国，国泰民富，为世界瞩目和羡慕。有一个特别令人欣喜的现象是：诸多有才华和艺术细胞的政治家在他们的工作之余，自觉地参与各种文学创作，尤其是诗歌创作者更多、更盛。我想这种现象说明了两点：一是我们的干部和领导队伍素质得到了根本性的改变，知识型、思想型和情感型的越来越多。二是文学艺术不仅仅只属于文人们的事，而且只有当文学艺术成为所有人共同的武器和欣赏对象时，这个国家和民族的素质才会获得真正的提高，其文明进步程度也会越来越高。我国战国时期和欧洲文艺复兴时期的状况都证明了这一点，不然人类文明史上就不可能产生"诸子百家"和莎士比亚等伟大的作家与作品。政治家善文弄墨，自古就有，且精英辈出。我们党的历史上如毛泽东、周恩来、陈毅、董必武、叶剑英等都是诗坛高手，他们的佳作广泛流传于民间和载入文史。我知道，在现今的政坛上，也有很多像老一辈革命家能写出一手优秀作品的创作者，比如诗歌创作方面，江泽民、李岚清、刘云山、马凯等领导者的作品，都有上乘之作。我还编辑出版过如周克玉上将、陈福今院长等一批老将军和老领导的诗集，他们也都有非常多的佳作。在更年轻一代的政坛精英中，像全国总工会副主席倪健民等平时不断有诗词佳作传给我阅读。春光同志是这一代领导者中爱好文学和诗歌创作的佼佼者之一。

我以为，一个政治家假如能够写一些文学作品，尤其是写一些诗歌，特别是古体格律诗，这对个人修养和领导艺术的提高会有特别多的辅助作用。领导者首先是人，其次才是领导他人和管理他人，而领导与管理他人时，情感的因素十分重要和关键。一个没有情感的人，无法与自己的民众产生心灵上的共鸣。没有情感上的共鸣，几乎可以断定不可能当好一名合格的领导者与管理者。我亲爱的人民，在日常的社会生活中，他们宁可与你聊几句亲热真诚的家常话，而不愿看你在台上呼风唤雨。

春光的《浩然龙年风》，属于他自己内心的那份情感，这份内心的情感可以清楚地透视出他的政治品质与个人性格。他跟我讲过他自己的人生经历，讲过从山东那块大地上走到京城，然而又受命到西北边陲数十年服务边疆人民的政治生涯，他说他过去几十年里一直繁忙的工作中总有许多情感被强制性地埋在心头，近年来当他在另一个新的岗位上有机会接触祖国更广阔的大好河山以及一次次出国访问时，"内心的那份所思所感变得异常强烈而不可抑制……"诗情画意便奔涌而出！

"有时用心很难，有时用情不专，有时用功太轻……"，"用心，才能融入；用情，方可沟通；用功，始有丰盈"。我读春光同志这样的诗句，其实一直在想，到底是他的几十年人生感悟，还是长期在领导岗位上得出的省思？结论是：每一个领导者恐怕皆有这般心理感受。这就叫"诗感而发"。

诗是一个人内心真实感情的反照。作为一名领导者，有时会有很多内心不易表达出的东西，而这样的东西其实是最真实和本质的。我们平时或许都把它们忽略了，其结果也使自己变得官僚和很没有人情味。

"你说人生的路程有多远？你说天下的事情有多难？你说固守一地要多少代？你说什么样的使命大于天？"

"你说那献了青春、终身，献子孙，你说那一代一代接着干，你说那不讲待遇讲奉献，你说无怨无悔一年年……"

这是感悟？还是自问？这是感叹？还是自省？其实都不是，其实就是春光自己内心在诉说自己的人生。这是一个内心燃烧着火焰的共产党人的感悟与自问，这是一个内心充满强烈责任感的革命者的感叹与自省。

春光的诗作中有许多是参观革命先烈的纪念地，或阅读他们的传记与书籍时所抒发出的独白，而这恰恰最能体现与照映出一个人的政治信仰与革命意志。共产党人的诗是革命的信仰，革命者的情是带着对民族、国家和人民的使命与责任的火焰。在春光同志的每一篇诗作的字里行间，我们可以强烈地感受这一点。他选择的诗集书名也叫《浩然龙年风》。2012 年是中国龙年，这一年中国共产党第十八次全国代表大会召开，以习近平同志为总书记的新一代领导人开始执政，将开启我国全面建设小康社会的伟大历史征程。国之兴，民之康，在如此伟大的历史时刻，春光同志以一个革命者的豪迈情怀，抒发自己对民族与国家的一片赤诚之情，其心其意，皆在一曲曲赞美与自省的作品中流露其真情，即使是在写给过去的挚友和出访他国时所产生的感触，也无不包含了他对伟大祖国美好前景的澎湃激情和赤诚之爱。

一个人能不能成为诗人，一个人能不能成为富于人情味的领导者，一个人能不能在既当领导又是诗人间左右顺势而行，关键在于他的心境如何。超脱和超越，不是所有人都能做得到的，尤其是身居要职的领导者。诗，或许可以使你在困顿和矛盾时，心灵豁亮；诗，或许可以使你在束手无策时，茅塞顿开。问题的关键，依然在你的心境如何。

"好"心境就有好诗篇。这里的"好"并不代表普遍意义上的好，它指符合诗情意义上的心理环境。让我们跟着春光同志一起为龙年中国吟诵，为美丽中国的今天和明天吟诵。

写于 2012 年末

《十三亿人乐了》序

　　也许都是军人出身，所以有种天然的缘分。与王鸿鹏认识和能够产生友谊，就是同为"当兵"者的这份天然的缘分。第一次粗读鸿鹏的作品，有点儿像阅读新闻稿件，也许是因为他是一名职业的新闻工作者。第二次阅读他的作品时，感觉完全变了，变成了一部真正的文学作品。故而欣然提笔作此序。

　　文学是什么？文学当然是记录社会、记录人生和记录心灵世界的一门学问。文学表现什么？为什么要表现，这是文学的使命所在，也是一个作家要掌握和弄明白的事。鸿鹏在他的这部《十三亿人乐了》中，可以说是很好地完成了这一使命，因而他和他的这部作品，把我们带进了一个享受阅读和感受生活的广阔境地。

中国的医疗和医改是一件非常大而艰难的事，是涉及十三亿人的大事，从某种意义上讲，它比当年我们的党领导中国人民推翻压在头上的三座大山还要有难度，这难度难在不是你想怎么着就可以怎么着的。它既是医疗和医院方面的事，但更多的是一个社会问题，一个历史阶段和历史条件下的社会问题，这社会问题影响和涉及方方面面。"看病难、看病贵"这在中国是个十三亿人人人都知道的事，人人都痛恨、人人似乎又想不出高招去解决的事。

医疗及围绕医疗而发生的医改工作，是一道公认的世界性难题。有报道称，无论是发达国家，还是发展中国家，各有各的难处，没有包治百病的"灵丹妙药"。任何一个国家的医疗卫生保障水平，必须与经济社会发展水平相适应。过于超前或者滞后，都会影响和制约经济社会的发展。例如，美国是全球最发达的国家，2008年用于医疗保险的费用达2.5万亿美元，占GDP的17%左右，人均医疗费支出达八千多美元，居全球之冠。但是，花费如此之高，卫生绩效却不高。同时，不断增长的医疗开支，已经威胁到美国民众的生活质量和经济基础。

相比之下，中国人均 GDP 刚刚突破三千美元，2008 年卫生总费用占 GDP 比重约 4%，年人均卫生费用仅为九百多元。我国有十三亿人口，人均收入水平低，城乡、区域差距大，并且将长期处于社会主义初级阶段。这一基本国情，决定了我国的医改任务更加艰巨。如何用最少的投入，获得最大的健康效益，考验着中国的智慧。

在现实的中国社会里，我们已经有太多的理由痛恨那些所谓的名医、名医院了，因为正是他们嫁祸给了中国老百姓太多的"看病难、看病贵"的活生生的残酷现实。医疗行业本来是治病救人的善业，可就是因为"看病难、看病贵"越来越成为一种令人头痛的现实顽疾，医院则成了这种顽疾的发源地和藏身地。本来是救死扶伤、行善积德的地方，结果成为人人痛恨之地，这种反差叫人难以接受。谁之过？谁之罪？医院和医生不言，病人和民众愤愤，其实都解决不了问题。那么谁来为这样一个涉及亿万人利益的事承担责任和改错纠偏呢？谁都清楚：医院和医生行动起来，问题就可以解决大半。然而由于太多的利益关系，广大的医院和医生们都把病人和公众的谩骂视为耳边风……

呼兮！我以为这种风气永远不改。可看了鸿鹏的大作《十三亿人乐了》，竟然激动和兴奋起来，原来中国还是有大勇者呵！

大勇者，就是武广华。

他是一名胸外科专家。然而他的功绩是——用了十余年时间成功地为中国的一个社会疾病进行了一次"胸外科手术"！武广华了不起，了不起的地方是他完全可以对现实和顽疾视而不见，这样既省事又省心还得大利。可他没有这样，他以一个职业医生的道德操守和对人民（特别是对弱者）赤诚热爱，勇敢地操起"手术刀"，在自己的医院或者说在自己的躯体上试验着、动真格地做了一次又一次的大手术，使难上之难的医改工作获得巨大的成功和效益。

这是武广华的功绩，这是一位了不起的伟大探索者和实践者，他以自己的实践和勇敢精神，破解了一道"世界难题"，其事迹可歌可泣。我们所有吃尽"看病难"苦头的十三亿中国人能不为之欢欣鼓舞？能不乐吗？

然而我要着重说的另外一个成功者，则是把武广华这样的成功者介绍给我们的王鸿鹏。没有他的这部《十三亿人乐了》，我们面对医改难的这道"世界难题"似乎仍然处在无奈和痛苦之中。就像一名患有重症的病人一样，现在我们有希望了因为我们看到了复活的希望。这就是武广华精神和"武广华良方"。

鸿鹏先生把武广华精神和"武广华良方"介绍给我们这个

社会并获得传播和推广，让所有原本认为没有了希望的人感到了希望复得而为之激动与兴奋，这就是文学，这就是文学所起的特殊作用！

相信读者看了这部《十三亿人乐了》，都会为中国能有武广华这样的医改探索者和成功者而开怀欢乐，因为这部书带给我们整个社会的是一种希望和实现，相信这个希望和实现能在真正想着为百姓服务的所有地区的医界得到推广和发扬。

让我们一起为这样的乐事欢呼和期待吧！

2009 年五一

最接地气的地方和你……

　　文学是什么？文学是我们研究和描述人类生存状态的一种文字艺术表达。有些人表达得精美酣畅，成了经典的文化被人传阅，并流传于历史的长河之中。在这其中，有一批人用报告文学这一真实的艺术文体在做这样的事情，即我们所说的报告文学作家。

　　现在讲得比较多的是接地气的话，指的是文学工作者应当深入生活、深入生活的每一个细微之处从而实现文学艺术的崇高追求目标。什么地方最接地气呢？我想在中国，大庆油田肯定是最接地气的地方，因为有一批伟大的铁人们在那不断向地心钻探，并且给国家和人民奉献源源不断的石油，他们的工作深度、精神深度和生产深度，无疑都是最接地气的一群英雄们。在这里，有一群文学工作者，尽管他们身着石油服，但他们依旧与诗一般的文字在记录他们诗一般的工作和生活。

我认识那里的一批优秀的这类人，朱玉华就是其中之一。

她是2007年我在北京中国现代文学馆组织《中国作家纪实》签约作家时认识的，她来自大庆，所以我会格外的关注，因为我是大庆的荣誉石油人。大庆与我结下了深厚的感情，我的一部分创作激情来源于这个地方，《奠基者》与《部长与国家》等作品使我认识了大庆，也让大庆人认识了我。朱玉华便是其中之一。她在工作之余写作，诗歌、散文、小说等文学体裁她都写，而更加挚爱报告文学，这令我这个中国报告文学学会会长自然格外关注她。最近她用了九年时间所写的报告文学，集于《标杆作证》一书，叫我写个序言，看来是不能推的，否则大庆人会说我不够意思。其实给大庆写点文字总是高兴的事，因为我是"大庆人"，并为之荣耀。

朱玉华的这部报告文学集为我们展现了今日大庆油田的精彩画面，弘扬了大庆精神和铁人精神，展现了作为女性心灵世界的内在涌动。她用朴实的文字和婉约的情怀，写出了一个个感动的人和集体。就像原油从地下喷涌而出，是那么真挚、细腻、抒情，也很感人肺腑。

去年夏天，朱玉华给我发来了《光耀通途的星辰》让我看看，该作写的是大庆油田中俄原油管道漠大线伴行公路上的路桥建设者们的事迹；前一个月，她又发来了《中国石油梦》，再一次写李新民。与以前不同的是，李新民已成为"大庆新铁人"了，已不是2006年她第一次写李新民时他还是1205钻井队第十八任队长，她仍然让我对她的作品提出批评并指点。我看到她不断地进步和成长，非常欣慰。她工作在国企，用业余时间写出了近二十万字的文字，可想这对一个肩负家庭与事业双重责任的女作家来说，该是多么坚韧和辛苦。

《标杆作证》属于石油的世界，在这个世界里有许多美的激情和美的文字。可以看出，朱玉华作为大庆人对大庆和石油人一往情深。尤其是对铁人的队伍格外情深。1205钻井队，是铁人带过的队伍，是英雄的井队，众人瞩目。女作家迈着轻盈而坚韧的步伐扑入钻塔的怀抱。1205队，人、事很多，多视角、多层次的心灵的触摸和倾情的传递，是很不容易的。她以钻塔的亲情、独特的手法、真切的感受，写出了一个全新的1205钻井队，尤其是铁人继承人。她敬仰那巍巍的钻塔，融入了那钢铁的身躯，流淌出了那真切的钻塔情怀。

2009 年，《铁人精神的传人》获第三届中华铁人文学奖提名奖，朱玉华走进了北京人民大会堂参加了颁奖典礼。《文艺报》这样评论过她：朱玉华的短篇报告文学《铁人精神的传人》，记录了 1205 王进喜钻井队第十八任队长李新民，在大庆二次创业中接过铁人的旗帜，踏着铁人的脚步，继承铁人精神的事迹，表现了 1205 钻井队在新时期的时代风貌。作品于2006 年分别获中国报告文学学会、《报告文学》杂志社"先锋杯"保持共产党员先进性教育全国报告文学征文一等奖；黑龙江省作家协会纪念建党八十五周年暨红军长征胜利七十周年征文一等奖——这或许不仅是对文字的某种认可，更是对铁人及其后任者的致意。

尼采这样说过：真正的生命活动必然是审美的活动，所谓"生命即审美"，"只有审美的人生才值得一过"。从《标杆作证》里，我们读出了钻井人的石油激情和审美人生，这不仅体现在钻井人对石油天荒地老的热爱上，更体现在朱玉华热爱文学的审美追求里。文字中渗透出了她"只想让那钻塔的情怀陪伴她的一生"的生命追求，为此，她很快乐。看到高耸入云的井架，看到那纯朴、坚强、乐于奉献的钻井工人，她总会感动得落泪。她的语言是审美胸襟的熔炼和情感的浇灌，能使读者获得人生的启迪，感受到生命之真，享受到工作之美。《标杆作证》证明着大庆精神、铁人精神，还散发着无穷的魅力，犹如铁人还活着，因为铁人有着无数的传人。

璞玉勤琢露芳华。以花为貌，以鸟为声，以月为神，以柳为态，以玉为骨，以石油为心，是朱玉华的文学追求，也是目的。愿朱玉华在文学的殿堂中多情地抒写、多情地歌唱——为石油人抒写和歌唱是时代赋予作家们的一份使命与责任，我们应好好完成。

相信朱玉华，相信大庆作家们，因为你们是在最接地气的地方。

图书在版编目（CIP）数据

不爱你不行 / 何建明著 . — 北京：作家出版社，2015.7
（名家美文集）
ISBN 978-7-5063-8189-5

Ⅰ．①不… Ⅱ．①何… Ⅲ．①散文集－中国－当代 Ⅳ．①I267

中国版本图书馆 CIP 数据核字（2015）第 174548 号

不爱你不行

作　　者：何建明	
策 划 人：罗　英	
责任编辑：张　平	
装帧设计：视觉共振设计工作室	
出版发行：作家出版社	
社　　址：北京农展馆南里 10 号　　　　　邮　　编：100125	
电话传真：86-10-65930756（出版发行部）	
86-10-65004079（总编室）	
86-10-65015116（邮购部）	

E-mail：zuojia@zuojia. net. cn

http：//www. haozuojia. com（作家在线）

印　　刷：北京市玖仁伟业印刷有限公司	
成品尺寸：130×185	
字　　数：192 千	
印　　张：12	
版　　次：2016 年 1 月第 1 版	
印　　次：2016 年 1 月第 1 次印刷	

ISBN 978-7-5063-8189-5

定　　价：55.00 元